La novia gitana

Biblioteca Carmen Mola

Carmen Mola

La novia gitana

Serie Inspectora Elena Blanco 1

Planeta

PEFC Certificado

Este libro procede de
bosques gestionados
de forma sostenible

PEFC

PEFC/14-38-00305 www.pefc.es

Diagonal, 662-664, 08034 Barcelona (España)
www.editorialplaneta.es
www.planetadelibros.com

Adaptación de la cubierta: Booket / Área Editorial Grupo Planeta a partir de la idea original de © Miquel Vila
Ilustración de la cubierta: © Miquel Vila
Primera edición en Colección Booket: mayo de 2026

Depósito legal: B. 25.193-2026
ISBN: 978-84-08-31678-7
Impreso en España

Biografía

Carmen Mola® nació en la primavera de 2017 en Madrid, cuando los autores Jorge Díaz, Agustín Martínez y Antonio Mercero decidieron lanzarse a una aventura de creación colectiva que cristalizó en una primera novela, *La novia gitana*, a la que seguirían *La Red Púrpura*, *La Nena*, *Las madres* y el brutal desenlace de la serie, *El Clan*. A lo largo de estos años, los tres autores han continuado con sus proyectos personales, tanto novelas como guiones. En 2021 Carmen Mola obtuvo el Premio Planeta con *La Bestia*, un apasionante *thriller* histórico que se ha convertido en la novela más vendida de toda su obra. Además, fuera de la serie Inspectora Elena Blanco, ha publicado obras como *El Infierno*, siempre con una gran acogida por parte del público.

PRIMERA PARTE

—

EL CIELO EN UNA HABITACIÓN

Cuando estás aquí conmigo,
esta habitación no tiene paredes,
sino árboles, árboles infinitos.

Al principio parece un juego. Alguien ha encerrado al niño en un lugar oscuro y él tiene que intentar salir de allí por sus propios medios. Lo primero sería encontrar el interruptor de la luz, pero el niño no lo busca porque piensa que la puerta se va a abrir en cualquier momento.

La puerta no se abre.

También puede ser un concurso de resistencia, gana el que pasa más tiempo en silencio, el que no pide ayuda. El niño pega la oreja a la puerta de madera, desportillada. Oye un ruido ensordecedor, una moto que arranca y se aleja. Entonces comprende que está solo. Si empezara a gritar, notaría el eco de su voz en ese espacio lóbrego, lleno de polvo y humedad; pero está tan asustado que no le sale ni el llanto.

Ahora sí tiene que encontrar el interruptor de la luz. Tantea la pared. Evita los obstáculos, despacio, para no caerse. Hay una bombilla en el techo, tiene que haberla. La habitación cuenta con una ventana estrecha y alargada en la parte superior de la pared, pero el sol se ha puesto hace una hora y ya solo quedan las primeras sombras de la noche.

No sabe por qué lo han encerrado.

En sus pasos de sonámbulo por la oscuridad tropieza con lo que parece una lavadora. Podría probar a ver si funciona, por lo menos lo acompañaría el ruido del agua dando vueltas en el tambor, pero no lo hace. Sigue explorando el lugar, acariciando la pared con una mano, como un ciego. Quiere encontrar el interruptor, pero sus dedos golpean el mango de una herramienta. Es una pala que cae al suelo con estrépito.

El niño rompe a llorar y tarda un poco más de la cuenta en oír un gruñido sordo que proviene de un rincón. No está solo. Hay un animal escondido; no es la primera vez que lo escucha, sabe que por las noches ronda la zona: sus gemidos, sus aullidos son tan fuertes que ha llegado a pensar que era un lobo. Es solo un perro que se ha colado en la nave que hay en la finca, la que se ve desde la ventana de su habitación y a la que nunca lo han dejado entrar. Es allí donde lo han encerrado, en la nave prohibida, por eso no reconoce el espacio y no es capaz de manejarse en la oscuridad.

Casi puede ver dos puntitos luminosos en la negrura del fondo. Retrocede por puro instinto. Tiene la impresión de que los puntitos luminosos avanzan hacia él, pero no sabe si es el miedo el que crea esa imagen. No es posible que únicamente se vean dos pequeños destellos. Y, de pronto, deja de verlos. Ahora siente un dolor intenso, agudo, en la pierna. El animal le está mordiendo.

El niño usa las dos manos para apartarlo de su cuerpo. Nota un nuevo ataque y aparta la cara del animal con el pie. Las patadas y los manotazos lo hacen recular. El niño oye jadeos y después nada. No se escucha nada y el silencio le parece mucho más aterrador.

Con sigilo retrocede hasta la puerta, preparado para contener el ataque si al perro le da por lanzarse de nuevo, y al hacerlo su mano encuentra el interruptor de la luz. Le parece increíble no haberlo localizado antes, pero por alguna razón se saltó justo esa parte de la pared.

Una bombilla torcida cuelga del techo. Ilumina lo suficiente como para comprender que la nave es un almacén de cajas con mantas viejas, cintas de casete, libros, herramientas de labranza, una lavadora, una bicicleta oxidada con una sola rueda y unos cuantos trastos más.

El perro está debajo de una pila con un grifo, un pequeño lavabo. Es un perro callejero al que le falta una pata.

Sin apartar la vista del animal, el niño coge la pala que encontró antes, la que cayó al suelo. El perro gruñe. El niño levanta la pala. Le sorprende ser capaz de manejar ese peso con tanta desenvoltura. Debe de ser el instinto de supervivencia, algo le ha insinuado que en ese encierro no pueden convivir los dos.

El animal se incorpora y cojea lastimosamente hasta el niño. Lo hace de un modo tan remolón que no resulta amenazador. Pero luego empieza a morderle el tobillo como si fuera un hueso al que hay que sacarle hasta la última gota de tuétano. El niño descarga un palazo y el animal se desploma con un leve gañido. Golpea la cabeza del perro varias veces, hasta que ya no puede con el peso de la herramienta. Se sienta en el suelo y se pone a llorar.

Le duele el tobillo, tiene marcados los dientes del animal. También tiene el zapato manchado de sangre. Se lo quita y descubre la herida que el perro le hizo en su primer ataque. Con el miedo ni siquiera se había dado cuenta.

Entonces se va la luz.

El eco duplica los jadeos del niño y él se obliga a contenerlos para ver si es el perro el que respira; pero no es así. El perro está muerto.

CAPÍTULO 1

—¡Su-sa-na!, ¡Su-sa-na!, ¡Su-sa-na!

Las amigas de Susana gritan, aplauden, bailan entusiasmadas, igual que han hecho las de las otras quince o veinte novias que han coincidido hoy, viernes, en el Very Bad Boys, en la calle Orense. Ni un solo hombre entre el público, todo mujeres, celebrando despedidas de soltera o reuniones de amigas; unas se han puesto ridículas diademas con pollas en la frente; otras, bandas de miss cruzando el pecho con el nombre de la homenajeada; un grupo lleva camisetas con la foto de la futura esposa... Las amigas de Susana han sido discretas dentro de lo que cabe: solo tienen tutús rosas de bailarina alrededor de la cintura.

—¡Su-sa-na!, ¡Su-sa-na!, ¡Su-sa-na!

Susana llevaba rato temiendo el momento en que le tocara a ella ser el centro de atención y este ha llegado. Le han correspondido dos bailarines, uno rubio con aspecto de sueco, un vikingo; otro mulato, parece brasileño. Los dos empezaron vestidos de policías, aunque ahora estén casi desnudos; los dos son muy atractivos, de pechos amplios y piernas fuertes, musculados, con el pelo afeitado en los lados de la cabeza y más largo por arriba, depilados por completo y con la piel brillante por el aceite que deben de haberse untado antes de salir a actuar...

Solo les queda puesto un pequeño tanga, rojo el del mulato y blanco el del vikingo. Susana teme que le pidan que se los quite con los dientes, como han hecho varias de las novias que la han precedido en el escenario. Si su padre la viera... Por cosas así siente tanta ira hacia ella.

—No te preocupes, no te vamos a hacer nada —le susurra el mulato, tranquilizador, en buen castellano.

Susana no ha acertado; no es brasileño, es cubano.

Está sobre el pequeño escenario, la música es ensordecedora y la han sentado en una silla; los dos bailarines se alternan sobre ella, rozándola con sus genitales, bailando a su alrededor, pasando las manos por todo su cuerpo. Al entrar en el local, todas las invitadas hicieron la misma promesa: «Lo que pasa en el Very Bad Boys se queda en el Very Bad Boys». Ninguna de sus amigas contará lo que haya ocurrido allí a nadie, mucho menos a Raúl, el que dentro de un par de semanas va a ser su esposo. Está segura de que no va a acabar como una de las novias de antes, la del grupo de las pollas en la frente; se llamaba Rocío: todas pudieron ver cómo uno de los bailarines que la sacaron al escenario —uno vestido de bombero— se ponía nata montada sobre su órgano sexual y ella le pasaba la lengua a lo largo para retirarla, hasta que lo dejó completamente limpio para delirio de sus acompañantes. Ella no va a hacer eso, por mucho que nadie vaya a contarlo. Aunque las amigas la llamen reprimida, como han hecho siempre. Ellas la consideran una beata y su padre, poco más que una zorra, pero no es ni una cosa ni la otra.

No puede ver a sus compañeras, pero las imagina a todas gritando y riendo, a todas menos a una: Cintia. Después tendrá que hablar con ella, recordarle que esto no significa nada, que solo está haciendo lo que todo el mundo espera de una novia en su despedida de soltera.

El mulato cumple su palabra y ni él ni el sueco la ponen en la tesitura de hacer algo que no quiera o de negarse y cortar la diversión de todas. Supone que el vikingo y el cubano ven decenas de novias cada semana y saben hasta dónde pueden llegar con cada una en cuanto la miran. Bailan, terminan de desnudarse, se frotan un poco más contra ella y la ayudan a bajar del escenario, educados y respetuosos a pesar del entorno.

Marta, la más lanzada de sus amigas, la que lo ha organizado todo y se empeñó en que Susana no podía casarse sin tener su despedida, le habla al oído.

—¿No te han propuesto que vayas al camerino?

—No.

—Eres una sosa. Cuando yo me casé, después de la actuación, fui al camerino con el rubio que ha bailado contigo.

—¿Y qué hiciste?

—Imagínatelo... Eso mismo que estás pensando. Seguro que la tiene el doble de grande que Raúl, aunque a Raúl no se la he visto. La que iba antes que tú, la tal Rocío, se está tirando a sus dos bomberos y a tus dos policías, como si lo viera.

Susana no es así, no piensa follar con un bailarín de estriptis, por mucho que otras novias lo hagan o por mucho que lo hiciera hasta su amiga Marta; no le extraña que su matrimonio solo durara cinco meses. Mira alrededor, temerosa; no ve a la única del grupo que le interesa de verdad.

—¿Y Cintia?

—Se marchó cuando estabas arriba. ¿De dónde has sacado a una amiga tan aburrida?

Cintia es la única de las invitadas que no fue con ella al colegio, la distinta. Debería haber previsto que no congeniaría con las demás. Pero no podía no llamarla para la fiesta, no a ella; en todo caso, podía haber sido la única convidada. Lo que tenía que haber hecho son dos despedidas de soltera, una para Cintia y otra para el resto.

«¿Por qué te has marchado?».

En el taxi, camino de El Amante, al lado de la calle Mayor, donde van a tomar una copa porque según Marta es el sitio más de moda de Madrid, le ha mandado un wasap a su amiga, pero dos horas después Cintia no lo ha leído, todavía no se han puesto azules las aspas. Al salir de El Amante, vuelve a consultarlo, angustiada, deseando una respuesta.

En esas dos horas les han entrado varios grupos de chicos, las han invitado a copas, la han empujado al baño para compartir una raya de coca y ella se ha negado a aceptarla, han visto a uno que era futbolista, ya retirado, y se han sacado fotos con él. Las amigas por un lado, en grupo; la novia, por el otro, sola con él, abrazada por la cintura... El futbolista sí que le ha propuesto que se fueran juntos, quizá le haya gustado, quizá ha sido el morbo de acostarse con una novia el día de su despedida de soltera. Susana no ha tenido mayor problema en quitárselo de encima, es muy guapa —tanto que en algún momento fantaseó con ser modelo— y está acostumbrada a los moscones desde hace muchos años.

—Ahora nos vamos a un local clandestino que hay cerca de Alonso Martínez —propone Marta—. No cierra hasta por la mañana, tengo la contraseña para entrar.

—Ahora nos vamos a casa, que ya es hora —responde Susana. Y lo dice tan convencida que los intentos de las otras por estirar la noche son más empeños de justificar que la noche ha sido divertida que propuestas reales.

Al bajarse del taxi donde la dejan sus amigas para seguir su juerga, a dos manzanas de casa porque las calles del barrio son un lío y hay que dar muchas vueltas para que el coche la lleve hasta el portal, se da cuenta de que todavía lleva puesto el tutú rosa. Ya se lo quitará arriba. Coge el teléfono y comprueba otra vez que Cintia no ha leído el mensaje que le mandó al salir de la sala de los Boys. Le escribe otro.

«Ya llego a casa, agotada. No te habrás enfadado, ¿no? Te he echado de menos».

Todo el mundo encuentra ridículo que Susana escriba los wasaps siguiendo fielmente las instrucciones de la Real Academia, sin faltas, sin abreviaturas, respetando los signos de puntuación. Cuando Cintia le conteste lo hará con emoticonos, sin vocales, en un galimatías que a veces le resulta imposible de descifrar. Susana se da cuenta de que en toda la noche apenas ha pensado en Raúl, pero no le sorprende ni le hace cambiar de opinión: se casará con él, aunque su padre deje de hablarle, aunque Cintia se enfade. No es amor, no tiene nada que ver con el amor.

En la calle de Ministriles, donde está el pequeño apartamento de Susana, no se ve un alma. A cualquiera le daría miedo caminar por allí de noche, por una acera oscura en la que el ayuntamiento parece que ha olvidado poner farolas. Pero ella está acostumbrada y no tiene ningún temor, no está dispuesta a vivir con miedo, como siempre ha querido su madre. No va a hacer caso a sus decenas de instrucciones y consejos, no le va a pasar nada, su familia ya ha agotado las dosis de mala suerte para varios siglos. Lo oyó decir en una película: nunca caen dos bombas en el mismo sitio, no hay lugar más seguro que el cráter de un obús.

Cuando siente el golpe en la cabeza y el pañuelo tapándole la boca, no tiene tiempo de reaccionar, le quedaban dos metros para llegar a su portal, ya estaba sacando la llave del bolso, soñaba con acostarse en su cama y comprobar si Cintia había leído sus mensajes... Solo nota que pierde la fuerza, que la arrastran y que la suben a la parte de atrás de un vehículo, tal vez una furgoneta. Nada más.

CAPÍTULO 2

La Quinta de Vista Alegre, en Carabanchel, es una espectacular finca de recreo que tuvo su máximo esplendor en el siglo XIX, cuando se convirtió en lugar de veraneo de la reina María Cristina de Borbón y, más tarde, en residencia del marqués de Salamanca, el constructor que impulsó el barrio de Salamanca en Madrid.

—No me he acercado para no meter la pata. En cuanto la he visto los he llamado. —El guarda de seguridad de la Quinta de Vista Alegre está nervioso, deseando que los policías se hagan cargo del cuerpo que ha aparecido allí—. Es la primera vez que me encuentro con una muerta, pero tenía que pasar; esto está muy abandonado.

El subinspector Ángel Zárate lleva muy poco tiempo en la comisaría local, aún no había tenido ocasión de visitar la Quinta y ahora mira a todas partes sorprendido. Han pasado junto a un palacio y atraviesan unos jardines en los que parece haberse detenido el tiempo, en los que sorprendería menos encontrar a una dama vestida con ropas del siglo XIX que a una muerta del XXI.

—Es como el Retiro —comenta admirado.

—Mejor que el Retiro, lo que pasa es que no se cuida. Ya sabe cómo son los políticos, no hay dinero para lo que no los beneficia. Seguro que para sus banquetes y para ir en cochazos no han recortado nada. Aquí hay dos palacetes, el antiguo de la reina y el nuevo del marqués, también una residencia de ancianos y hasta ha habido un orfanato. Decían que iban a alquilar todo a la Universidad de Nueva York para que se instalase aquí y que lo arreglarían, pero nada, ya ve cómo está.

Le aburre la gente que habla mal de los políticos, aunque tengan razón. Es más fácil echarles la culpa que hacer algo para mejorar las cosas. Y los jardines no están mal cuidados, sino mucho mejor mantenidos que cualquier otro parque del distrito. Allí no hay ni pandillas, ni camellos, ni columpios rotos.

—¿Ha dicho que se llamaba...?

—Ramón, para servirle —se apresura a contestar el guardia. No da apellidos.

—¿Cuándo encontró el cadáver, Ramón?

—No hace ni media hora. Menos mal que fui hacia esa zona, la del antiguo orfanato de La Unión. Yo crecí allí, ¿sabe? La verdad es que llevo varios días mosca. Suele haber mendigos que se cuelan por la noche y los últimos días no venían.

—No entiendo la relación.

—Todo tiene siempre relación, señor inspector. Nada pasa porque sí; al final, una cosa lleva a la otra. ¿No ha oído eso que dicen de que el aleteo de una mariposa en Australia puede causar un terremoto aquí?

Lo último que esperaba Zárate era que el guarda de un parque le diera su propia versión del efecto mariposa. Y no le interesa, así que sigue andando al encuentro del cadáver.

—Mire, ahí viene su compañero. Y perdone si hablo demasiado; es la falta de compañía, paso los días solo y, desde que falleció mi esposa, también las noches. Aquí estamos los mendigos y yo. Y ahora la muerta, claro.

Aproximándose a él, ve a Alfredo Costa. Si su compañero tuviera que volver a aprobar las oposiciones para entrar en la policía, lo tendría muy difícil. Siempre le dice a Zárate que cuando tenía su edad estaba hecho una mula, pero ahora, más cerca de los cincuenta que de los cuarenta, no podría perseguir a la carrera ni a su abuela.

—¿Has visto el cadáver? —Zárate está ansioso, los policías jóvenes no tienen muchas oportunidades de investigar un asesinato. Como dice Salvador Santos, su mentor desde joven, el hombre que le animó y ayudó a entrar en el cuerpo: en Madrid se mata poco.

—Sí, lo he visto, pero no me he acercado. —Costa ya está de vuelta y no comparte la opinión de Salvador, para él se mata demasiado y, sobre todo, demasiado a las horas en las que él se encuentra de guardia—. Y tú tampoco deberías, que después llegan los de la Científica y nos tocan los cojones con lo de la destrucción de pruebas. *CSI* le ha hecho mucho daño a la policía, lo que yo te diga.

—¿Los has llamado?

—A la vez que a ti. Deberían haber llegado ya.

Los dos se acercan al lugar que les señala el guarda de seguridad. Se quedan a algunos metros de la chica. Lleva algo alrededor de la cintura, algo rosa.

—¿Qué es?

—Un tutú. Cuando tengas hijas, te hincharás a comprar gilipolleces como esa. —Costa tiene dos niñas, de catorce y de diez; si se le escucha, se le quitan a uno las ganas de tener hijos para siempre.

—Yo quiero verlo más de cerca.

—No te metas en líos, ¿cuándo vas a aprender que lo mejor es mantenerse alejado de los problemas? Los ascensos llegan por antigüedad, no por pisar charcos.

Los de la Científica aparecen antes de que Zárate dé un paso hacia el cadáver. Por lo menos, el que viene es

Fuentes, uno de los más veteranos. No se cree que está en una serie de televisión, como los otros.

—¿Sabéis quién es?

—No nos hemos arrimado.

—Joder —protesta—, ¿y cómo sabéis que está muerta?

Los tres se aproximan a la chica, Zárate va observando todo mientras llega junto a ella: morena —si tuviera que apostar diría que gitana—, guapa, pero con la cara descompuesta, como si hubiera sufrido mucho. El tutú está sucio y manchado de sangre, como el resto de su ropa, hecha jirones.

El de la Científica es el primero que la toca, le abre un ojo para ver sus pupilas y se llevan la mayor de las sorpresas. Fuentes da un grito, pero no es por el gusano que sale reptando de la cuenca.

—¡Está viva! Rápido, el maletín.

Uno de sus ayudantes corre hacia él, pero la chica tiene un espasmo, el último. Quién sabe, tal vez, si hubieran llegado antes, podrían haberle salvado la vida. Fuentes suelta el aire y niega con la cabeza.

—Tranquilos, ya está muerta, no le quedaba mucho. Vamos a poner en el informe que la encontramos muerta, así os ahorro el marrón.

—¿Qué le ha pasado? ¿De dónde ha salido el gusano? —Zárate está, a su pesar, descompuesto.

—No toquéis nada, me temo que este caso no es para vosotros. Voy a llamar al comisario Rentero —avisa Fuentes.

Zárate mira alrededor; el parque ha dejado de ser un lugar maravilloso para convertirse en un infierno, en un sitio en donde a las muertas les salen gusanos de los ojos.

CAPÍTULO 3

—¿Una barrita con tomate, señora inspectora?

A Elena Blanco no le gusta nada que Juanito, el camarero rumano que la atiende a diario —eficaz, gamberro y barcelonista—, la llame inspectora en público, pero ya ha desistido de afeárselo.

—¿Tengo cara de querer una barrita con tomate?

No necesita decir nada más para que Juanito saque del frigorífico que hay bajo la barra una botella de grappa friulana joven, una Nonino, la que a ella le gusta por las mañanas, de aspecto transparente y cristalino, con un gusto seco y limpio. Dicen que la grappa no se debe tomar con el estómago vacío, pero Elena Blanco lleva años, muchos años, cerrando con esa bebida las noches en las que dormir no le ha parecido una prioridad.

—Estuvo aquí a primera hora Didí, el vigilante del aparcamiento de debajo de la plaza. Me pidió que le pusiera una copa de su grappa.

—Espero que no lo hicieras.

—No, le puse orujo y se lo bebió sin rechistar. Me contó que anoche una pareja estuvo echando un polvo en la tercera planta del parking.

—¿En un Land Rover rojo?

El rumano sonríe, le hacen gracia las cosas de Elena y por eso le comenta cada rumor detrás del que cree que está ella. De vez en cuando intenta ligársela, aunque ya sabe que es un esfuerzo inútil, tiempo tirado a la basura.

—¿No sería usted, inspectora...?

—No, es que siempre he pensado que, si tuviera que echar un polvo en la tercera planta del parking de debajo de mi casa, lo haría con un tío que tuviera un Land Rover rojo. Ya ves, las hay con suerte que cumplen mis fantasías. ¿Te ha dejado algo para mí Didí?

Juanito mira a todos lados antes de darle una bolsita, atento y preocupado, como si le estuviera entregando el mayor alijo de droga de los narcos colombianos.

—No te asustes, Juanito, que la policía soy yo y no te voy a detener.

—Debería tener cuidado.

—¿Con los Land Rover rojos o con los alijos?

—Con todo.

—No sé cómo te has decidido a cruzar Europa, con lo prudente que eres.

En la bolsa apenas hay unos gramos de marihuana, Didí la cultiva en el jardín de su casa de Camarma de Esteruelas. No tiene producción suficiente para atender a sus dos o tres clientes ni siquiera durante la primera mitad del año. A Elena le sobra, solo se fuma un porro algunas mañanas como la de hoy, esas que siguen a toda una noche bebiendo en bares, en las que visita los aparcamientos con propietarios de coches grandes. Es muy raro que suba a alguno a su casa.

—Cóbrame, Juanito, que me voy a dormir.

Vivir en la plaza Mayor es un lujo y un incordio. Un lujo porque al asomarte al balcón puedes imaginarte que la ciudad lleva cientos de años pasando por allí; cuatrocientos son los que acaba de cumplir la plaza. Dicen que se han hecho corridas de toros, procesiones, misas, autos sacramentales, juicios de la Santa Inquisición y hasta hogueras para quemar a los condenados. Desde el balcón de Elena se pueden ver, en escorzo y si uno se esfuerza un poco, los dibujos, sorprendentes y coloridos, de la Casa de la Panadería y los espectáculos que el ayuntamiento programa en fiestas. Por eso mismo es un incordio: desde los concursos de chotis en San Isidro hasta el mercadillo de Navidad, todo pasa por debajo de su casa. Ha llegado a ver una exhibición de doma de caballos jerezanos desde el balcón y sin pagar entrada. Ruido, ruido garantizado todo el año.

Los turistas que se concentran en la plaza, los que se hacen fotos con el Spiderman gordo, con los cuerpos de flamencas a los que ellos mismos ponen la cabeza, los que echan monedas a los hombres estatua o a la cabra con hocico de madera, no se creerían que detrás de esas viejas fachadas pudiera haber un piso como el de ella: moderno, minimalista, elegante, de más de doscientos metros cuadrados. Cuando lo heredó de su abuela no era más que el piso abigarrado de objetos de una anciana, ahora podría salir en cualquier revista de decoración.

Para Elena tiene un valor añadido: en un rincón oculto de uno de los balcones hay una cámara que no se ve desde la plaza, escondida de miradas ajenas. La cámara, situada sobre un trípode y protegida por un pequeño voladizo, enfoca siempre hacia el mismo sitio, el arco que da a la calle de Felipe III. Está programada para hacer una foto cada diez segundos y lleva así años, conectada a un ordenador. Elena comprueba que ha funcionado correctamente. Hay miles de fotos desde ayer por la mañana, la última vez que las analizó; ha sacado millones desde que instaló el sistema, aunque ha guardado muy pocas, más por curiosidad que porque le vayan a servir para nada.

Antes de sentarse delante del ordenador, pone música con su iPad. Lo mismo que siempre, una canción de Mina Mazzini, *Vorrei che fosse amore.* Escucha, y canta por lo bajo, mientras se fuma el porro que ha liado con la marihuana de Didí. Se desnuda lentamente, el dueño del Land Rover le ha hecho un arañazo en el hombro. Se mira en el espejo; a sus casi cincuenta años sigue teniendo prácticamente el mismo cuerpo que a los treinta, no necesita largas horas de gimnasio para mantener los kilos y las redondeces a raya. Se mete en la ducha.

Mientras siente caer el agua, piensa en que quizá hoy tenga suerte, quizá en una de esos miles de fotos aparezca la cara picada por la viruela que busca hace tanto tiempo. El teléfono suena; no se inmuta, lo deja sonar. Solo cuando vuelven a llamar, después de un primer intento fallido, sospecha que pueda ser algo urgente. Envuelta en una toalla, dejando charcos a su paso, contesta.

—¿Rentero? Hoy es mi día libre... ¿Quinta de Vista Alegre? No, no sé dónde está, pero seguro que el navegador sabe... ¿Carabanchel? Perfecto, tardo veinte minutos, o mejor pon treinta. Que me espere allí mi equipo.

CAPÍTULO 4

La previsión de media hora ha sido muy optimista teniendo en cuenta el tráfico de un lunes por la mañana en Madrid. La inspectora Blanco ha tardado casi una hora en llegar, puede ver ya a su equipo en acción y se siente orgullosa: están haciendo lo que ella habría ordenado.

—El cadáver no tiene mucho peor aspecto que tú... ¿Tuviste noche de jarana?

Buendía, el forense del equipo, es una de las pocas personas a las que Elena permite un comentario así. Lleva años trabajando con él, le fiaría su vida si fuera preciso, aunque espera que no lo sea: a Elena no le gusta dejar nada importante en manos de nadie que no sea ella misma.

De haber tenido algo más de margen, se habría maquillado mejor y habría tapado los efectos de la noche en vela. Solo le ha dado tiempo a ponerse unos vaqueros y una camiseta, a peinarse un poco y a tomarse una pastilla de paracetamol. Ahora sí que necesita un café más que una grappa; en cuanto pueda hará que vayan a buscarle uno.

—¿Ha llegado Rentero?

—Yo no lo he visto, no creo que venga... El cadáver está por allí.

La inspectora Elena Blanco, jefa de equipo de la Brigada de Análisis de Casos, nunca había estado en la Quinta de Vista Alegre. Admira fascinada —como todos los que han acudido esa mañana a ese lugar— los jardines, los palacios, las estatuas. Muy descuidados, pero quizá por ello mucho más atractivos; así se nota que no es una recreación a la manera de los parques de atracciones americanos, que allí hay historia de verdad, que quizá una reina de España plantara su culo en el mismo sitio en el que se ha sentado un policía viejo, que mira a todos los presentes como si aquello no le interesara lo más mínimo.

—¿Quién es?

—El agente Costa —le contesta Buendía—. Es uno de los policías que han respondido al aviso del cadáver. Está deseando marcharse, no como su compañero, un tal Ángel Zárate. Se mete por medio, quiere estar al tanto de todo. Ya ha tenido dos enganchadas con Chesca.

—¿Es joven ese Zárate?

—Poco más de treinta. Ya sabes cómo son los jóvenes. Está jodido porque le quitamos el caso.

—De buena gana se lo devolvería.

No es normal que la BAC se haga cargo de un caso que se inicia en ese momento. Ellos suelen entrar después. Son un departamento especial del cuerpo que se encarga de investigaciones que se tuercen, unas veces por incompetencia de los policías que las llevan o porque se sospeche que haya intereses personales de los agentes; otras, simplemente, porque se han ido embarullando de tal manera que es difícil deshacer los nudos... En Estados Unidos los considerarían una especie de superpolicías; en España no hay nada de eso, solo son los que se comen los marrones después que los demás, los que no tienen ya nadie en quien delegar. La única diferencia es que cuentan con más medios que cualquier otro departamento.

—¿Qué es lo que lleva el cadáver alrededor de la cintura? —Como a todos, es lo primero que le llama la atención a Elena.

—Un tutú de ballet. Dicen que puede ser...

—... de una despedida de soltera —completa la inspectora.

Gracias a la situación de su piso, esa es otra de las materias acerca de las que podría dar conferencias. Rara es la despedida de soltera que no pasa bajo su balcón. Al principio eran grupos de ingleses borrachos hasta las cejas; se les unieron las inglesas, igual de borrachas; después grupos de franceses, de italianos, de españoles... Lo de los tutús lo ha visto bastante, también velos de novias y lencería sobre la ropa. El no va más siguen siendo las pollas de plástico a modo de diadema.

—Chesca, Orduño, acercaos.

Ellos también son miembros de la BAC. Buenos policías, jóvenes, entusiastas, atléticos, a los que Elena recurre siempre que puede ser necesario usar los músculos además de la cabeza. Orduño procede de los Geos; Chesca era una agente de la Brigada de Homicidios y Desaparecidos. La inspectora Blanco los escogió personalmente, junto con Buendía, el forense, y Mariajo, su peculiar experta en informática; son las personas en las que más confía.

—A tus órdenes, inspectora. —Le ha costado a Elena que Orduño abandonara las formas militares, pero poco a poco lo va consiguiendo, por lo menos ya es capaz de tutearla.

—Echad a toda la gente que hay alrededor del cadáver. Lo dudo, pero si hay alguna pista que no haya sido pisoteada la quiero. Y es posible que la víctima estuviera en una despedida de soltera, a ver si nos enteramos de algo.

Órdenes precisas y claras, ya tendrán tiempo para elaborar teorías cuando se reúnan en las oficinas de la BAC. Todos saben cómo le gusta trabajar a Elena y todos la respetan.

—Inspectora, los policías que acudieron cuando se descubrió el cadáver...

—Ángel Zárate y su compañero, ¿no? Tranquila, Chesca, yo me encargo, ya me ha hablado Buendía de ellos.

Ha localizado a Zárate con la mirada, pero prefiere esperar antes de hablar con él, ver cómo se mueve. No le gusta enemistarse con sus compañeros, los policías a los que la BAC sustituye, pero sabe que es casi imposible evitarlo. Enemistarse con los demás policías es el mayor defecto de Chesca, es como si el resto del mundo fuera su contrincante y la BAC, su familia. Menos mal que Orduño suele ser mucho más diplomático.

—Ya estamos en marcha, Buendía. Y ahora cuéntame por qué nos ha llamado Rentero.

Buendía sabe que debe ser muy objetivo y directo con ella, no se anda por las ramas.

—El primero que se acercó al cadáver fue Fuentes, de la Científica. Es un buen policía, veterano, lo conozco desde hace años. Al levantarle el párpado a la víctima observó que salía un gusano. No podía ser de descomposición porque la mujer acababa de expirar.

—¿Entonces?

—Cuestión de suerte: hace unos años, Fuentes trabajó en el asesinato de otra mujer exactamente en las mismas circunstancias, un asesinato ritual espeluznante. Ha temido que fuera lo mismo. Por eso llamó a Rentero y Rentero nos llamó a nosotros.

—Vaya, ya estamos con lo de los asesinos en serie. ¿No se puede prohibir que los agentes vean películas?

—No te lo tomes a broma, Elena. Me llevo el cadáver al anatómico forense para hacerle la autopsia esta misma mañana.

—Te sigo enseguida. Voy a hablar con ese tal Zárate.

No necesita acercarse, Zárate ya ha descubierto que es

la que manda y llega hasta ella, para protestar por haber sido apartado.

—¿Es usted la jefa de este equipo? —la aborda altivo.

—Me han dicho que has sido tú el que ha respondido al aviso del cadáver. —Elena ignora su pregunta para hacerle ver quién marca las reglas—. Soy la inspectora Blanco, jefa de equipo de la BAC.

—Entonces es cierto que la BAC existe...

Blanco se sorprende por su respuesta sarcástica, le mira y lo aprecia como un hombre muy atractivo: moreno, con el cuerpo trabajado en el gimnasio como la mayor parte de los agentes jóvenes... Si tuviera un todoterreno rojo y Elena se lo encontrara en una noche de diversión, no dudaría en llevarlo al aparcamiento de Didí.

—Somos nosotros quienes nos vamos a hacer cargo del caso.

—¿Por qué? Está en la jurisdicción de mi comisaría.

—¿Por qué? Pues porque la vida es injusta y porque sí, la BAC existe. Se lo comunicaremos a tus superiores. Haz el favor de no inmiscuirte en las tareas de recogida de pruebas.

CAPÍTULO 5

A Elena no le ha dado tiempo a ir a casa a cambiarse de ropa, se ha tenido que poner la bata, así como el gorrito y la mascarilla, con la que obligan a entrar en la sala de autopsias, sobre los mismos vaqueros y la camiseta con los que fue a la Quinta de Vista Alegre. No le gusta ir vestida así, en cualquier momento la llama Rentero y debe ir a algún restaurante de los caros o al bar de algún hotel de cinco estrellas, los lugares en donde su jefe se siente a gusto, en donde prefiere reunirse con ella.

—¿Has descubierto ya algo, Buendía?

—Te estábamos esperando para empezar —la recibe el forense con todo listo—. De momento solo la hemos examinado por fuera.

—¿Alguna pista sobre quién es la novia gitana? —Por ahora la llaman así, por los rasgos, a falta de un nombre.

—Hay un tatuaje con una mariposa; se le han sacado fotos, cuando acabemos te las envío.

El tatuaje está en el omóplato derecho, no es demasiado llamativo. Una mariposa bonita, coloreada con rojo, verde, azul y negro.

—¿Alguna mariposa en concreto? Me refiero a si puede tener algún significado especial. —De repente a Elena se le ha ocurrido que tal vez sea la misma mariposa en la que se convertiría el gusano que salió de su ojo. En el fondo, una mariposa y un gusano son lo mismo.

—No tengo ni idea de mariposas. Nos enteraremos.

Buendía le muestra los dedos de la chica.

—Mira debajo de las uñas, hay restos de piel.

—¿Pueden ser de su asesino?

—O suyos, si se ha rascado, o de su novio, o de cualquiera —rebaja Buendía las expectativas de la inspectora—. Sacamos muestras y lo analizamos.

—¿La han violado? —Elena sabe que en los casos de violencia contra mujeres no es extraño que se haya abusado de ellas antes o inmediatamente después de su muerte.

—No. Lo indagaremos más a fondo, pero no parece que la hayan violado.

A Elena le gusta ver trabajar a Buendía: meticuloso, ordenado, con el pulso más firme que ha visto en su vida. A su alrededor se mueven, igual de eficaces, las dos auxiliares que siempre asisten a las autopsias con él, silenciosas, sin nombre.

—Mira aquí.

Buendía le señala tres pequeños agujeros en el cráneo unidos por un corte en forma de círculo. La muerta tiene esa zona de la cabeza afeitada. Una de las pocas cosas en las que Elena Blanco se fijó cuando vio su cadáver en la Quinta de Vista Alegre fue en su pelo, negro, largo y, de haber estado limpio de sangre, precioso...

—El corte circular es rudimentario y superficial, quizá un cuchillo afilado o un cúter; parece que solo sirve para unir las incisiones o marcar dónde debían hacerse. Seguramente han usado un taladro eléctrico, uno pequeño, de alta precisión, para hacerle los agujeros. Hay gusanos dentro.

—¿Dentro de los agujeros? —Elena está asqueada, aunque no lo demostrará delante de sus compañeros.

—Me temo que dentro del cráneo, pero eso no te lo voy a decir hasta que lo abra. No es agradable, mejor apártate.

Elena se siente obligada a quedarse, por muy desagradable que sea ver cómo seccionan el cráneo de una joven. Solo una llamada de móvil le permite alejarse unos segundos.

—¿Rentero? Por fin me llamas... ¿En el bar de la Facultad de Medicina en quince minutos?... Perfecto, allí nos vemos.

Todavía tiene tiempo de ver a Buendía usando el cincel de cráneo y la sierra circular con aspiración. Sus ayudantes ya tienen preparado un aparato con el que levantar la bóveda craneal.

—Bien...

Dentro solo hay gusanos, gusanos que han debido de comerse todo el cerebro de esa joven.

—Voy a tener que llamar a un entomólogo, a ver qué nos puede contar de esto. —Poco más puede decir Buendía.

Manuel Rentero, comisario, director adjunto operativo y número dos de la policía española, la está esperando sentado en una de las mesas de la cafetería de la Facultad de Medicina.

—¿Has hablado con tu madre? —le pregunta a modo de bienvenida.

No solo es su jefe, fue un buen amigo de su padre y, tras su muerte, ha mantenido la amistad con su madre. La ve más a menudo que la misma Elena.

—Seguro que eres tú el que me va a decir dónde está.

—¿No lo sabes? En el lago Como, siempre pasa allí el final de la primavera. ¿Cuánto hace que no vas a verla?

—Lo mismo aprovecho las vacaciones. —Elena tiene que contenerse para no tirar en exceso de ironía, hace muchos años que no sigue las costumbres de su familia. De cualquier forma, no quiere herir a Rentero; aunque pertenezca a una clase tan alta como sus padres, trabaja y es un buen jefe—. Vengo de la autopsia de la chica de esta mañana. Le han hecho una barbaridad.

—¿Gusanos?

—¿Cómo lo sabes?

—Lo suponía. Susana Macaya, veintitrés años, medio gitana y medio paya. —Rentero pone ante ella el historial de la muerta. Ya tiene nombre por el que llamarla: Susana—. Hubo un caso similar hace siete años.

—¿Similar o idéntico?

—La muerta de entonces se llamaba Lara, Lara Macaya, era hermana de Susana y también estaba a punto de casarse.

Elena Blanco no dice nada, pero acaba de convencerse de que ese caso es suyo y de que va a meter en la cárcel al que lo haya hecho. Para esto se hizo policía. Dos hermanas muertas a punto de casarse, con la cabeza llena de gusanos. Ahora entiende por qué han llamado a la BAC.

CAPÍTULO 6

—Entonces, aunque han llegado después, ¿ahora mandan ellos?

Zárate está frustrado y de buena gana obligaría a callarse al guarda de la Quinta de Vista Alegre, como si el pobre hombre tuviera la culpa de que a Costa y a él los hayan dejado de lado. Por allí andan los policías de la BAC, despreciando a los demás. La jefa ya no está, pero una más joven se mueve de un lado para otro mirando a los agentes uniformados como si fueran inferiores.

—Lo que importa es pillar al que se ha cargado a la chica, ¿no? Da igual si mandan ellos o nosotros, no es asunto suyo. Supongo que no hay cámaras.

—No, ni cámaras ni nada. Solo yo. Y un jardinero que viene una vez cada quince días. Hace unos años instalaron riego por goteo en los jardines, antes venía más a menudo.

—¿Y vienen muchos visitantes?

—Apenas nadie, hay vecinos del barrio que quieren que se abra el parque al público, pero de momento, nada. Aquí dentro solo estoy yo y los mendigos que se cuelan.

—¿Ha habido algún robo o algo así?

—Esto es tranquilo, como mucho pequeños incendios en invierno. Los mendigos encienden hogueras, se emborrachan y a veces se les va de las manos o se pelean entre ellos. Pero no ha pasado nada grave, gracias a Dios.

—Y me decía que hace días que no aparecen los mendigos.

—Sí. Y me extraña. Hace buen tiempo, no es mal sitio para dormir. Yo intentaría hablar con ellos.

—Sé hacer mi trabajo —responde antipático—. Hablaré con ellos cuando corresponda.

No debería perder tan fácilmente la paciencia; Salvador Santos, su mentor, le insiste siempre en eso, en que sepa escuchar, en que no eche en saco roto lo que dicen los testigos, en que aprenda a distinguir el trigo de la paja. Sabe que tiene razón, pero hoy está enfadado, le fastidia que les hayan quitado el caso, que esa inspectora le haya tratado como si fuera un simple agente de movilidad.

Hace un rato encontraron el bolso de la chica, Zárate se ha enterado de su nombre, Susana Macaya, porque se lo escuchó decir por teléfono a uno de los de la brigada mientras se lo comunicaba a sus jefes. También les ha visto sacar moldes de huellas de zapatos, había unas grandes, de un hombre pesado, que parecían prometedoras; han guardado una bolsa de un supermercado de la que quizá puedan sacar impresiones digitales. Él no la habría recogido, tenía pinta de ser una bolsa que ha llevado el viento hasta allí, pero, claro, no la ha visto de cerca; tal vez hayan reparado en algo que él de lejos no ha sido capaz de apreciar. Debe reconocer que los agentes de la BAC trabajan bien, organizados, sin dejarse ni un centímetro por escrutar. Si no fueran tan prepotentes...

—Me han dicho que ya nos podemos marchar. —Costa lo estaba deseando desde que encontraron el cadáver.

—Yo me quedo —se empeña Zárate.

—No te hacía tan gilipollas; el caso lo han cogido los de la BAC, olvídate de él.

—¿Tú sabes dónde tienen estos las oficinas?

—No, ni yo, ni nadie. Ni siquiera sabía si existían de verdad. Nosotros somos como párrocos de pueblo y ellos son los mandamases del Vaticano, nada que ver. Olvídate de esto, te quedan muchos años por delante, te vas a hartar de investigar asesinatos.

—Márchate tú, mañana te veo.

Costa se va, cabreado. Zárate sigue curioseando, de un lado a otro. Se mete dentro de la zona que han precintado los de la brigada. Ve una colilla de cigarrillo, se agacha a recogerla para meterla en una bolsa de pruebas.

—¿Qué coño haces? —La policía borde llega hasta él, prácticamente le arrebata la bolsa de la mano—. Haz el favor de salir de la zona acotada.

—Soy policía y ahí había una colilla que se te ha escapado.

—Me da igual quién te creas, para mí eres un guarda jurado. El caso es nuestro y tú te sales. ¿O quieres que te saque yo?

—¿Sí?, ¿me vas a sacar? ¿Cómo?

Los dos se enfrentan, brazos abajo, chocando sus pechos, como hacían de niños en el colegio. La diferencia es que ya no están en el recreo, él va de uniforme y ella lleva un chaleco con las letras BAC en la espalda. El otro, el cachas, se acerca, más conciliador.

—Venga, Chesca, vuelve al trabajo. Zárate te llamas, ¿no? Soy Orduño. Perdona a mi compañera, se pone muy nerviosa.

—Pues que se tranquilice.

—Venga, que estamos todos en el mismo bando. Nos ha tocado el caso a nosotros, no te hagas mala sangre. ¿Quién sabe si tú otro día te quedas con un caso nuestro?

Le acompaña, por la fuerza, pero sin que se note demasiado, fuera del terreno acotado. Zárate se aleja y, cuando está lo bastante apartado para que nadie le vea, se lleva la mano al bolsillo. Se pregunta cuánto tiempo tardará esa agente de la BAC en echar de menos su cartera.

CAPÍTULO 7

Las oficinas de la Brigada de Análisis de Casos no están dentro de una comisaría, ni siquiera en un edificio oficial. Ocupan la cuarta planta de un inmueble normal de la calle Barquillo, rodeadas de empresas convencionales, una de informática que programa juegos de ordenador, otra de seguros, una empresa de brókeres de bolsa. Allí no hay ni uniformes, ni armas a la vista, ni letreros que indiquen lo que se hace dentro. Lo único que diferencia a los trabajadores de la cuarta planta es que casi todos están en forma, en especial Chesca y Orduño. La sala de reuniones es como la de cualquier empresa: una mesa, sillas, una gran pizarra blanca, un dispensador de agua en una esquina...

En la Brigada de Análisis de Casos no se guardan pistas en secreto, todos hacen su trabajo y lo ponen en común. La verdadera investigación se hace en esta sala, analizando lo que se va encontrando; cuando están metidos en un caso hay reuniones diarias, a veces más de una, para mantener a los miembros del equipo perfectamente informados. Solo han pasado unas horas desde el hallazgo del cadáver y ya tienen que presentar sus pesquisas, o bien sus intuiciones. La primera en hablar es la inspectora Elena Blanco, que acaba de compartir los primeros datos del informe de la novia gitana.

—De momento, la prensa está fuera, aunque Rentero no sabe cuánto podrá aguantarla, así que no habléis con nadie —les dice—. La víctima, como ya sabéis, se llama Susana Macaya, tenía veintitrés años, era medio gitana y medio paya, y puede ser que estuviera de despedida de soltera.

—¿Se ha confirmado ya con la familia?

—No, todavía no les hemos informado de la muerte. Vienen hacia acá, yo hablaré con ellos. —Elena se ha guardado lo mejor para el final—: Hay un elemento especial, el que hace que nos hayan dado el caso a nosotros; bueno, dos. El primero es la causa de la muerte: parece ser que los gusanos le han comido el cerebro. El segundo es que una hermana de Susana, Lara, murió de la misma forma hace siete años.

Todos se quedan en silencio, procesando la información, hasta que Orduño se atreve a preguntar:

—¿No se descubrió entonces al asesino?

—Ese es el tercer elemento discordante de la historia. El asesino de Lara Macaya está en la cárcel, cumpliendo condena.

—¿Puede haber un copycat, alguien que esté copiando la forma de matar a una hermana para cargarse a la otra?

—Es lo que tenemos que averiguar, Chesca: cotejaremos todos los detalles a medida que los tengamos. Quiero que estudiemos el caso de la hermana para ver hasta qué punto son iguales o si solo se parecen. Pero vamos por orden, lo primero es enterarse de si de verdad estaba en una despedida de soltera, dónde se celebró, quién iba con ella, si pasó algo...

—¿Sabemos quién era el novio?

—Ni idea, pero me enteraré ahora, cuando hable con los padres. ¿Te ocupas tú de localizar a las amigas en cuanto sepamos algo, Orduño?

—Me pongo ya, no hay tantos locales en Madrid en los que se celebren despedidas. Supongo que teniendo su nombre encontraremos dónde estuvieron; tendrían que hacer una reserva.

—Muy bien. —Lo que más le gusta a la inspectora de su equipo es que tengan iniciativa y no esperen a que ella les diga cómo hacer las cosas—. Mariajo, hemos localizado el bolso de la víctima. Su teléfono está apagado, supongo que se quedó sin batería. ¿Te encargas de ponerlo a funcionar y ver qué había dentro?

—Sí, sin problema.

Mariajo es la última persona de la que nadie esperaría que fuese una hacker extremadamente competente. No se trata de un joven huraño, con más relación con los ordenadores que con las personas, sino de una encantadora abuelita —hace tiempo que dejó atrás los sesenta— sin nietos, de las que siempre aconsejan remedios de toda la vida para el catarro o el dolor de cabeza, de las que llevan bizcochos para sus compañeros y de las que mata los ratos libres haciendo crucigramas. Pero, cuando se sienta delante de un teclado, se transforma. Si alguien es capaz de averiguar todo lo que haya en la red sobre Susana Macaya es ella.

—Cuando se registre su casa fijaos bien en si hay ordenadores, tablets o lo que sea. Voy a mirar sus redes sociales, a ver qué encontramos —remata.

—Confío en ti, Mariajo —le dice Elena antes de volverse hacia Orduño—. Quiero que busquéis cámaras en los alrededores del portal de Susana.

Orduño asiente.

—¿Qué tenemos del lugar donde se encontró el cadáver?

—Además del bolso de la víctima, hemos recogido una bolsa de plástico con manchas dentro, creo que de sangre, lo que no quiere decir que no se trate de sangre de unos filetes de ternera; también una colilla de cigarrillo...

—¿Nada que sea más prometedor?

—Unas huellas de pisadas. Profundas. Casi con toda seguridad son de alguien que cargó con Susana, es decir, su asesino. Zapatos masculinos, talla cuarenta y cinco. Se ha mandado todo a analizar.

—¿Os contó algo interesante ese policía que llegó antes que nosotros?

—Ese no se enteraría de nada ni aunque hubiera presenciado el crimen. —Se nota que a Chesca no le ha caído nada bien su compañero de la comisaría de Carabanchel—. No sé por qué aprueban en la academia a tipos tan obtusos.

Elena no le da mucha importancia, en todos y cada uno de los casos hay un policía del que Chesca piensa lo mismo. Ha llegado el momento de Buendía...

—Todavía no puedo contar mucho, esta tarde he quedado con un entomólogo para ver si nos puede iluminar un poco. Lo que parece claro es que a la víctima se le hicieron unos agujeros en el cráneo, probablemente con un torno eléctrico de dentista, y un corte en forma de círculo que los unió. En los agujeros hay restos de polietileno, policloruro de vinilideno y policloruro de vinilo, es decir, se hicieron con la cabeza cubierta por una bolsa de plástico. Puede ser esa que habéis encontrado. Ya la he mandado a analizar. Le habían sujetado las manos con cinta de embalar, de la normal, la que se compra en cualquier sitio. Se están haciendo análisis para ver si la chica estaba drogada con alguna sustancia. Mañana os podré decir mucho más.

—Gracias, Buendía. Se levanta la reunión, todos a trabajar.

Antes de salir, Chesca se acerca a Elena para pedirle que la libere media hora.

—Es que he perdido la cartera.

—¿No te la habrán robado...? No sé si fiarme de una policía que se deja robar la cartera. Qué decepción, Chesca. —Elena sabe que a Chesca hay que bajarle las ínfulas de vez en cuando—. Tómate el tiempo que necesites.

CAPÍTULO 8

Miguel Vistas enseña a Carlos —un preso joven, de poco más de veinte años, al que todos conocen como el Caracas— a colgar el negativo de las fotografías para su secado.

—Caracas, ten cuidado; es una foto, no las bragas de tu novia. Tiéndela con cariño.

El resto de los alumnos está a lo suyo, no les interesa ni lo más mínimo la clase: uno dormita, otro escucha música con auriculares, otro simplemente está allí, absorto en sus pensamientos. Suena un timbre.

—Ya es la hora, el miércoles seguimos.

Solo el Caracas se queda a ayudar a Miguel a recogerlo todo, los demás salen del taller. Por lo menos hoy no han estado revolucionados, parecen dormidos. Apenas hay cinco apuntados y casi nunca asisten más de tres al curso de fotografía del Centro Penitenciario Madrid VII, en Estremera. A ninguno le interesa la fotografía, el único valor que tiene el curso es que sirve para demostrar buen comportamiento y, según los tipos de pena, lograr más días de permiso. Al primero al que no le interesa nada en absoluto es a Miguel Vistas, el instructor, un preso como los demás. Él sabe, como cualquiera, que las fotos con película, negativo, revelado y papel son el pasado, que pronto será imposible conseguir los aparatos y los componentes químicos necesarios; están asistiendo a los estertores de su arte. Los ordenadores, la fotografía digital, han acabado con todo eso. Es lo que les dice al empezar el curso, que con un móvil se pueden hacer fotos cojonudas. Pero, mientras le sigan permitiendo impartir la clase, tendrá algo de dinero para gastar en el economato del centro.

—¿Sabes algo de tu recurso, Caracas?

El Caracas no es un delincuente de verdad, solo un pardillo al que metieron droga en la maleta en el aeropuerto de Caracas, de ahí el apodo. Un pobre chaval que no debería estar en la cárcel; la cárcel es para los malos, no para los tontos.

—Todavía nada, a ver si me contestan pronto.

—Putos abogados —responde Miguel, que sabe que es lo que los internos quieren oír. Allí todos son inocentes y están entre rejas porque han sido maltratados en el juicio.

—Putos abogados, sí. El peor, el mío. —No hay nadie que hable más de abogados que los presos. De abogados, de recursos, de jueces, de permisos, de reducciones de penas... Todos acaban entendiendo de leyes más que cualquier ciudadano.

Miguel Vistas es un preso más, pero no es como el resto de sus compañeros. En la cárcel todos aprovechan el tiempo libre para pasarlo en el gimnasio, ponerse cachas, hacerse tatuajes y cortes de pelo que indiquen lo duros que son. Miguel, no; Miguel tiene unos cuarenta años, está regordete y, cuando pasea por el patio, casi siempre solo, parece un padre de familia de cualquier barrio residencial de Madrid que disfruta del fin de semana vestido con su chándal comprado en las rebajas del Alcampo.

Según consta en su expediente, Miguel asesinó a una chica medio gitana de poco más de veinte años que estaba a punto de casarse. Fue un crimen especialmente brutal: le hizo tres agujeros en el cráneo y le introdujo gusanos, unos gusanos que le comieron el cerebro. La chica tardó casi una semana en morir, consciente, entre dolores terroríficos. Miguel Vistas continúa asegurando que él es inocente, que no merece estar ahí, expuesto a las venganzas de otros gitanos. Por eso prefiere no hablar, que ninguno de los recién llegados se entere de lo que le ha llevado allí, que caiga en el olvido. Aunque a veces se permite adoptar un aire misterioso cuando le preguntan por su caso, para que piensen que sí puede ser culpable. En la cárcel, la etiqueta de asesino atroz concede prestigio.

—A mí me ha pedido una reunión un abogado nuevo —le cuenta al Caracas—. No sé qué querrá, ya no confío en nadie. Lo atiendo para ver si consigue que me den un pase de fin de semana. ¿Sabes cuánto hace que no piso la calle? Siete años. Cuando salga, no voy a conocer nada.

—Está todo igual que antes. Me voy, luego te veo, que tengo que lavar la ropa del Mataviejas.

—Que no te oiga llamarle así.

El Caracas, como muchas veces Miguel, tiene que hacer de criado para los presos duros de verdad: lavar la ropa, limpiar la celda... El Mataviejas es uno que se cargó a tres ancianas para quedarse con sus ahorros. Nada más ingresar, otro preso le quiso dar una paliza, por si había violado a las viejas, siguiendo ese antiguo y absurdo código de la cárcel de que hay que castigar a los violadores, los violetas. El Mataviejas demostró que no iba a permitir que nadie le tratara como tratan al Caracas, que él era un tipo de cuidado: mató al justiciero con un punzón fabricado con el mango de una cuchara.

—No te preocupes, delante de él le llamo hasta señor. No quiero que me jodan.

—Si no me haces caso, acabarán jodiéndote. ¿No vives bien cuando haces lo que te aconsejo? Aunque aquí, tarde o temprano, uno acaba jodido. —Miguel Vistas sabe de qué habla.

CAPÍTULO 9

Zárate ha dejado la moto en la plaza del Rey, donde está la Casa de las Siete Chimeneas —el lugar en donde dicen que ronda el fantasma de una amante del rey Felipe II—, y ha ido por la calle Barquillo buscando el número que aparecía en el recibo de taxi que encontró en la cartera de la policía borde de la brigada. No está orgulloso de habérsela robado, pero quiere ir a la BAC y era el único modo de saber adónde dirigirse. Tampoco está seguro de que vaya a dar con lo que busca en ese edificio antiguo y elegante; lo del recibo de taxi no ha sido más que una corazonada, pero tiene que intentarlo, no quiere quedarse fuera del caso así como así.

—¿A la cuarta planta? No me han avisado de que esperaran ninguna visita. Me tendría que haber llegado la comunicación. Si quiere, póngase en contacto con ellos por teléfono y que me avisen; de lo contrario no le puedo dejar pasar. —Demasiado interés por las visitas a la oficina para ser un simple portero.

—Soy policía.

Al portero no parece importarle mucho la placa que Zárate le enseña. No le dejaría entrar si no escuchara a su espalda la voz de una mujer.

—Deja, Ramiro. Yo me hago cargo. ¿Qué le trae por aquí?

Tenía razón, allí está la BAC, la misteriosa Brigada de Análisis de Casos, y la que le franquea el paso es su jefa, la inspectora Elena Blanco. Zárate le muestra inocente la cartera.

—Se le cayó a una de su equipo en la Quinta de Vista Alegre. He venido a traérsela.

—Bien, le ahorrarás un montón de papeleo. Ya sabes cómo es esto de renovar todos los carnés y las tarjetas de crédito. Sube y te enseño nuestras instalaciones.

Zárate no esperaba que fuese tan sencillo cruzar la entrada. Al parecer va a tener hasta una visita guiada por las oficinas.

El ascensor es pequeño, de los de madera y rejas, instalado en el hueco de una escalera que no fue construida para albergar uno. La proximidad entre la inspectora y Zárate es incómoda, ella no parece darse cuenta.

—¿Se la has robado a Chesca?

Entre lo pequeño del ascensor y lo abrupto de la pregunta, Zárate siente que es imposible que la inspectora no se dé cuenta de que el corazón se le ha acelerado. No vale la pena negarlo.

—Era la única forma de encontrar la BAC. Y no quiero quedarme fuera del caso.

—¿Por qué?

—Es mi primer muerto por asesinato desde que llegué a este destino. Llevo toda la vida preparándome para esto...

La inspectora Blanco no habla hasta que se detiene el traqueteo del ascensor. Zárate duda sobre la conveniencia de haber dicho la verdad, llega a pensar que le van a detener en cuanto llegue al descansillo de la cuarta planta. La inspectora acerca una tarjeta a un lector y la puerta se abre. Por fuera parece una puerta normal; al ver su hoja, se nota que está blindada. Dentro hay una recepcionista.

—Verónica, hazle una tarjeta al subinspector Zárate, va a pasar unos días con nosotros.

—En mi destino... —La decisión de la inspectora ha pillado desprevenido a Zárate.

—Yo hablo con ellos. Ven.

Al pasar por un despacho, ella se detiene. Dentro está Chesca.

—Anda, toma tu cartera. Debes tener más cuidado, Chesca; si no llega a encontrarla Zárate en la Quinta de Vista Alegre, te tienes que renovar hasta el DNI —le dice mientras se la entrega.

—A buenas horas.

Chesca mira con evidente hostilidad a Zárate; de no haber estado la inspectora Blanco, habría acabado con la pelea que iniciaron en la Quinta. Zárate se dice que ha de ir con cuidado con ella. La inspectora y él siguen andando hasta llegar a una puerta cerrada.

—Ahí dentro están los padres de la víctima. Se llaman Moisés y Sonia. Ya asesinaron hace años a su hija mayor, Lara; ahora han matado a la pequeña. Vamos a darles la noticia.

—¿Quiere que la acompañe? —se extraña Zárate.

—Te irá bien ver que investigar asesinatos es una de las cosas más crueles que existen, por muchas ganas que tengas de hacerlo. No les vamos a dar detalles escabrosos, solo les diremos que Susana ha muerto. ¿De acuerdo?

—Claro. Solo una pregunta, ¿por qué me acepta?

—Me ha gustado que te hayas atrevido a robarle la cartera a una policía que te arrancaría la cabeza de un solo golpe. Te merecías un premio... y un castigo: serás tú quien les dé la noticia a los padres. Yo he bajado a beberme una grappa antes de hacerlo, para encorajarme, y sigo sin ganas.

Zárate no tiene tiempo ni para procesarlo antes de que Elena Blanco abra la puerta.

—Señores Macaya, siento haberlos hecho venir hasta aquí. El subinspector Zárate les cuenta el motivo.

Es muy difícil dar a unos padres la noticia de que han encontrado a su hija muerta, asesinada. Hay lágrimas, lamentos, dolor, reproches velados... Moisés, el padre de las dos hermanas muertas, tiene un duelo más llamativo, agravado, además, por un evidente tirón en la espalda. Sonia, la madre, se muestra más callada; sufre por dentro.

—Les prometo que vamos a poner todos los medios para encontrar al asesino de su hija —después de dejar a Zárate la parte más dura del encuentro con los padres, la inspectora Blanco retoma el protagonismo.

Zárate se da cuenta de que es una estrategia: él da las malas noticias, ella abre la esperanzadora puerta de la venganza.

CAPÍTULO 10

—No es sencillo educar a una hija cuando estás convencido de que ella debe ser libre, tomar sus propias decisiones y cometer sus propios errores. —Moisés habla despacio, como si sufriera cada una de las palabras que pronuncia—. Ahora me arrepiento, debí educarlas como se ha hecho siempre con las mujeres de mi raza. Ya me equivoqué con Lara, solo yo tengo la culpa de que también me haya ocurrido con Susana.

Entre Zárate y Elena les han dado los datos imprescindibles sobre la muerte de su hija, les han dicho que estaban convencidos de que se trataba de un homicidio, pero les han asegurado que hasta que lleguen los resultados definitivos de la autopsia no podrán indicarles cómo la han asesinado.

—¿Sufrió mucho? —pregunta Sonia entre lágrimas—. La muerte de Lara fue atroz.

—Ese malnacido que la mató sigue en la cárcel. Y espero que nunca salga —completa Moisés.

La inspectora Blanco sabe que debe ir con cuidado, no dejar que los padres de la víctima se cierren en banda ni que sospechen que su hija no fue escogida al azar y que su muerte es una reedición del asesinato de su hermana.

—Como les he dicho, les daremos toda la información cuando se complete la autopsia, pero ahora necesitamos que sean ustedes los que nos ayuden a nosotros. ¿Llevaba mucho tiempo Susana viviendo sola?

—Un poco más de dos años. Desde que cumplió veintiuno. Hasta eso aceptamos, que quisiera vivir sola —se lamenta Moisés.

—¿De qué vivía?

—De algunos trabajos de mensajería. También ha hecho de modelo para catálogos de ropa. —El padre está orgulloso de la belleza de su hija.

—A veces yo le pasaba algo de dinero, poco —completa la madre, mirando a Moisés con temor; está claro que él no lo sabía—, para que llegara a fin de mes.

—Lo normal a esas edades —tercia la inspectora, que no quiere que ella tenga miedo a decir la verdad por contrariar a su esposo—. Creemos que su hija estaba en una despedida de soltera.

—Se casaba a final de mes, en dos semanas. Su novio se llama Raúl; no me gusta... —reconoce Moisés—. Se dedica a algo de publicidad. Señora inspectora, uno ha visto mucho mundo y sabe que ese joven no es de fiar, es de los que pasan la vida en bares, metiéndose lo que sea que se metan ahora, de los que no se casan para formar una familia, sino para tener a una chica dispuesta a satisfacer sus vicios...

—¿Se lo había dicho a ella?

—Mil veces, tantas que había dejado de hablarnos. Ni siquiera nos quería invitar a la boda. Menos mal que mi esposa habló con ella y la hizo entrar en razón...

—Creemos que Susana desapareció la noche del viernes al sábado, aunque todavía no tenemos la certeza, la hemos encontrado hoy y no teníamos ninguna denuncia. ¿No hablaban con ella? —dice Zárate. Blanco le clava la vista: no debería decir nada que parezca un reproche. Ya le echará la bronca después.

Moisés, como Elena suponía que iba a suceder, mira hostil a Zárate.

—Usted no tiene hijos, ¿verdad? Hay veces en que no es fácil entenderse con ellos. No era la primera vez que pasábamos un fin de semana, incluso una semana entera sin saber de ella.

—Yo hablé el viernes por la tarde con mi hija. —Sonia no interviene mucho y hay que aguzar el oído cuando lo hace, se nota que es una mujer destrozada, tras recibir la peor noticia que se le puede dar a una madre—. Se iba de despedida con sus amigas de toda la vida. Solo le deseé que no hiciera nada de lo que tuviera que avergonzarse y que disfrutara, que lo pasara bien.

—¿Sabe dónde iba a juntarse con las amigas?

—Iban a un restaurante y después a un local de esos en los que celebran las despedidas. No sé el nombre, yo nunca he ido a un sitio de esos —contesta la mujer—, solo que está por la calle Orense.

Mientras hablan, mientras Zárate, que quiere ganar puntos, les hace preguntas sobre su hija, sobre cómo localizar al novio, sobre quiénes son las amigas que pudieron ir con Susana a la despedida, Elena Blanco se abstrae. Delante de sus padres no quiere pensar en la última imagen que tiene de Susana, la de hace unas horas en la sala de autopsias, con el cráneo abierto y la cavidad llena de gusanos. Quiere pensar en la joven como ellos la recuerdan, como una chica guapa y rebelde. Piensa también en su hermana muerta hace años, a la que todavía no pone cara porque no les ha llegado el expediente con su fotografía. ¿Estaban las dos unidas?, ¿hay algo más allá de su relación familiar que las iguale ante los ojos del asesino?, ¿hay alguna diferencia en las muertes que permita pensar que no las haya asesinado la misma persona?, ¿se llevó bien la investigación del primer asesinato?, ¿está el verdadero asesino en la cárcel? Son muchas las preguntas sin respuesta. Como en cada caso al que se enfrenta, le costará dormir bien —más incluso de lo habitual— hasta que las haya encontrado.

—No me he vengado, el asesino de mi hija mayor está en la cárcel. Podía haber hecho que lo mataran, tenía medios para hacerlo, y no lo he hecho, he confiado en su justicia. Esta vez no será así.

Elena Blanco no sabe si es una amenaza fundada o una forma de liberar tensión de Moisés Macaya. Tampoco le importa, detendrá al asesino; lo que ocurra después —si le castiga el Estado o se venga el padre— no depende de ella.

CAPÍTULO 11

Bruno, bailarín del Very Bad Boys —el segundo de los locales del mismo estilo que recorren—, recuerda perfectamente a la chica morena del tutú rosa. Chesca mira alrededor en el vestuario donde los estríperes se preparan para el show del día. Le hace gracia ver a su compañero Orduño hablar con el cubano: costaría saber cuál es el que va a actuar dentro de unos minutos, Orduño tiene más músculos que cualquiera de los bailarines que se mueven por allí.

—Parecía tímida, estaba a disgusto. Así que le dije que no se preocupara, que no iba a pasar nada. Bailamos, terminamos nuestro número y se marchó.

El cubano es atractivo, educado, habla bien y parece realmente afectado al escuchar la suerte que ha corrido una de sus clientas, pero poco más puede decirles.

—Hay chicas a las que les divierte venir, otras vienen por la costumbre y empujadas por las amigas. Usted me pregunta por una de las segundas.

—¿Recuerda a las amigas?

—Por aquí pasan decenas de mujeres cada noche. Si nos cuesta recordar a las que salen al escenario, imagine a las que se quedan en el público.

—Me habían dicho que cada día acababa más de una en el camerino con vosotros.

—De vez en cuando, pero mucho menos de lo que la gente cree. La chica del tutú rosa no era una de las que nos visitan después. Esa noche hubo otra que tendrá que explicarle muchas cosas a su novio antes de la boda, una que llevaba una diadema con una polla de goma.

Otro de los bailarines, de más de uno noventa y cien kilos de músculos inflados, entra en el vestuario, sonríe despectivo y provocador a Chesca.

—Me voy a desnudar, ¿te vas a asustar de lo que veas?

—No creo que me asuste. Ya he visto pollas pequeñas antes.

—¿Pequeñas? Si quieres te hago un pase. Y, si te apetece, nos vamos a uno de los camerinos privados.

—¿Serás lo bastante hombre para mí?

—Hasta ahora no he tenido quejas. Les gusto mucho a los chochitos como tú.

El bailarín le echa la mano al culo a Chesca, quizá no sepa que es policía o, sabiéndolo, ha decidido que así es más excitante. Orduño se da cuenta tarde y no puede evitar que ella le tuerza el brazo atrás y le haga arrodillarse en el suelo.

—¿Estás loca? —grita el bailarín, mientras intenta zafarse sin éxito—. ¡Suéltame!

—Chesca, por favor —interviene Orduño sin mucha energía.

—No te preocupes, solo quiero darle una lección a mi amigo, que tiene las manos muy largas... Lo primero, que no le debe tocar el culo a una chica que no le ha dado permiso. Lo segundo, que a ninguna mujer, o a casi ninguna, le gusta que la llamen chochito...

Aprieta, le retuerce el brazo, podría romperlo. El cubano mira con indiferencia, como si hubiera visto algo así en muchas ocasiones, como si solo esperara que sonara un crac. Pero Chesca lo suelta.

—Apréndelo para la próxima.

Orduño se ríe cuando llegan a la calle, no es la primera vez que es testigo del mal humor de su compañera.

—Podrías haberle roto el brazo.

—Es verdad, hasta he pensado en hacerlo. Lo que me jode es que no hemos sacado nada de esta visita —se queja Chesca.

—Conocemos mejor a Susana, algo es algo. Era de las que no se divierten en estas fiestas. Una buena chica.

La siguiente cita de los dos agentes de la BAC, en un día que está resultando especialmente largo, es en las oficinas de la calle Barquillo. Allí los esperan las amigas de la novia que estuvieron en la despedida de soltera en el Very Bad Boys. Todas antiguas compañeras de colegio menos una, Cintia.

—¿De qué conocías a Susana? —Cintia es la primera en la que se ha fijado Chesca. No sabe por qué, quizá por un sexto sentido que la ha llevado a ser policía.

—Estuvimos juntas en un curso de modelos. —Cintia, aunque parezca tímida y apenas mire de frente, solo al suelo, como si no quisiera que se le viera bien la cara, es muy guapa y tiene el típico cuerpo de modelo: alta, delgada, muy espigada—. Susana lo dejó enseguida, no le gustaba y era bajita. Ahora solo hacía algún catálogo de supermercados, de tiendas online y cosas así. Pero continuamos siendo amigas.

La conversación deriva hacia las demás jóvenes, aunque Chesca sigue muy pendiente de las reacciones de Cintia. La líder de las amigas es Marta, la que contesta antes que ninguna, la que lo organizó todo, la que menos siente la muerte de Susana, por lo menos no lo aparenta.

—Fuimos muy amigas en el colegio y después hemos

seguido viéndonos. Más por costumbre que por otra cosa: despedidas de soltera, una noche de chicas cada verano y poco más. La gente cambia mucho a lo largo de la vida y ya teníamos poco que ver.

—¿Sospecháis de alguien que pudiera quererla mal?

—¿Han hablado ya con su novio? Aunque no creo, Raúl es un buen chico. No estaba enamorado de ella, pero es un buen chico. Si no se metiera tanto por la nariz, hasta sería un famoso director de cine. Bueno, y lo de su hermana Lara; aunque Susana no hablaba casi nunca de ella, todas lo sabíamos. No me parece casualidad que dos hermanas mueran poco antes de casarse. ¿Sabe que su padre es gitano? Las bodas de los gitanos son distintas, ¿no? Lo mismo a la familia no les gustaba que se fueran a casar como las payas. Pero lo digo por decir —remata.

Interrogan una por una a todas por separado, no hay contradicciones. Todas, menos Cintia, se fueron desde el Very Bad Boys a El Amante; después dejaron a Susana con un taxi cerca de su casa antes de acabar la noche en un local por Alonso Martínez. Tienen que volver a hablar con Cintia.

—¿Eres la única que no se quedó? ¿Dónde fuiste?

—A casa, a dormir.

—¿Sola?

—Sí, sola... No me gustaba lo del sitio ese, me da vergüenza que las mujeres hagan esas cosas, como si esos tíos tuvieran derecho a hacer lo que quisieran con ellas. Era patético, disfrazados de bomberos, de policías...

Chesca opina lo mismo que Cintia, a ella no se le ocurriría entrar en un lugar así. Orduño se mantiene al margen, escuchando las preguntas de su compañera y las respuestas de la amiga de la novia.

—¿Por qué fuiste a la despedida?

—No quería dejar sola a Susana. Me arrepiento de haberme marchado.

Cintia rompe a llorar, lo que no ha hecho antes ninguna de las amigas. Chesca no es buena para consolar, eso se lo deja a Orduño. Le permiten irse con el aviso de que pronto volverán a hablar con ella.

—¿Qué te parece? —pregunta a su compañero cuando la han dejado metida en un taxi.

—Que estaban liadas.

—Todos los hombres pensáis que las mujeres guapas están liadas.

Orduño se encoge de hombros.

CAPÍTULO 12

A Chesca no le ha gustado nada enterarse de que Zárate iba a estar unos días con ellos y no se corta en demostrarlo, pero cumple órdenes: todos saben que con Elena se puede discutir y argumentar lo que sea y que, en muchas ocasiones, se consigue que cambie de opinión, pero una vez da una orden no cabe más que cumplirla.

—Yo voy al apartamento de la víctima, me acompaña Zárate. Vosotros presentaos en casa del novio, no le aviséis antes; a ver cómo reacciona —ordena la inspectora.

Esa tarde han tenido una reunión más. Buendía les ha dado datos sobre la autopsia que, de momento, no han aportado nada nuevo; Orduño y ella han comentado su impresión sobre Cintia. Quien ha estado más interesante ha sido Mariajo.

—Los últimos mensajes que salieron del móvil de Susana Macaya fueron para Cintia. Le pedía que no se enfadara con ella. Cintia no contestó hasta el día siguiente, le pedía perdón por haberse comportado como una aguafiestas. O eso creo, qué mal escribe esa chica, no había ni una vocal en todo el mensaje...

—¿Te pareció que era una discusión de enamoradas? Orduño está empeñado en que tenían un lío —se ríe de él Chesca—. Debe de ser una de sus fantasías.

—La forma en que hablaba de ella su amiga... No son fantasías —se defiende Orduño.

—Era una charla de buenas amigas, nada más. Aunque tampoco sería capaz de negarlo, tenían mucha confianza. En realidad, hacía pocos días que se había eliminado el chat. Lo mismo que las fotos, en la tarjeta apenas había, se borraron hace solo una semana. Supongo que cuando acceda a la nube podré deciros algo más.

—¿Hay algo en las redes sociales?

—Susana no era muy activa. Tenía Facebook, pero apenas lo usaba. Nada de Twitter, ni de Instagram, ni de ninguna otra red.

—Mira las redes del novio y las de Cintia. A ver si ellos eran más activos. Y tú, Buendía, intenta que el entomólogo nos diga algo que nos ayude a avanzar. Todos en marcha, mañana reunión a primera hora para poner todo en común.

—¿Y este coche?

Zárate alucina al subirse en el Lada Riva rojo de la inspectora Blanco, una joya de la automoción soviética.

—Es el único que he tenido en mi vida, un clásico. Aunque igual debería ir pensando en cambiarlo, porque cada vez me cuesta más encontrar mecánicos que me lo tengan a punto.

No es verdad que sea el único que ha tenido; de hecho, en el aparcamiento de debajo de casa, el que cuida Didí y es testigo de sus fantasías cumplidas, guarda el Mercedes 250 Berlina gris perla, que compró para viajar y que nunca mueve. El Lada es su favorito, el que usa siempre por Madrid, el que ha cogido hoy para llegar, a primera hora de la mañana, a la Quinta de Vista Alegre.

No es fácil aparcar en la zona de Lavapiés, cerca de la

calle de Ministriles, donde está el apartamento de Susana. Deben dejarlo en un área de carga y descarga, pero a Elena no le preocupa, sabe que Rentero se encargará de que la Policía Municipal no tramite la multa, si es que se la calzan.

El edificio es antiguo o, mejor, habría que decir viejo. Susana vivía en el tercero sin ascensor, al que se llega subiendo una estrecha escalera. Tienen orden de registro, pero no copia de la llave y allí no hay portero, y los de la Científica todavía no han aparecido, solo les queda una solución: usar su habilidad para abrir la puerta.

—¿Se te dan bien las ganzúas o llamamos a un cerrajero?

—Soy un experto —se jacta el agente.

Zárate tarda menos de lo que hubiera hecho con una copia de la llave; en apenas unos segundos están dentro de la casa de Susana.

—Está todo muy ordenado. Está claro que no se la llevaron de aquí. Quien se la llevara lo hizo después de que se bajara del taxi, que luego dejó a sus amigas en Alonso Martínez, y antes de entrar en el portal.

—Quizá ella decidió ir a algún lugar antes de volver a casa.

—Quizá.

Es un apartamento pequeño: un salón con cocina americana, una habitación y un baño con plato de ducha. En la pared del salón destaca la reproducción de un cuadro; una mujer rubia, desnuda de cintura para arriba, con lo que parecen edificios de cemento en el fondo. Elena lo identifica sin necesidad de acercarse.

—Es de Tamara de Lempicka. Una pintora medio polaca, medio mexicana. Era bisexual; lo mismo tiene razón Orduño y las dos amigas se entendían. Lo mismo es solo que le gustaban sus pinturas. A mí me gustan.

—¿Sabe usted de arte?

—Para empezar, háblame de tú, Zárate, te lo he pedido ya varias veces; la próxima te arresto —le dice ella por fin—. No, no sé nada de arte, pero estuve en su casa museo en Cuernavaca, en México. No hay que haber visto muchos para identificar un cuadro suyo.

Resulta muy violento curiosear entre las posesiones de un muerto, mucho más ser el primero que lo hace. Entrar en una casa que estaba esperando a su propietario, sin que él hubiera podido hacer nada para ocultar de la vista lo que no quería que nadie viera: papeles, fotografías, revistas, libros y hasta juguetes sexuales que cualquiera tendría pudor en mostrar a los demás; pero allí no hay nada que llame la atención.

—¿No te extraña? Es como si fuera una habitación de hotel. Pero todos tenemos secretos. —Elena curiosea, con cuidado para no tocar nada, mientras Zárate busca. Lo único que le llama la atención es la foto de una chica parecida a la víctima, supone que se trata de su hermana Lara. Está guardada en un cajón, como si la inquilina del apartamento no quisiera deshacerse de ella, pero tampoco verla a todas horas—. ¿Crees que alguien puede haber preparado la casa para un registro?

—No —apunta Zárate—. Mariajo también comentó que habían eliminado las fotos del móvil, como si quisiera hacer borrón y cuenta nueva con su antigua vida antes de casarse.

Elena asiente, Zárate tiene razón. Deben descartar que haya sido de allí de donde se llevaron a Susana. Probablemente la chica no llegó a subir a su casa después de la despedida.

Zárate sale de la habitación con un portátil viejo en la mano, se lo llevarán a Mariajo.

—Hay ordenador, pero no hay línea ADSL. Todo el

mundo tiene internet ya, hasta mi madre. ¿De verdad vivía aquí?

—Veremos qué nos cuentan Chesca y Orduño de la visita a casa de su novio. Lo mismo vivía allí y este apartamento solo lo mantenía para venir de vez en cuando. Ya están de camino los de la Científica, ellos nos dirán si hay algo más que debamos saber.

Lo sabrán, en breve no quedará nada de la vida de Susana que ellos no sepan.

—Necesito una grappa. ¿Vienes?

CAPÍTULO 13

El piso en el que vive Raúl no tiene nada que ver con el de Susana. Está en una de las calles de detrás del Museo del Prado, de las que llevan al Retiro, una zona de Madrid que recuerda a París. El edificio hace esquina con Alfonso XII y es el último piso; seguro que tendrá unas vistas privilegiadas sobre el parque, quizá hasta cuente con uno de los torreones que Chesca mira con envidia todas las mañanas, mientras da las dos vueltas de rigor al parque corriendo. Allí solo puede vivir gente de dinero.

—¿Raúl Garcedo? Policía.

—¿Policía? ¿Qué pasa?

—¿Le importa si hablamos dentro?

—Estoy ocupado. ¿Vienen con una orden?

Raúl intenta impedir la entrada de los policías. Orduño se tiene que poner serio.

—No, no traemos una orden de registro, pero si quiere la pedimos y vemos qué trata de esconder. Solo venimos a hablar con usted sobre su novia, Susana Macaya.

—¿Le ha pasado algo?

Raúl permite la entrada de los dos policías. El salón es todavía más lujoso de lo que ellos esperaban: decoración en blanco y negro, elegante y cara, sobre todo un impresionante altavoz BeoLab 90, de Bang & Olufsen, que cuesta bastante más que un coche de gama media. Si lo hiciera sonar a la máxima potencia, la música podría acompañar a los corredores del parque; como dice la publicidad de la casa, un sonido más potente solo se consigue en primera fila de un concierto en un estadio.

—Antes de hablar, prefiero que guarde eso. —Chesca mira con desprecio.

Sobre la mesa hay una raya de coca; a su lado, la tarjeta de crédito que ha servido para prepararla y un tubo que tal vez sea de plata. Para sorpresa de los policías, Raúl esnifa la raya y deja caer todo lo demás dentro de un cajón, empujándolo con el dorso de la mano.

—Guardado. Ustedes me dirán... No sé nada de Susana desde el viernes. Se iba de despedida de soltera.

—¿No ha intentado hablar con ella?

—Ayer la llamé al móvil, no me lo cogió. Suponía que me llamaría hoy.

—Se van a casar dentro de un par de semanas, ¿no sería normal que hablaran a diario? —pregunta Chesca.

—Supongo que la policía no viene a mi casa para saber si me porto mejor o peor con mi novia o si hablamos cada diez minutos. Hagan el favor de decirme lo que sea.

Chesca siente una inmediata antipatía por Raúl, casi deseos de que sea el culpable de la muerte de la chica. Lo suelta sin rodeos:

—Esta mañana han encontrado el cadáver de Susana Macaya en un parque en Carabanchel.

—¿Qué?

La sorpresa de Raúl no parece fingida, pero eso no quiere decir nada; todos los sentimientos se pueden imitar.

—La han asesinado. Le rogamos que colabore con nosotros.

—Claro, lo que ustedes me pidan. —Por primera vez parece nervioso—. No sospecharán que yo...

—En un caso de asesinato, siempre sospechamos de la

pareja; desgraciadamente, nos da buen resultado. Tendrá que acompañarnos.

—Pero ¿estoy detenido?

—No, por supuesto que no. No le detendremos si no encontramos motivos para hacerlo. Si llegara el caso, se lo diríamos, para que pudiera llamar a su abogado. De momento solo queremos que nos hable de Susana Macaya.

Se llevan el ordenador —un Mac de más de dos mil euros— para que Mariajo pueda analizarlo y le piden que los acompañe a sus oficinas. No le dicen que esta noche no volverá a casa, que dormirá en una sala de espera y que la inspectora Blanco solo le interrogará por la mañana, cuando esté enfadado, cuando se le pasen los efectos de la cocaína que acaba de esnifar, cuando esté dispuesto a cambiar su altavoz Bang & Olufsen por una simple ducha. Solo entonces les dirá todo lo que quieren saber.

CAPÍTULO 14

La inspectora Elena Blanco ha llevado a Ángel Zárate hasta un local en la calle Huertas. Es un karaoke de los de toda la vida, el Cheer's.

—¿Un karaoke?

—¿Has estado alguna vez en uno?

—Hace más de diez años, con unos amigos... Pero no había vuelto.

Nada más entrar advierte que allí todos conocen a la inspectora: los camareros la saludan; algunos entre el escaso público presente le hacen un gesto; hasta el cantante que está en el escenario, que en estos momentos interpreta una canción de Mocedades, le guiña un ojo al verla.

—Veo que eres de lo más popular.

—Vengo a menudo, de domingo a jueves. Los viernes y sábados solo hay turistas y borrachos, entre semana es cuando se juntan los que cantan bien.

Zárate mira alrededor, sin saber cuál puede ser el encanto del local: gente mayor, un micrófono, una pantalla con delirantes vídeos con la letra de las canciones, un hombre con pinta de funcionario que canta sobre una mujer a la que las demás mujeres del barrio llamaban loca... El camarero se acerca a ellos con una sonrisa en la cara.

—No te esperaba hoy, Elena. Como ayer te marchaste tan tarde...

—Hoy no me dejes que me quede hasta el final. Una horita y me voy.

—¿Lo de siempre?

—Sí.

—¿Y el señor?

—Una cerveza, un tercio de Mahou —interviene Zárate.

Elena se precia de saber mucho de la gente por lo que bebe, pero no tiene ninguna opinión sobre los que piden tercios de Mahou. Que son madrileños, poco más.

—¿Qué es lo de siempre? ¿Grappa? —le pregunta él.

—Sí, una grappa distinta según la hora del día. Al caer la noche me gusta la stravecchia, envejecida en barricas de madera al menos dos o tres años.

—Un coche ruso de la época de los sóviets, grappa, un karaoke... No se puede negar que eres peculiar, inspectora.

—Todavía no sabes nada. Y hemos venido a trabajar. Dime, ¿qué te ha llamado más la atención del apartamento de Susana?

Zárate siente haber estado tan presionado por la presencia de la inspectora y no haber tenido los ojos lo bastante abiertos. Poco puede decir, más allá de lo que ya han hablado, la llamativa ausencia de detalles personales, aparte de la ropa. También la falta de línea ADSL.

—¿Nada más?

—Nada. ¿Qué ha visto usted?

—Poco, como bien dices, daba la impresión de que se había limpiado el piso de recuerdos, pero algunos elementos llamaban la atención.

Elena le habla del cuadro de Lempicka, que puede tener significado o no; también del retrato de Lara guardado en un cajón, del imán de nevera con la misma mariposa que Susana llevaba tatuada en el omóplato...

—Muy poca cosa, pero no importa. Ya encontraremos lo que buscamos.

—¿Y si no lo encontramos?

—La brigada siempre lo encuentra, no tenemos demasiada prisa. Y no lo olvides: siempre llevamos ventaja sobre el asesino. Nosotros podemos equivocarnos veinte veces, pero si acertamos una, lo descubrimos; él puede acertar veinte veces, pero si falla una, lo descubrimos. Es una cuestión de estadística.

A Zárate le gustaría que la inspectora siguiera hablando, pero por el altavoz la reclaman: Elena.

—Es mi turno.

Sale al escenario y coge el micrófono. Algunos de los presentes la saludan con aplausos. La música empieza a sonar.

—*Suona un'armonica, mi sembra un organo, che vibra per te, per me, su nell'immensità del cielo.*

No es una música que a Zárate le guste —nunca antes había oído cantar a Mina Mazzini; en realidad, la única italiana que le suena es Raffaella Carrà—, pero debe reconocer que la inspectora canta muy bien. Le ha dado una sorpresa más, mayor que la de la grappa o la del Lada. Cuando acaba, se lleva una buena dosis de aplausos. Enseguida llega el camarero con otra copa del selecto aguardiente.

—Invitación de la casa. Cada día cantas mejor, Elena.

Hablan de la carrera de Zárate: hijo de policía, nacido en Bilbao, aunque vive en Madrid desde la muerte de su padre en acto de servicio cuando él era apenas un niño, policía de vocación tardía, antes de presentarse a las pruebas para entrar en el cuerpo estudió Derecho... Elena, en cambio, no dice más que generalidades sobre sí misma.

—Espera y atiende, va a salir a cantar Adriano.

Un hombre de cerca de sesenta años sube al escenario y rechaza el micrófono que le ofrecen.

—Escúchalo, si Adriano hubiese querido, Pavarotti, Carreras y Plácido Domingo se tendrían que haber ganado la vida cantando en el metro.

—¿Exageras? —se ríe Zárate.

—Un poco, pero canta muy bien.

Adriano no necesita el micro para que se le escuche hasta en el último rincón del Cheer's.

—*Nessun dorma! Nessun dorma! Tu pure, o Principessa, nella tua fredda stanza, guardi le stelle, che tremano d'amore e di speranza!...*

Todos aplauden a rabiar, incluido Zárate, aunque él es consciente de que lo hace solo para imitar a los demás; ellos parecen haber accedido a algo que a él le ha sido vedado, una experiencia que solo está al alcance de algunos escogidos.

—¿Tienes coche? —le pregunta Elena, como si la actuación del tal Adriano hubiera sido un resorte.

—No, solo moto.

—Entonces vamos a mi casa...

CAPÍTULO 15

Cuando se levantó esta mañana, en su apartamento compartido con otros dos agentes de la comisaría en Carabanchel, Zárate no podía ni imaginar que el día acabaría en un piso en el que cualquiera desearía vivir, en plena plaza Mayor de Madrid.

—Ponte de beber lo que quieras, voy un momento al baño.

Mientras la inspectora Blanco desaparece por el pasillo, él se asoma a la ventana para ver la plaza a la que tantas veces su madre le trajo de niño para comprar las figuritas del belén; si lo piensa bien, no hace tantos años de eso. No recuerda las Navidades, sin padre, como días muy felices. En el balcón, tapada con un voladizo, hay una cámara. Un piloto rojo ha llamado su atención. Tal vez sea algo del ayuntamiento, tal vez se trate de un sistema de seguridad. Después le preguntará a la dueña de la casa.

Tras salir del karaoke, fueron a buscar el Lada. La inspectora lo condujo hasta el aparcamiento de debajo de la plaza y allí se acabaron las dudas de Zárate acerca de lo que iba a ocurrir: ella se sentó a horcajadas sobre él y le empezó a besar.

—Tienes que conseguir un todoterreno, grande.

Después subieron al piso, parando en los descansillos de la escalera para seguir besándose y entraron en el impresionante salón en el que ahora están. Si esta mañana hubiera tenido que apostarse su sueldo a que acabaría con una de la BAC en la cama, se habría decantado por Chesca, no porque sea la que más le gusta, ni mucho menos, sino porque era la más borde y a Zárate le gustan los retos. Mejor con la jefa, mucho mejor que sea con la jefa.

—¿Todavía estás así? Desnúdate.

La inspectora Blanco ha salido desnuda del baño y le ha pedido —ordenado— a Zárate que haga lo propio, pero no le deja tiempo. Ella misma se le acerca y lo lleva al dormitorio mientras le va quitando la ropa.

La habitación es también muy grande, con una cama que debe de medir dos metros de ancho por otros dos de largo. No hay nada en la casa fuera de lugar. Sobre el cabecero de la cama, cuelga un cuadro grande en el que se retrata un desnudo femenino. No se parece al de la casa de Susana, el de la pintora polaca o mexicana de la que hablaban. Este es más realista y, aunque no se le ve la cara, se pregunta si no será quizá la misma inspectora.

—Solo te aviso de una cosa. Esto que está pasando no ha sucedido. Mañana sigo siendo la inspectora y tú el agente que está destinado unos días en mi brigada. Nada más, no te creas más importante por esto. Si no lo aceptas así, levántate y vete.

—No te preocupes.

Son las últimas palabras de ambos. A partir de ahí solo hay sonidos guturales, gemidos, susurros... Cuando se fija en ella, ve que tiene la cicatriz de una cesárea, no se imaginaba a Elena Blanco como madre, no hay nada en lo que ha visto de esa casa que lleve a pensar que allí viva nadie más. Quizá sea que no se fija en los detalles, que no es observador, lo mismo que le pasó en casa de la muerta.

La inspectora no es una mujer remilgada en la cama, nada le parece mal, todo le provoca placer. Zárate está en tensión continua, no quiere quedar mal con su jefa, que ella no acabe satisfecha. Como si la posibilidad de no darle placer en la cama fuera a traducirse en la negativa a aceptarle en la BAC. Pero ella llega muy rápido al orgasmo y no se detiene por eso, sigue y sigue, encadenando uno tras otro. Cuando termina, se acurruca a su lado, como si buscara que alguien la protegiera.

No tarda en quedarse dormida, Ángel se levanta con cuidado para no molestarla. Desnudo, como está, va al salón. Mira alrededor, no hay fotos, no hay nada que permita pensar en el hijo o en la hija que supuestamente tiene la inspectora. Todo parece muy caro, el sofá de cuero, los muebles de maderas buenas, juraría que los cuadros son de firma, nada que se compre en centros comerciales o en mercadillos... Se vuelve a asomar a la plaza Mayor, casi desierta a esta hora de la noche, solo la atraviesa un hombre que camina deprisa. Allí está la cámara, con su piloto rojo que se enciende de forma intermitente.

—¿No puedes dormir?

La inspectora se ha puesto una bata ligera para salir al salón.

—Perdona, me llama la atención la plaza por la noche.

—Creo que es mejor que te vayas.

—No quería molestarte.

—No es molestia, es que no me gusta que nadie pase aquí la noche. De hecho, no me gusta que nadie suba a mi casa. —Esta es su guarida, solo para ella—. No te molestes, te espero mientras te vistes.

—Perdóname una pregunta, ¿qué es ese piloto que se enciende y se apaga en el balcón?

—Nada importante. —No le da ninguna explicación más.

En la puerta no hay un beso, la inspectora le tiende la mano.

—Hasta mañana, Zárate.

Cuando el agente ha salido, Elena lucha entre el deseo de irse a la cama a dormir y la que considera su auténtica obligación: comprobar las fotografías, muchos miles desde que lo hizo por última vez el domingo, que ha tomado la cámara instalada en su balcón.

Tiene práctica, las mira de veinticinco en veinticinco y las borra a continuación. Ocasionalmente guarda alguna porque tiene algo que le hace gracia: una pareja besándose, un niño con un globo, una mujer con un rostro peculiar... Pero nunca aparece lo que ella busca, una cara picada de viruela que solo vio en una ocasión, durante un par de segundos, hace ocho años. Teme que esa cara se le olvide y no poder reconocerla si alguna vez se la encuentra.

CAPÍTULO 16

Zárate se encuentra todos los días con su compañero Costa en el bar La Reja, casi enfrente de la comisaría de Carabanchel. Allí toman su café con leche con churros y se preparan para el día.

—Pensé que no ibas a desayunar.

—Creo que voy a estar unos días sin venir, la inspectora Blanco ha pedido que me una a la Brigada de Análisis de Casos, mientras dura la investigación sobre el asesinato de la chica, y el comisario ha aceptado. —Zárate supone que Costa se va a enfadar, se va a sentir desplazado; en lugar de eso sonríe y suelta el cotilleo:

—Mejor, así te enteras de todo lo que vayan descubriendo. ¿Sabes quién llevó la investigación del asesinato de la hermana? Salvador Santos...

Zárate asiente al oír el nombre de su mentor. No hay nada que temer, Salvador Santos fue un buen policía, uno de los mejores, seguro que el caso estuvo bien instruido y las pruebas que llevaron a que un condenado entrara en prisión eran concluyentes. Salvador Santos fue compañero de Costa, pero años antes lo fue de Eugenio Zárate, el padre de Ángel. El día en que murió, en un tiroteo con unos aluniceros, estaba con él. Fue Salvador quien tuvo que llamar a su madre para darle la noticia. Desde entonces ha seguido cerca de él, como una especie de segundo padre. Fue él quien, cuando Zárate acabó Derecho y estaba perdido, le asesoró para que entrara en la policía, le allanó el camino y le consiguió los mejores preparadores. Gracias a Santos entró a formar equipo con Costa, su compañero. Desde que se jubiló, hace unos seis años, Zárate come todos los domingos en su casa la magnífica paella que prepara Ascensión, su esposa. Así, domingo tras domingo está siendo testigo de cómo el alzhéimer va terminando con los recuerdos del hombre al que más admira y aprecia. Todavía le reconoce al llegar y le sonríe cuando le ve, algunos días hasta parece que la enfermedad se ha parado y está brillante, pero lo normal es que su conversación sea cada semana más incoherente. Zárate sabe que al Salvador Santos que conoció le queda muy poco...

—¿Te preocupa algo, Costa?

—A Salvador se le nota la enfermedad en los últimos tiempos, pero la arrastra desde antes, desde mucho antes de jubilarse —le responde Costa como si le hubiese estado leyendo la mente—. Estoy intranquilo, solo eso. No dejes que nadie manche su nombre, Zárate. Sabes que fue un gran policía, el mejor, mucho mejor que esa inspectora que parece de película.

Elena Blanco no mira a los ojos de Zárate cuando este llega a las oficinas de la BAC, como si no recordara la noche pasada. Todos están entrando en la sala de reuniones. Zárate ya va conociendo los nombres: Buendía es el forense; Mariajo, la experta en informática; Orduño y Chesca, los agentes que se encargan de casi todo; Elena, la jefa. Es un equipo pequeño que parece funcionar como una máquina bien engrasada.

El primero en tomar la palabra es Buendía. Ya tiene

completos los informes de la autopsia y le pasa una copia a cada uno de ellos. Nadie los mira, todos esperan sus explicaciones.

—Antes que nada, debo decir que el *modus operandi* del asesinato es el mismo que el descrito en la muerte de la hermana mayor de la víctima. He tenido acceso al expediente de la autopsia de Lara Macaya y no he encontrado diferencias significativas.

—¿Mismo asesino? —Elena lleva siempre la voz cantante, aunque el que presente sus conclusiones sea otro de los miembros del equipo.

—Eso lo debéis descubrir vosotros, pero yo tiendo a pensar que sí. Os he dejado un resumen de la autopsia de la hermana entre los papeles. La muerte fue tremendamente cruel: miasis. Os explico qué es. —Las imágenes que Buendía quiere mostrar a los demás van apareciendo en un proyector en la pared. La primera es de un gusano—. Os presento a la *Cochliomyia hominivorax.* Una mosca inofensiva. Pero en su etapa larvaria es un gusano que se alimenta de tejidos vivos. Sobre todo del ganado, pero también de humanos.

Sonríe al grupo con expresión ufana. Él hace su trabajo con eficacia, sin detenerse a pensar en lo perturbadores que pueden resultar sus hallazgos. Habla con entusiasmo, como si les estuviera recomendando un restaurante magnífico que descubrió la noche anterior.

—Es una mosca tropical, pero se ha visto en Europa, quizá por los envíos de ganado de un continente a otro. Por ejemplo, en Francia se han encontrado gusanos de esta mosca en un perro que tenía una herida en la oreja.

—¿Es el mismo gusano que apareció en el cadáver de Lara? —pregunta Blanco.

—El mismo en las dos hermanas.

—¿Cómo lo hace?

Es Chesca quien plantea la pregunta. A pesar de su afán por parecer una mujer aguerrida, no puede evitar una mueca de repugnancia.

—Solo hay dos modos —explica el forense—. O introducir una mosca hembra en la cabeza de la víctima para que ponga sus huevos dentro, lo que llevaría un tiempo de incubación, o colocar directamente las larvas vivas para que empiecen a hacer su trabajo. Dado el destrozo causado en el tejido cerebral, me inclino por lo segundo.

—¿El asesino mete gusanos vivos en la cabeza de las víctimas? —pregunta Mariajo—. ¿Lo estoy entendiendo bien?

—Así es. Y estos gusanos son voraces. Se les llama gusanos «barrenadores». Arrasan con todo el tejido que encuentran a su paso.

—Prefiero los piojos —bromea Chesca.

—Se nota que no has tenido hijos —rebate Buendía.

Elena zanja el chascarrillo antes de que vaya a más.

—¿Se pueden criar aquí esos gusanos?

—Sin problema, en determinadas condiciones de humedad y temperatura —responde el forense—. Así es como actuaron en la cabeza de Susana.

La siguiente imagen muestra lo que Elena ya vio en la sala de autopsias: el cráneo de la víctima, de la novia gitana, abierto. Dentro hay centenares de gusanos que se han comido todo su contenido.

—Joder, Buendía, vaya guarrada —se queja Orduño.

—Si no quieres ver guarradas, dedícate a la decoración de interiores; eres policía, recogemos la mierda de la sociedad —se defiende jocoso el forense—. Los gusanos o, más bien, los huevos se introdujeron en el cerebro a través de tres incisiones hechas con un torno eléctrico de dentista.

La explicación de Buendía sigue, mezclando los términos técnicos con las puntualizaciones al alcance del más lego: los gusanos «barrenadores» pueden atacar a cualquier ser de sangre caliente, incluyendo al género humano. Las larvas comienzan inmediatamente a alimentarse del tejido vivo penetrando en la herida, que se agranda conforme se alimentan.

—Y lo más cruel: no es necesario que el anfitrión esté muerto. Susana, como su hermana hace unos años, permaneció con vida durante toda la tortura a la que la sometieron.

Las caras de todos reflejan asco y dolor, deseos de venganza.

—Vamos a pillar al culpable —les promete Elena.

Los siguientes en hablar son Orduño y Chesca, que trajeron a Raúl, el novio de la víctima, a la brigada.

—Ahí lo tenemos, en la sala de espera. Ayer llegó muy gallito. Pasar la noche en esas sillas lo tiene que haber hecho ablandarse —informa Chesca.

—Muy bien. ¿Algo que debamos saber sobre él?

—Que tiene el dinero por castigo. Menudo casoplón mirando al Retiro. Que el tío se mete coca. Ah, y que no sé por qué se casaba, no ha soltado ni una lágrima desde que le dijimos que su novia había muerto.

—Su ordenador tiene más filtros de seguridad que el de Donald Trump. Bueno, no es un buen ejemplo, el de Donald Trump tiene menos que el de mis nietos.

—No tienes nietos, Mariajo —se ríe la inspectora—. ¿No vas a conseguir abrirlo?

—Claro que sí, pero voy a tardar un poco.

—Pues nos vamos a hablar con él. Zárate, ven conmigo. Si aparece algo nuevo, decídmelo. Chesca, Orduño, quiero que os empolléis el informe que nos ha dado Buendía. ¿Habéis encontrado cámaras cerca de la casa de Susana?

—Había dos. Nos están preparando un montaje, ahora vamos a visionar las imágenes —dice Orduño.

—Estupendo. Si hay novedades, me llamáis de inmediato.

Chesca mira hostil a Zárate mientras él sale de la sala, acompañando a la inspectora.

CAPÍTULO 17

—¡No tienen ningún derecho a retenerme aquí! ¡Es un abuso! ¡Los voy a denunciar!

La inspectora está acostumbrada a la reacción de los retenidos, hasta cree que tienen razón y que ella misma gritaría, se quejaría, amenazaría con denuncias. No le gusta hacer lo que ha hecho con Raúl, sobre todo teniendo en cuenta que acaban de asesinar a su prometida, pero lo considera necesario.

—Nadie le ha retenido, usted podría haberse marchado en el momento en que lo deseara. Como puede ver, esto no es una comisaría, sino una dependencia policial; si le hubiéramos querido retener, le habríamos llevado a un calabozo. Aquí las puertas no tienen llave.

—Me voy.

—Si se va ahora, nos hará pensar que no tiene deseos de que encontremos al asesino de Susana. Y, si creemos que usted quiere entorpecer nuestra investigación, sospecharemos. Le aconsejo que se quede sentado y responda a nuestras preguntas.

El tono de voz de la inspectora ha sorprendido a Zárate: amable y a la vez firme. Nadie se levantaría de esa mesa.

—No me han dicho nada de la muerte de Susana —es la última protesta de Raúl.

—No queremos que trascienda. No sé si usted conocía la muerte de Lara, la hermana mayor de su prometida.

—Sé que la asesinaron, poco más.

—No parece que tuviera una relación muy estrecha con la víctima, aunque se fuera a casar con ella.

—No todos los noviazgos son iguales.

Poco a poco, a pesar de las reticencias de Raúl, la inspectora va sacando la información que quiere: que no se llamaban a diario, que la última vez que hablaron fue el viernes por la tarde, cuando ella salió a celebrar la despedida con sus amigas, que pensaba que tendría una resaca brutal y por eso no se había puesto en contacto con él...

—¿Cuándo vio a Susana por última vez?

—El miércoles o el jueves, no recuerdo. No, sí, el jueves. Cenamos en el Amazónico, en la calle Jorge Juan, después le propuse tomar una copa por allí, pero ella prefería que fuéramos a casa. Así que allí nos fuimos.

—¿Se quedó a dormir?

—No, hicimos el amor y se fue a su casa. No le gustaba quedarse a dormir. Y yo tenía que trabajar por la mañana, tenía una reunión para preparar la grabación de un anuncio de un yogur.

—¿Qué hizo usted el viernes por la noche?

Raúl se pone todavía más nervioso.

—No sé, ¿no me considerarán sospechoso? Esto es absurdo...

Elena Blanco repite su pregunta, implacable.

—¿Qué hizo el viernes por la noche?

Raúl no alcanza a responder porque Mariajo se asoma a la sala.

—Por favor, inspectora, es importante.

Elena y Zárate salen al pasillo, Raúl se queda solo, tal vez intentando recordar qué hizo el viernes, tal vez inventando una mentira.

—He conseguido abrir el ordenador del novio de la víctima. Todavía no he visto ni un diez por ciento. ¿A que no sabe lo primero que ha aparecido?

No tienen que tirarle de la lengua para que ella les muestre una serie de fotos: son Susana y su amiga Cintia, desnudas y en posiciones más que reveladoras, en la cama del apartamento de Ministriles que Elena y Zárate visitaron ayer. Están sacadas de lejos, probablemente con una cámara dotada de un potente teleobjetivo.

—Tenía razón Orduño, estaban liadas. Pídeles que traigan a Cintia a hablar conmigo esta misma mañana.

Antes de entrar en la sala, la inspectora se queda pensando y lo comenta con Zárate y Mariajo.

—¿Estaban liadas, Raúl se enteró y mató a su novia?
—No es una posibilidad muy original, pero quizá sea todo así de sencillo.

—¿Con gusanos? No lo creo —responde Zárate.

Elena concuerda, pero a Mariajo le queda algo por desvelar.

—En el ordenador hay una carpeta entera con recortes del asesinato de la hermana mayor. —Mariajo ha descubierto mucho más de lo que ella misma reconoce, en apenas unos minutos trasteando con el Mac.

—Quizá tuvo acceso al expediente de la muerte de su hermana y le pareció que matarla de la misma forma era un modo de apartar de él las sospechas. Pero no, yo tampoco creo que nadie mate a la novia con gusanos por un enfado, eso hay que prepararlo con tiempo. Además, tal vez lo sabía y le ponía cachondo.

—O tal vez la asesina fue Cintia. Estaba enamorada de su amiga y ella se iba a casar con otro... Era una manera de impedirlo —aventura Zárate.

—Te digo lo mismo que me dijiste tú. —Elena duda—. ¿Con gusanos? ¿Será tan rebuscada?

—Tal vez. ¿Le decimos algo a Raúl de lo que sabemos de su novia y de Cintia?

—No, dejemos que él mismo nos cuente qué hizo el viernes.

Cuando regresan a la sala, Raúl ya no está tan agresivo como hace unos minutos; ahora se muestra abatido, nervioso.

—El viernes no hice nada. Me quedé en casa.

—Qué contrariedad —habla con sarcasmo la inspectora—. No me ha parecido que fuera usted una persona de quedarse muchas noches en casa.

—El viernes fue una de esas noches.

—¿Vio la tele? ¿Pidió una pizza?

—No, no sé qué hice. Leer, escuchar música...

La inspectora toma notas constantemente. Ni Raúl ni Zárate saben qué es lo que escribe. En realidad, no escribe nada importante, se trata de un truco: si toma notas, el interrogado piensa que ella sabe más de lo que demuestra, que de alguna forma ha dicho cosas que no debiera.

—Vamos a volver a hablar del asesinato de Lara, la hermana de su novia. ¿Qué sabe de aquello?

—Nada, no sé nada.

La dureza emerge en la voz de la inspectora.

—Sin embargo, en su ordenador hay una carpeta con los recortes de prensa que aparecieron en la época.

Raúl se da cuenta de que su posición es peor cada minuto que pasa. Es el momento de que diga la verdad.

—En serio, Susana nunca quería hablar conmigo de aquello. Pero yo siempre he deseado ser director de cine, se me ocurrió que se podría hacer un guion...

Hay una nueva interrupción, esta vez es Chesca.

—Inspectora.

Otra vez salen los dos. Chesca les enseña unas imágenes en una tablet.

—Es de una cámara de seguridad de la plaza de Tirso de Molina. Se ve al novio de Susana, a Raúl Garcedo. Es de la noche del viernes al sábado a las tres de la mañana.

Allí está, se trata de él sin ninguna duda. Camina hacia la calle de Ministriles, donde vivía su novia.

—Vaya, parece que al final no se quedó en casa. Preparad el traslado, Raúl Garcedo queda detenido.

SEGUNDA PARTE

—

QUISIERA QUE FUERA AMOR

Quisiera que fuera amor, aquel amor verdadero,
lo que siento y lo que me hace pensar en ti.
Quisiera poderte decir que te amo hasta morir
porque es lo que deseas de mí.

El niño está sentado en el suelo y se mira la herida del pie. Tiene mal aspecto. Hay sangre coagulada en medio de una mancha negra que le cubre todo el empeine. El mordisco en la pierna le duele a oleadas, como descargas eléctricas que le recorren la tibia y luego se van. Hasta que llega una nueva.

Con la luz del día, la nave es un lugar habitable. La lavadora blanca, las cajas en fila, bajo una estantería alargada de obra. El perro muerto, con la lengua fuera, como si le estuviera haciendo burla. La pala apoyada en el cuerpo del animal. La pala.

El niño se levanta, coge la pala. La emprende a golpes con la puerta. La pala pesa mucho, le resulta más fácil utilizarla a modo de ariete. Una astilla salta y se le mete en el ojo. El niño parpadea. En un ataque de furia golpea la madera con la pala varias veces. La pala se le escurre de las manos y le hace daño en el pie herido. Se deja caer y se queda ovillado con la espalda apoyada en la puerta. Se frota los ojos, tiene una astilla dentro y siente un ardor insoportable. Llora.

Podría explorar las cajas en busca de alguna herramienta que le ayude a escapar, pero no lo hace. Está cansado, sin fuerzas. A esas horas, si estuviera con su madre, estaría tomando el desayuno. Un vaso de leche y unas galletas. La sensación de hambre se le hace de pronto muy presente y lo domina todo.

No consigue abrir el ojo izquierdo por completo, está tuerto;

pero se queda mirando la ventana alargada que casi toca el techo. No tiene manija, no es una ventana de ventilación, simplemente existe para dejar pasar un poco de luz. Tiene unos barrotes por fuera, pero, si rompe el cristal, podría gritar para pedir ayuda. Se acerca cojeando a la lavadora y la arrastra hasta la pared, se sube encima. No llega a la ventana. Saca varios libros de una de las cajas de cartón, tomos gruesos. Los apila y se sube a la torre. Ahora sí la alcanza.

Mira a su alrededor, en busca de una herramienta que le permita romper el cristal. Coge uno de sus zapatos. Golpea con el tacón, golpea con la puntera, golpea con fuerza hasta que le cae encima una lluvia de cristales. Tiene un corte en la mano, pero no le duele. Retira los cristales que todavía están pegados en el bastidor de la ventana y logra hacerse un hueco para agarrar los barrotes y levantarse a pulso.

Grita pidiendo ayuda. Pregunta desesperado si hay alguien por ahí. Ante sus ojos se despliega una extensión de campo sin fin. Sabe que está en medio de la nada.

Baja de la torre, baja con cuidado de la lavadora. El pie le duele mucho cuando lo apoya en el suelo, se mueve a la pata coja hasta el lugar que ha elegido para sentarse a esperar.

Allí se queda varias horas con la vista clavada en el animal. Por la herida de la cabeza se le ha escapado un trozo grande del cerebro. Al niño le recuerda a un guante de boxeo. Podría tapar el cadáver con una manta, pero no se le ocurre hacerlo. O no quiere. El perro muerto le hace compañía.

Él siempre ha querido tener un perro. A veces, cuando lo oía por la noche, imaginaba que ese perro era suyo.

CAPÍTULO 18

Segunda reunión del día tras el traslado de Raúl a los calabozos de una comisaría convencional. De ahí pasará a disposición judicial, si así lo decide la inspectora Blanco.

—Pues nada, aquí estamos otra vez. Buendía, supongo que no hay novedades con la autopsia, ¿no? ¿Se sabe ya de quién son los restos de debajo de las uñas?

—No hay datos todavía.

—¿Algo más?

—Nada, aparte de un detalle que no creo que tenga mucha importancia. Ya han llegado los análisis: en el cuerpo de Susana había grandes dosis de diazepam.

A Elena le choca de inmediato.

—¿Diazepam? ¿Es que querían sedarla? No me pega que usen un sistema tan cruel para matarla y que después le proporcionen diazepam, como si quisieran que sufriera y a la vez que no sufriera. ¿Le dieron diazepam o algo a su hermana cuando la mataron?

—Que yo sepa, no. A menos que se haya extraviado un informe de tóxicos. ¿Qué dice el novio de la víctima? ¿Le habéis apretado para que confiese?

—El novio dice poca cosa, sobre todo tonterías. De hecho, yo no creo que tenga nada que ver. —La revelación de la inspectora sorprende a todos.

—Estaba cerca de casa de Susana a la hora aproximada en que desapareció —protesta Chesca.

—Sí. Y nos mintió diciendo que no había salido de casa. Además, tenía las fotos de su novia y de Cintia en la cama. Aparte de todo lo que se publicó sobre el asesinato de Lara.

—¿Por qué aseguras entonces que no ha sido él, inspectora? —Es la primera vez que Zárate se atreve a decir algo en una de las reuniones. Se arrepiente al sentir la mirada de los demás sobre él. Solo Elena le contesta cordialmente.

—La huella de la Quinta de Vista Alegre. ¿Te has fijado en los pies de Raúl?

Zárate debe reconocer que no, que no se ha fijado. Cada vez que ella le pregunta algo es para que él caiga en la cuenta de que no es tan observador como siempre había creído que era.

—No calza más de un cuarenta y tres; las huellas que encontramos eran de la talla cuarenta y cinco. De un hombre grande que hemos convenido en que cargó con ella. Susana pesaba alrededor de cincuenta kilos y, por la profundidad de las pisadas, si le restamos esa carga, el asesino debe de pesar al menos cien. Así que sigamos trabajando. Mariajo, ¿algo más en el ordenador?

—Que a Raúl le gustaban los vídeos y las fotos de lesbianas. No solo tenía las de su novia y su amiga, entraba casi a diario en una página de vídeos porno y era su sección favorita.

—Y la de todos los tíos.

Todos discuten, pero Buendía, Orduño y Zárate acaban dándole la razón a la inspectora: sí, es una de las secciones favoritas.

—¿Y del ordenador de Susana?

—Hay una zona en la que todavía no he logrado entrar. Tengo la sensación de que esa chica había eliminado muchas cosas de su ordenador, igual que hizo con su móvil, hacía pocos días.

—Y de su casa; había hecho limpieza general. No he visto nunca una casa con menos objetos personales. —Zárate quiere reconciliarse con la inspectora, que ella no piense que no se entera de nada.

—Cierto —apunta ella—. ¿Algo más, Mariajo?

—Sí, he conseguido ver el seguimiento del móvil por GPS. Poco después de las tres de la madrugada, a las 3:17 del sábado, Susana entra en un vehículo, supongo que un coche.

—Casi la misma hora en la que se grabó a Raúl.

—Por tanto, le habría dado tiempo. La señal se mueve a unos sesenta kilómetros por hora desde la calle de su casa hasta la Quinta de Vista Alegre. No sabemos si se montó por su cuenta u obligada. Desde que llegó a la Quinta de Vista Alegre, no se movió de allí.

—Entonces fue allí en donde le hicieron todo, en donde le trepanaron el cerebro y le introdujeron las larvas.

—Y en donde pasó su calvario. El guarda dijo que solía haber mendigos. ¿Ninguno notó nada? Son más de cuarenta y ocho horas, es mucho tiempo. Tendremos que volver a la Quinta, a ver si nos hemos dejado algo pendiente. Muchas gracias, Mariajo, sigue buscando. Hay otra cosa en la que no hemos pensado: ¿quién hizo las fotos de Susana y Cintia?

Todos las han visto ya. Las dos mujeres se encuentran en la cama, dispensándose sus atenciones. No hay ninguna posibilidad de equívoco, dos simples amigas no hacen la mitad de las cosas que ellas comparten en su sesión de sexo. Se han tomado en el dormitorio de casa de Susana, desde la ventana de un edificio que tiene que estar en la acera de enfrente, con una buena cámara.

—Ellas no saben que las están fotografiando, yo creo que eso descarta que el fotógrafo fuera Raúl.

—O no, cosas más raras se han visto —se ríe Buendía.

—Lo único que podemos descartar es que formaran un trío.

—Tienen más pinta de estar hechas por un detective privado —aventura Orduño.

—¿No es muy antiguo lo de los detectives privados? Bueno, nadie ha dicho que los asesinos sean modernos —se corrige a sí misma Chesca—. Podemos ir a visitar la casa otra vez con los de la Científica y estudiar desde dónde se hicieron las fotografías. Quizá hacer una visita al vecino mirón.

—Eso después. Antes quiero que Orduño y tú interroguéis a Cintia. Hacedlo en la sala de las cámaras, asistiré al interrogatorio.

—¿Estamos pensando en que pueda ser culpable?

—Recuerda la huella que encontramos, Orduño. Era de la talla cuarenta y cinco y de un hombre pesado. Aunque no sea una prueba determinante, es probable que pertenezca al asesino. No parece posible que sea de Cintia.

—Pudo encargar el asesinato —se defiende el agente.

—Pudo hacerlo, pero sería el primer sicario del mundo que usara gusanos para matar a alguien —rechaza Elena Blanco—. Levantamos la sesión, cada uno a lo suyo.

CAPÍTULO 19

Cintia está mirando, preocupada y avergonzada, las fotografías que hay en el ordenador. Se ve que siente pudor, no solo de estar desnuda en las fotos, también de haber mentido, de verse así con su amiga.

—No nos habías dicho que Susana y tú tuvieseis una relación tan cercana.

—¿De dónde han salido? ¿Quién las ha sacado? —Está al borde de las lágrimas, sin saber qué hacer o qué decir.

—Creo que eso nos lo tienes que contar tú. Son muchas las cosas que nos tienes que contar. No sé si te das cuenta de lo incómodo que es esto para todos. Confiamos en ti desde el primer momento, eras la que más afectada parecía de las amigas de Susana y nos encontramos con que nos mientes...

—Yo no la maté, no podría...

Elena y Zárate asisten al interrogatorio desde la pantalla del ordenador del despacho de la inspectora.

—¿No han empezado a presionarla demasiado pronto? —pregunta Zárate.

—El interrogador es quien sabe el ritmo que debe llevar —defiende Elena—. Chesca y Orduño son buenos; si no lo fueran, no estarían en la BAC. Déjame que escuche, no quiero perderme nada.

Zárate encaja el golpe, hay policías en la BAC y policías

en una comisaría de barrio. Cuando acabe este caso, él regresará a Carabanchel; sus compañeros circunstanciales seguirán en su estatus de superpolicías. A no ser que lo haga bien el tiempo que dure aquí, a no ser que demuestre que él también merece estar entre los privilegiados del cuerpo.

—Susana y yo llevábamos tres años juntas, desde que nos conocimos en la escuela de modelos. Por eso me fui de la despedida de soltera, no soportaba verla con esos hombres desnudos rozándose con ella...

—¿Y te pusiste celosa?

—¿Si me puse celosa y la maté? No, solo me daba asco verla así... Yo nunca había estado con una mujer antes de conocer a Susana: ella sí, pero parecía que fuera al contrario: yo asumía nuestra relación, ella la ocultaba. Habría hecho cualquier cosa para que nadie descubriera que era lesbiana.

—¿Quién más lo sabía?

—¿De nuestro entorno? Creo que nadie.

Cintia no puede parar de llorar; por la muerte de Susana, porque ella no aceptara que estaban juntas de cara a los demás, porque la interroga la policía. Por miles de motivos, todos válidos.

—¿Dónde estaban esas fotos? No podía tenerlas Susana, me las habría enseñado.

—En el ordenador de Raúl. Háblanos de él.

Antes de que pueda contestar, Chesca le pasa un paquete de pañuelos para que se seque las lágrimas.

—Susana no estaba enamorada de Raúl y él tampoco lo estaba de ella. Se casaban porque les convenía. Susana tendría una boda, como ella decía, como Dios manda.

—¿Y él?

—Interés. Seguro que al ver su casa habéis pensado que es rico, que vive en una de las mejores zonas de Madrid, que ella se casaba con él por pasta... Era al contrario. El padre de Susana tiene más dinero del que ha tenido la familia de él en varias generaciones. O por lo menos lo ha tenido; yo creo que los últimos tiempos han sido duros para ellos.

—No parece que sean ricos.

—Hay tantas cosas que no parecen lo que son... Desde que murió la hermana, esa familia no ha sido la misma, según me contaba Susana.

Zárate mira a Elena, quiere saber cómo ha encajado la revelación sobre la fortuna de la familia de Susana. Si la ha sorprendido, no lo demuestra.

—¿Y las fotos? ¿Por qué podría tenerlas Raúl?

—No lo sé. Pero esas fotos son como las que hacen los detectives en las películas. Supongo que contrató a uno.

—¿Por qué iba a hacerlo? Acabas de decir que no estaba enamorado de ella.

—Ya, eso es verdad. Yo creo que él solo quería casarse y esperar a que el dinero le lloviera del cielo. Pero esas fotos en su ordenador demuestran que yo estaba muy equivocada.

Elena Blanco sonríe mientras lo escucha.

—Tres sospechosos al canto: el asesino de la hermana, que no puede ser porque está en la cárcel; el novio, que no creo que sea porque tiene los pies pequeños y porque, al parecer, le convenía que Susana estuviera viva; la amante lesbiana, que no queremos creer que fuera porque es dulce, pero que nadie puede afirmar que no sea.

—¿Por cuál apuestas, inspectora?

—Por todos, o por ninguno, a ratos tiendo a pensar que ninguno de los tres es el culpable y a ratos los veo a todos capaces. Todavía quedan muchos caminos que explorar.

Nadie mata a una novia, quizá a dos, con una trepanación y unas larvas de gusano «barrenador» sin prepararlo todo. Por lo menos sin haber pensado muy bien cada detalle para no entrar en el primer grupo de sospechosos.

Chesca se ha ganado a Cintia; si tiene algo que decir, se lo va a contar a ella.

—¿Te hablaba de su hermana? —le pregunta entonces dentro de la sala.

—Susana estaba obsesionada con la muerte de Lara. ¿No habéis visto las fotos? Se hacía fotos con un velo igual que el que llevaba su hermana en los retratos de la sesión que le hizo ese hombre, el que la mató.

Ahora sí que reacciona Elena, descuelga el teléfono y le pide a Mariajo que vaya. La informática aparece a los pocos segundos. La inspectora habla con ella sin perderse una sola palabra de lo que pasa dentro de la sala de interrogatorios.

—Mariajo, creo que ya sé lo que hay en la parte del ordenador que no puedes abrir: fotos de Susana vestida de novia.

—Estoy a punto de conseguirlo, sabes que no hay ningún ordenador que no se abra con un poco de paciencia. Otra cosa, inspectora, he recuperado un chat de WhatsApp de Susana y su padre. Es muy sabroso: la amenaza de todas las formas posibles para que no se case con Raúl. Además, la llamaba cuatro o cinco veces al día; Susana normalmente no contestaba.

Zárate niega. Es imposible, se les olvida la muerte cruel que han sufrido las dos hermanas. Si lograra hablar con Salvador Santos, si él recuperara por un momento la lucidez y le dijera todo lo que descubrió en la investigación de la muerte de la hermana mayor, tal vez descartarían de inmediato a Moisés como sospechoso. Tal vez en la mente de Salvador esté la clave, lo difícil es acceder a ella.

—Un padre no puede matar de una manera tan cruel a su propia hija.

—Desde luego, por lo menos yo no quiero pensar que pueda hacerlo —le contesta la inspectora.

—No debería —apunta Mariajo—, pero aquí hemos visto de todo. Supongo que cuando se produjo la primera muerte no se dieron muchos datos a la prensa. Por ejemplo, lo de los tres agujeros en el cráneo estoy casi segura de que no se filtró. ¿Quién puede saberlo? Alguien con acceso a toda la documentación del juicio, es decir, alguien cercano a la víctima o al asesino: su familia.

—Cuidado, Mariajo, hacen falta pruebas muy sólidas para acusar con el dedo a un padre —dice Elena—. Y ahora me vais a perdonar: yo también tengo jefes y debo rendirles cuentas. Zárate, quédate hasta el final del interrogatorio y aprende de tus compañeros.

CAPÍTULO 20

—El cangrejo crujiente con sal y pimienta de Sichuan es una exquisitez. Pídelo, te lo recomiendo.

A Rentero le pegaría más ser crítico gastronómico que comisario de policía, pero no hay que engañarse con él; debajo de su apariencia de hombre tranquilo, amante de los lujos, el jefe de la inspectora Blanco es un buen policía, como ella, y tiene sus motivos para estar en el cuerpo, como todos.

—Sabes que siempre sigo tus consejos.

—Y de segundo yo pediría la lubina salvaje al vapor con jengibre y chalota fresca, a no ser que tengas antojo de pato laqueado.

—No soy de antojos, la lubina está bien.

—Perfecto. Con el vino haremos una concesión al mundo occidental, ¿qué te parece si pedimos Pesquera?

—Lo que tú digas me parece perfecto, siempre que en vez de postre pueda pedirme una grappa.

Elena y Rentero se han encontrado en el Asia Gallery, el restaurante asiático del hotel Palace. A él le gusta porque dan una de las mejores comidas chinas de Madrid; a ella, porque no le pilla demasiado lejos de las oficinas de la BAC.

—Dime que tienes algo —exige el comisario.

—Dudas, todo lo que tengo son dudas.

—No te pagamos para tener dudas.

—Conmigo no te funciona lo del dinero, sabes que no vivo de mi sueldo, Rentero, que me da exactamente igual. Si estoy en la policía, no es por el dinero, tengo más del que voy a ganar en tres vidas en el cuerpo.

—Sé más de las finanzas de tu familia que tú. No eres la única que está aquí por vocación o por otros motivos. Y ya sabes mi opinión, debes pasar página, la vida se vive solo una vez.

Elena no contesta, Rentero cree que lo sabe todo, pero no sabe nada, no tiene ni idea de lo que se sufre ni de por qué se hacen las cosas. Él no insiste porque, en el fondo, es discreto y porque, aunque no tenga ni idea, imagina el sufrimiento de Elena Blanco, ese del que ella nunca habla.

—Te digo lo del sueldo porque es la costumbre. Dime cómo está el caso.

Elena le hace un resumen: la detención de Raúl, las similitudes entre las muertes de las dos hermanas a excepción del suministro de diazepam, la relación de Susana con Cintia y las fotos que han aparecido de las dos, las dudas sobre el padre...

—O sea, no tienes nada.

—Nada en absoluto —reconoce la inspectora—. Pero estoy más cerca de tenerlo a cada minuto que pasa.

—Me preocupa que podamos tener a un inocente en la cárcel.

—¿Quién llevó el primer caso?

—Salvador Santos, un buen policía. Fue uno de sus últimos casos antes de jubilarse, puede que fuera el último importante. Pero no creo que puedas hablar con él, tiene alzhéimer.

—Si era un buen policía y confías en él, no hay motivo para pensar que tengamos a un inocente en la cárcel.

—Era un buen policía, pero eso no quiere decir que

confiara en él. Nunca nos entendimos, mi relación con él jamás fue buena. Pero no nos desviemos, no quiero a un inocente preso. Eso es fatal para la prensa.

Elena entiende a Rentero, su problema no es la solución de los casos, sino la opinión pública: es mejor tener a un asesino en la calle que a un inocente en la cárcel; los medios se arrojarían sobre él.

—¿Cuánto vas a poder mantener a la prensa alejada del caso?

—Sabes que eso no lo puedo asegurar, Elena. De hecho, me extraña que no se hayan metido ya. El tiempo que tengamos es un regalo del que debemos disfrutar y aprovechar. Tú dedícate a averiguar quién ha matado a las dos hermanas, día y noche.

—Siempre lo hago, día y noche.

Rentero usa esa obsesión de Elena en su favor, aunque de boca para fuera le insista en que no se obsesione, en que descanse, en que aproveche al máximo las vacaciones que ella nunca ve el momento de solicitar.

—Has pedido un policía nuevo.

—¿Ángel Zárate? Lo tendré a prueba en este caso. Tiene iniciativa, quizá sea un buen fichaje para la brigada.

Tras la comida, mientras Rentero se bebe un Yamazaki, un whisky japonés de dieciocho años, Elena bebe su grappa, una Bressia dal Cuore, digna del lujo del hotel que los acoge, una grappa de autor, argentina, un destilado de alta gama.

—No entiendo por qué te gusta tanto la grappa; yo creo que la mitad de las veces te dan orujo gallego y te lo cobran al doble. De hecho, creo que es mejor el orujo gallego que cualquier grappa, lo que pasa es que los italianos saben vender mejor que nosotros.

Hace un buen día, el verano todavía no ha entrado de lleno en Madrid y apetece pasear por la calle sin esas temperaturas que en apenas un par de semanas la convertirán en un suplicio. Elena disfruta del anonimato mientras vuelve a las oficinas: ninguno de los turistas, estudiantes, parejas de novios que se cruzan con ella sabe que es una de las inspectoras más prestigiosas de la policía española, una que viene de comer con el número dos del cuerpo en uno de los lugares más lujosos de Madrid. Elena se atreve hasta a comprar un helado en un puesto callejero, aunque haya rechazado tomar postre en el Asia Gallery. Son pocos esos momentos en los que, a pesar del trabajo, se siente a gusto y en paz.

Va pensando en los próximos pasos: mandar a Zárate y a Orduño a la Quinta de Vista Alegre a buscar a los mendigos; visitar a los padres de Susana para ver si Moisés les dice algo nuevo; interrogar otra vez a Raúl y, posiblemente, dejarlo en libertad; pensar en la presencia de diazepam, algo le dice que es más importante de lo que Buendía cree, aunque todavía no sabe por qué; estudiar el caso de Lara Macaya y entrevistarse en la cárcel con el que todos han pensado que fue su asesino, Miguel Vistas... Mucho por hacer y, como siempre, con prisas. Hay que intentar llegar a la cima antes de que los periodistas se inmiscuyan.

CAPÍTULO 21

Damián Masegosa no es un abogado del turno de oficio, él cobra —y mucho— por atender a un cliente, es uno de los mediáticos, de los que salen en los telediarios cuando hay un juicio famoso. A veces los presos hablan de él, como si conseguir que el gran Masegosa los defienda fuera una gran suerte; son capaces de dejar que sus familias se empeñen para pagarle.

—¿Señor Vistas? Le he pedido este encuentro porque quiero hacerme cargo de su caso —le suelta sin rodeos.

—Mi juicio terminó hace tiempo. Fui condenado.

—Lo sé todo, he leído su caso, lleva siete años encerrado en esta cárcel. ¿No quiere salir?

—Claro. Claro que quiero salir, estos siete años han sido una pesadilla. La he visto tan lejos que ya hasta he dejado de soñar con la libertad... ¿Por qué quiere retomar mi caso después de tanto tiempo? No sabe si soy inocente.

—Eso a mí me da igual, su caso ha sido juzgado y usted ha sido condenado; pero, si ocurriera algo que hiciera dudar de su culpabilidad, alguien tendría que pagar por el tiempo que ha estado encerrado. Podremos demandar al Estado y llevarnos una buena indemnización.

—¿Y vamos a poder lograrlo después de siete años?

—Le aseguro que sí, pronto se sabrá algo muy importante y usted mismo se dará cuenta de lo fácil que será el caso. No deje que le vuelva a defender un abogado de oficio, ni pierda la oportunidad de que yo le saque de aquí, de limpiar su nombre y de llevarse un buen pellizco.

—No tengo dinero para pagarle.

—No quiero su dinero, quiero el del Estado. De lo que saquemos de la demanda me llevo la mitad, ¿de acuerdo?

—La mitad es mucho; el que ha estado encerrado todo este tiempo soy yo, me parece injusto que usted se quede tanto como yo. Le doy el cuarenta por ciento.

—Entonces no hay trato, cojo mi maletín y no me vuelve a ver. La mitad, o lo toma o lo deja.

Miguel aprieta los puños con rabia, por un momento parece que se va a levantar y va a dejar a ese famoso abogado sin respuesta. Pero se calma y sonríe.

—Lo tomo.

—Perfecto, hábleme sobre usted. Y recuerde que el secreto entre un abogado y su cliente es todavía más firme que el de confesión.

—¿Qué le voy a contar? Que no soy más que un pobre fotógrafo de bodas que nunca pensó en verse condenado. Han sido siete años muy duros, al principio me revolvía, no podía entender cómo se podía encerrar a alguien que nunca ha hecho nada. Hace ya mucho que dejé de pensar en eso, me limito a sobrevivir, a no llamar la atención y a intentar que ningún otro preso decida hacerme la condena todavía más difícil.

—Según el juez, usted asesinó a una de las novias a las que iba a hacer las fotos. Y lo hizo metiéndole gusanos en la cabeza.

—Yo no fui. El asesino sigue libre. De lo único que yo soy culpable es de ser el último que vio con vida a esa chica, si exceptuamos a su asesino, claro.

Miguel Vistas trabajaba para Moisés Macaya, el padre de la chica asesinada, en su empresa de eventos. Su trabajo era encargarse de las fotos de la boda, desde la iglesia —Moisés tenía sobornados a muchos párrocos para que les dieran la exclusiva a ellos e impidieran la entrada de otros fotógrafos— hasta el banquete. En ocasiones especiales le hacía también un book de fotos de estudio a la novia. Con Lara, la hija del jefe, estaba dispuesto a regalarlo.

—¿Recuerda las fotografías de Lara que aparecieron cuando la asesinaron? Era una preciosidad, una gitana guapa, se lo aseguro, señor Masegosa... Pocas mujeres he conocido tan bellas como ella.

La novia quería las fotos vestida con el traje de novia que llevaría el día de su boda, pero también quería otras fotos para regalar a su prometido.

—Ya sabe, fotos que solo pudieran ver ellos dos.

—¿Se las hizo?

—Sí, pero me arrepentí y quise destruirlas. Moisés Macaya es gitano, ¿se imagina lo que habría hecho conmigo si se entera de que he fotografiado a su hija desnuda? Podría haberme arrancado los ojos con sus propias manos. Lo recuerdo como un hombre muy celoso, no con su esposa, pero sí con sus hijas.

Miguel sigue contándole. Lara discutió con él y le exigió las fotos; él se negó a entregarlas, no quería que quedara constancia de lo que había hecho, ella se marchó del estudio y nunca más la vio nadie con vida.

—¿Alguien supo que le había hecho las fotos?

—No lo sé, quizá sí. Yo creo que esa fue la causa de que su padre se obcecara y testificara en mi contra, pero yo no maté a esa chica: nunca le haría daño a un ser tan bello... —Miguel cambia de postura en el asiento—. Escuche, no se puede ni imaginar lo que he vivido aquí dentro... Tiene que sacarme. Muchas veces pienso en el suicidio. Si no me he quitado la vida es porque quiero demostrar que soy inocente, que el abogado que me defendió, Antonio Jáuregui, no hizo su trabajo, se limitó a ver cómo me condenaban.

—Olvide a ese abogado, ahora le defiendo yo. Limítese a hacer lo que yo le pida.

—No me ha dicho qué es lo que ha cambiado para que crea que me puede ayudar a salir.

—Pronto, pronto lo sabrá. Todavía no le puedo dar muchos detalles. Solo le adelanto que en los círculos policiales se habla de un crimen muy similar al suyo. Todavía no se sabe mucho y lo están ocultando.

—¿Cómo lo sabe?

—Tengo ojos y oídos por todas partes. Mi dinero me cuesta. En la cárcel las noticias vuelan, no sería de extrañar que no tardara usted en saber tanto como yo del asesinato del que le hablo. Por eso he querido adelantarme, antes de que lo deje en manos de un abogado que no sepa sacar partido.

—Ya le he dicho, a partir de hoy es usted mi abogado.

Damián Masegosa asiente con la cabeza.

—Llamaré a Jáuregui para que me pase toda la documentación sobre el caso. Necesitaré que me firme algunos papeles. Mañana recibirá la visita de uno de mis colaboradores...

CAPÍTULO 22

Raúl mira con incredulidad a Chesca; ni en el peor de los sueños esperaba haberse encontrado así, delante de una policía que le grita a pocos centímetros de la cara, rezando por que la otra policía, la mayor y elegante que se mantiene al margen, intervenga e impida que prosiga el acoso al que la joven le somete.

—¡Te enteraste de que Susana se había liado con su amiga Cintia y la asesinaste!

—¡Yo no asesiné a Susana, por Dios!, ¡era mi novia, iba a casarme con ella!

Ha pasado la noche allí, en esas oficinas, luego le trasladaron esposado a los calabozos de una comisaría, y solo unas horas después le han vuelto a llevar a la BAC. Está cansado, desorientado, hambriento y se siente sucio. Además, necesita meterse una raya. Tanto tiempo diciendo que controlaba y, al final, va a ser verdad que está enganchado como un vulgar yonqui de la calle.

—¡Era tu novia, pero era lesbiana! ¿Qué pasa, eres muy machito y no soportas que a tu novia le gusten más los coños?

—De verdad, yo no hice nada —gime el novio desolado y desesperado.

—Tranquila, Chesca...

Por fin interviene la otra, seguro que a ella se lo puede explicar todo con calma, seguro que ella le va a creer.

—Usted tiene que creerme, yo no maté a Susana...

—Quiero creerte, pero date cuenta de que me resulta difícil. Me dijiste que no habías salido de casa el viernes y me encuentro con que apareces en un vídeo cerca de casa de Susana a la hora en que se la llevaron. ¿Qué hacías allí?

—Se lo he dicho ya... No tuvo nada que ver con ella. Hay un camello que me lleva lo que le pido a casa, pero le debía dinero y no quiso. Conozco de hace años a otro por allí que me podía fiar.

—¿Nos lo confirmará si le encontramos?

—No, no le encontré. Y esa gente nunca va a confirmar nada a un policía, ni para bien, ni para mal.

—Cada vez te creo menos... No es solo lo de la cámara que te grabó en el barrio, tampoco lo de las fotos de tu novia y su amiga... Es que, además, me dices que no sabes casi nada de la muerte de Lara y resulta que tienes una carpeta entera del ordenador con recortes de prensa de su asesinato... Vamos a volver a las fotos de Cintia y Susana.

—A mí me las mandaron. Yo ni siquiera le dije a Susana que las había visto. A mí no me importaba, ella y yo no teníamos sexo, era lesbiana, no lo ocultaba.

—Vaya, otra mentira, me dijiste que el jueves cenasteis en el Amazónico y que después os fuisteis a casa a hacer el amor... Por favor, Raúl, no me sigas mintiendo o me va a costar mucho creer en nada de lo que me digas.

—No sé quién fue el que me mandó las fotos. —Raúl está a punto de romper a llorar—. A mí me llegaron en un mail, pero el remitente era un tal X, señor Equis, como en las películas.

—¿Y nunca te preocupaste de saber quién era el que andaba haciéndole fotos a tu novia con otra?

—Claro que me preocupé, pero siempre pensé que era el padre de Susana.

—¿Su padre?

—Moisés Macaya es más tolerante de lo que acostumbran los gitanos, ha querido que sus hijas tengan vida de payas, pero no deja de ser un gitano. Pasaría por que su hija se casara sin la prueba del pañuelo, pero no por que fuera lesbiana. Si de alguien me pega que mandara un detective a seguirnos, es de Moisés. Él lo sospechaba, amenazó varias veces a su hija con mandarla a una clínica en la que le curaran sus vicios. Como si eso fuera posible...

Elena toma nota de la novedad: puede que Moisés no sea el padre liberal que aparenta ser, el que ha querido que sus hijas fueran libres de decidir, sin someterse a los ritos de las bodas de las mujeres de su raza.

—Moisés vino a hablar conmigo, me amenazó para que no me casara con su hija. Quería que ella se casara con un gitano... Pero yo no tenía opción, necesitaba el dinero. Además, yo sabía que para Susana no era más que una tapadera. Solo quería el dinero, de verdad.

—Tienes dinero, he estado en tu casa, he visto los muebles, he visto el altavoz. Vale lo menos treinta y cinco mil euros. —Chesca pierde los nervios, habla más que el interrogado, que es el que tiene que hablar; Elena tiene que mandarla callar.

—¿Los altavoces? Sí, pero eso no es importante, no es dinero. Mis deudas son mucho mayores, no se pueden pagar vendiendo un altavoz.

—¿Tanto dinero tiene la familia de Susana?

—Todavía no saben quiénes son los Macaya, ¿no? No son ellos directamente. Si has tenido algo que ver con el mundo de las drogas, si quieres que te perdonen unos plazos, que te den más tiempo... Si quieres seguir con vida, tienes que hablar con algunos parientes de Susana. Ya les dije que le debía dinero al camello y no me servía droga. Pero ahora ya nada tiene remedio. Espero que me crean, yo no la maté.

Elena Blanco tiene que procesar todo lo que ha dicho Raúl. Y echar la bronca a su equipo: no puede entrar en una sala de interrogatorios vendida, a expensas de que cualquiera le dé una sorpresa. Alguien tenía que haberse enterado y haberle dicho quiénes son los Macaya. Por primera vez siente que su brigada no funciona como debe.

—¿Por qué iba a darte las fotos Moisés?

—No sé si fue él. Pero él estaba en contra de la boda, pensé que quería espantarme con esas fotos. No sé si es verdad, pero fue lo que creí entonces. Él, desde luego, no se casaría con una mujer que hace esas cosas con otra.

—¿Y perdonaría a su hija?

—Su hija está muerta. ¿Quién sabe si fue porque no obtuvo el perdón? —Raúl se ha decantado por sospechar del que iba a ser su suegro, quizá porque lo crea de veras, quizá porque así despeja las dudas sobre sí mismo.

—Te vamos a dejar en libertad. Pero no salgas de Madrid, en cualquier momento podemos necesitar que vuelvas.

—¿Me cree, inspectora?

—Yo solo creo en lo que veo, en que Susana está muerta y en que su hermana Lara también lo está.

Elena sale indignada de la sala, esperará a tranquilizarse antes de hablar con su equipo...

CAPÍTULO 23

En el coche, con Orduño, Zárate se siente por primera vez en compañía de alguien como él, un policía; es el único de la brigada al que puede reconocer como un compañero, aunque vista de paisano y el coche no sea de los habituales; nada de un utilitario cutre con matrícula civil, Orduño conduce un potente todoterreno, un Volvo XC90 que han sacado del aparcamiento de debajo de la plaza del Rey. Había tres iguales aparcados juntos, supone que los tres son para uso de la brigada, aunque la inspectora lleve ese Lada de los tiempos del muro de Berlín.

—La inspectora siempre va a sacar la cara por ti, aunque te cante las cuarenta cuando te equivoques, aunque a veces te eche una bronca que tengas ganas de pedir el traslado a tráfico...

—¿Y Chesca? Se cree la Capitana América...

—Chesca es una muy buena policía. Y se dejaría la vida por un compañero, no la menosprecies, no sabes cuándo la necesitarás.

Van camino de la Quinta de Vista Alegre, en la zona de Carabanchel, el territorio de Zárate. Tiene que lucirse, conseguir encontrar a un mendigo que haya visto algo, descubrir una pista que se les haya pasado por alto el día del levantamiento del cadáver.

Una vez en la Quinta, al primero que encuentran es a Ramón, el guarda que localizó el cadáver.

—Usted descubrió a la muerta el lunes a primera hora, pero creemos que trajeron a la chica la madrugada del viernes al sábado sobre las tres y media.

—Yo no vengo los fines de semana. Y la mayor parte de los edificios oficiales están cerrados. Solo quedan aquí la residencia de ancianos, que está en el otro lado del parque, y los mendigos.

—Me dijo que llevaban varios días sin venir.

—Y así siguen. Algo los asustó, tal vez ellos vieran algo... Tendrían que hablar con el Tuerto: si alguien vio algo, seguro que él lo sabe. Es el cabecilla de los que vienen. Aunque esté medio ciego, una vez tuvo una reyerta con uno y casi le saca las tripas.

Zárate es un veterano en Carabanchel y conoce como la palma de su mano este barrio que fue independiente hasta unos años después de la Guerra Civil, cuando se anexionó a Madrid; entonces eran dos municipios, Carabanchel Alto y Carabanchel Bajo. Los antiguos terrenos, propiedad de Eugenia de Montijo, la que fue esposa de Napoleón III, forman ahora uno de los barrios más populosos de Madrid, con más de un cuarto de millón de habitantes, en su gran mayoría de clase trabajadora, muchos de ellos inmigrantes. El subinspector sabe que, si quiere localizar a un mendigo, hay que ir a los parques y pasear por las zonas menos favorecidas: Pan Bendito, los Altos de San Isidro, Vía Carpetana, Cañorroto, la antigua cárcel de Carabanchel, la que en su época fue la más famosa de España.

—¿Vives por aquí? —le pregunta Orduño, mientras pasean por las zonas que Zárate le recomienda buscando al mendigo tuerto. Este espera que le cuente más sobre la inspectora: le llama la atención esa mujer que dirige uno de los equipos de policía más prestigiosos de España, pero a la vez canta canciones italianas en los karaokes, bebe grappa y se lleva a un nuevo compañero a la cama el día en que lo conoce.

—Sí, vivo aquí. Hay de todo, calles muy malas, pero también otras donde se vive bien. Ya sabes cómo es la zona sur de Madrid, de la que menos se han ocupado los alcaldes de derechas.

—¿Y los de izquierdas?

—Lo mismo.

La antigua cárcel de Carabanchel se construyó al acabar la Guerra Civil para sustituir a la cárcel Modelo, que estaba situada en pleno frente de Moncloa y fue escenario de luchas: quedó completamente destruida, tanto que era inútil volver a levantarla. La de Carabanchel pronto se hizo famosa por ser la cárcel que acogía a los presos más renombrados, desde Jarabo, uno de los últimos ajusticiados mediante garrote vil, hasta todos los presos del franquismo, incluyendo escritores como Fernando Sánchez Dragó, humoristas como Gila o políticos como Miguel Boyer, Marcelino Camacho o Ramón Tamames. En el año 1998, casi a final de siglo, echó el cierre y años después fue demolida. Desde entonces, los vecinos y las autoridades discuten cuál será su uso: hospitales, instalaciones deportivas, parques, pisos..., pero de momento es un enorme solar desierto y vallado, muy vigilado, aunque algunos mendigos lo usen para pernoctar.

—Buscamos a uno que llaman el Tuerto...

—No sé, amigo.

Un grupo de gitanos rumanos se ha tumbado en la única sombra que se ve en los alrededores. No hay mujeres entre ellos, estarán en el centro, recorriendo Madrid, pidiendo por las terrazas. Zárate saca la placa.

—Si me decís dónde puedo encontrar a un tuerto, yo me voy y no os toco los cojones; si no me lo decís, os pido los papeles, mando venir a un coche patrulla, hago que os lleven... Sé que esta noche estáis otra vez en la calle, pero logro que la tarde sea una putada para todos.

Uno de los rumanos le mira y decide ahorrarse los problemas y seguir a gusto en su sombra.

—Donde el cementerio. Por ahí andará, roba las flores de las tumbas para venderlas otra vez.

La entrada del Cementerio Sur está ya donde se acaba el barrio, pegada a Orcasitas. En la misma puerta lo detectan nada más llegar.

—¡Tuerto!

No espera a que lleguen a su lado, sale corriendo como alma que lleva el diablo. Los dos echan a correr detrás de él, Orduño saca mucha ventaja a Zárate y reduce a buen ritmo la distancia con el mendigo. Cuando Zárate llega hasta ellos, ya le ha dado caza y Orduño tiene que esperar a que los dos, el mendigo y él, dejen de jadear.

—Hay que ponerse más en forma, compañero —se ríe Orduño—. A ver, Tuerto, ¿por qué corrías?

—Siempre que sé que hay maderos cerca, corro. Más si van de paisano.

—Contéstame lo que quiero saber y no tendrás problemas. Quinta de Vista Alegre, este fin de semana.

—No estuve.

—¿Por qué?

—Un hombre me paró en la entrada, me dio cien euros si me iba a dormir a una pensión. Y me prometió otros cien si convencía a mis compañeros para no ir.

Zárate y Orduño se miran, han encontrado algo.

—¿Y eso cuándo fue? —Zárate ha recobrado, por fin, la respiración.

—El jueves me dio mis cien euros y, el viernes por la noche, los otros cien, no volví, no sé nada.

—¿No tuviste ni un poco de curiosidad?

—Pagué una pensión, me pegué un baño que me saqué la costra de un mes, me comí un cocido y le pagué veinte euros por un completo a una rubia a la que tenía echado el ojo que se pone por la Colonia Marconi. A mí no me importaba un carajo lo que fueran a hacer en la Quinta, siempre que me pagaran.

—¿Por qué no has vuelto?

—Volví el lunes, vi que estaba lleno de maderos y me abrí, solo traéis problemas. Mejor ir al médico que hablar con vosotros.

—Pues no te queda más remedio. Vas a tener que ayudarnos a encontrar a ese hombre. ¿Serías capaz de reconocerlo?

—Me llaman el Tuerto porque me falta un ojo. ¿Y sabéis lo peor? Que era el ojo bueno. Por el otro veo menos que Pepe el Leches. Bultos y poco más.

—¿Cómo sabías que éramos policías?

—Si no hueles a los policías, no tienes futuro en la calle. Vosotros apestáis a maderos.

CAPÍTULO 24

Ya están otra vez en la sala de reuniones. A Zárate le empieza a parecer que hay muchas reuniones y poca acción, aunque reconoce que tal vez sea esa la clave del éxito de la Brigada de Análisis de Casos. Salvador Santos se lo decía siempre: «Hay que pensar, el problema es que nos gusta más salir corriendo detrás de los malos que pensar en lo que ha pasado».

Va conociendo las costumbres de sus nuevos compañeros. Buendía ha llevado un bizcocho hecho por él; Chesca, zumo de naranja natural; Orduño ha servido cafés y ha abierto una lata de galletas danesas de mantequilla... La inspectora no le ha mirado de ninguna forma especial, como si la noche del lunes no hubiera significado nada.

—Una vez a la semana hacemos un desayuno conjunto. La semana que viene nos toca a Mariajo y a mí, apúntate con nosotras —le invita la inspectora.

Es miércoles, han pasado dos días desde la aparición del cadáver y la sensación de todos es que no tienen ningún buen sospechoso en el que centrarse, más cuando la inspectora Blanco decidió dejar en libertad a Raúl Garcedo.

—Buendía, me has dicho que tienes información nueva —abre la reunión, como siempre, la jefa.

—Hemos reconstruido el proceso de la muerte de Susana y lo hemos comparado con el de Lara. Entre los dos hemos sido capaces de reproducir con bastante fidelidad lo que pudo ocurrir. Os voy mostrando las fotografías.

En las primeras aparece una simple construcción a medio derruir, con pintadas, basura, escombros. Hay varias marcas hechas por los policías que examinaron el sitio; las siguientes imágenes detallan lo que se ve en ellas.

—Este es el lugar en el que apareció el cuerpo de Lara. Era una casa abandonada en Usera, cerca de donde estuvo en tiempos el Rancho del Cordobés. Para los que no sois de Madrid, fue una zona de chabolas con mucho tráfico de drogas, la policía no entraba si no era muy armada y en grandes contingentes. En los últimos años se ha construido por allí, la casa de la foto ya no existe.

En la siguiente, aparece una joven con los ojos cerrados, muerta, el velo de novia está manchado de sangre.

—Esta es Lara. Como podéis ver, la colocaron como si estuviera posando. Fijaos en las marcas del suelo. Las de la derecha marcan las tres patas de un trípode fotográfico; las fotos que supuestamente se sacaron de su suplicio no se encontraron, pero las patas correspondían a un trípode como el que tenía Miguel Vistas. Las otras cuatro marcas, las de la izquierda, son de una silla: el asesino se sentó a ver el espectáculo.

»La siguiente foto es de la Quinta de Vista Alegre y muestra a Susana. La posición del cuerpo es distinta y no hay marcas en el suelo.

—Puede que las borraran con los pies los policías que primero se acercaron al cadáver —aprovecha Chesca para criticar la actuación de los primeros policías que acudieron.

Todos se vuelven a Zárate, que siente que les debe una explicación.

—Estaba con vida, tratamos de salvarla...

—Dos fracasos, ni la salvasteis ni preservasteis la escena

del crimen. ¡Bravo! —Chesca no pierde la oportunidad de humillar a su compañero.

—Si hubo un trípode, es que se hicieron fotos o se grabó. Esas imágenes nunca aparecieron, ¿no? Ni entonces, ni ahora —zanja la discusión la inspectora.

—No, nunca.

La siguiente foto es del cráneo de Lara. Están marcados tres puntos.

—Ya hemos hablado de las diferencias: la colocación del cadáver y las marcas alrededor. También el diazepam: en el cuerpo de Lara no había trazas. Le hicieron análisis y lo único que encontraron fue que tomaba anticonceptivos orales. Ahora las semejanzas. Estas son las incisiones que se hicieron en la cabeza de Lara.

Cambio de foto, las mismas marcas.

—Y estas las de Susana, en el mismo lugar. Quiero hacer notar que el corte para formar un círculo alrededor es posterior, no tiene nada que ver con las incisiones.

—¿Una firma?

—Quizá, vosotros lo averiguaréis. Por otro lado, las primeras incisiones, las de Lara, fueron hechas con un berbiquí; las segundas, las de Susana, con un torno eléctrico de dentista. No le daría más importancia, más allá del avance tecnológico.

—Y de la crueldad —apunta Elena Blanco—. Si todo esto se lo hicieron a la víctima con vida, supongo que el torno eléctrico es más compasivo.

—Es posible. En el cuerpo de Lara los gusanos estuvieron una semana, una semana alimentándose de tejidos vivos hasta que la víctima murió; en el de Susana, según las pruebas que se han hecho en el laboratorio de crecimiento de las larvas, fueron solo dos días —prosigue Buendía—. De nuevo, la hermana pequeña tuvo más suerte.

—O el asesino fue menos cruel. ¿Crees que fue el mismo? —la inspectora hace la pregunta que todos tienen ganas de formular.

—No lo sé, puede serlo o puede no serlo. En el cadáver de Lara se encontró un cabello de Miguel Vistas. Ese cabello, las huellas del trípode y el hecho de que fuera el último en verla le condenaron.

—El trípode puede ser una prueba circunstancial, el cabello pudo ponerlo alguien y quizá no fue el último en verla con vida, la vio su asesino —rebate la inspectora.

—¿Estás diciendo que puede haber un inocente en la cárcel? —Zárate quiere defender la investigación de Salvador Santos, pero no puede permitirse que nadie conozca su relación con él, sería suficiente para que lo apartaran del caso.

—Quiero decir que no sabemos nada y que tenemos que investigar los dos asesinatos, el de hace siete años y el de ahora. ¿Algo más, Buendía?

—De momento, nada. Había pensado en hacer un relato del sufrimiento que tienen que haber pasado las dos chicas, perdiendo facultades a medida que los gusanos se iban comiendo partes de cerebro. A mí me apasionan esas cosas, pero sé que vosotros no las disfrutáis.

—Eres la alegría de la huerta, chico —dice Mariajo con un escalofrío—. No sé con qué cuentos dormirás a tus nietos...

La inspectora echa un vistazo al reloj: tienen solo un par de minutos para que Orduño y Zárate puedan hablar de su encuentro con el Tuerto.

—Nos ha dado una descripción del hombre que le dio el dinero por no acercarse por la Quinta: más alto de lo normal, corpulento, pero encorvado, muy nervioso, de tez y pelo morenos...

—La descripción coincide con la de Moisés. Acordaos de que le dolía la espalda cuando vino y le dimos la noticia de la muerte de su hija.

—Sí, el problema es que el testigo no nos serviría para una rueda de reconocimiento, es tuerto y por el otro ojo apenas ve.

O se les ocurre una forma de usar el testimonio o deben descartarlo. Mejor seguir adelante.

—Más cosas —apunta la inspectora—. ¿Qué sabemos de las fotos de Susana y Cintia?

—Hicimos un estudio del ángulo en el que habían sido tomadas —contesta Mariajo—. Fue el tercero A del edificio de enfrente de casa de Susana, en la misma calle de Ministriles.

—Me he acercado a hablar con el propietario —completa Chesca—. Me ha dado el nombre del tipo que le alquiló la casa durante una semana. Le pagó seiscientos euros. Se llama Luis Soria, es detective y tiene su despacho en la Gran Vía.

—Gracias, Chesca. Vamos a tener que ir a hablar con Moisés —decide la inspectora—. Zárate, vienes conmigo. Chesca, tú y Orduño tenéis que hablar con el detective que hizo las fotos, no le dejéis tranquilo hasta que os diga quién le contrató.

CAPÍTULO 25

La zona a la que han llegado es cara, la Piovera, pegada a Conde de Orgaz, muy cerca de Arturo Soria.

—Vamos a tener que creer a Raúl, estaba más interesado en el dinero de los Macaya que en la belleza de la hija. Este barrio no es barato...

El chalet de la familia Macaya es grande y bueno, como muchos de ese barrio creado en los años setenta del siglo XX para alojar a las nuevas clases acomodadas, lejos de las estrecheces de los pisos del centro. Sin embargo, en este hay una cierta decadencia que no pasa desapercibida: necesita una mano de pintura, habría que arreglar algunas persianas, recortar el seto que lo separa de la calle, reparar algunas zonas del tejado... La piscina, a pesar de la época del año, está vacía. Tal vez sea la falta de las hijas, tal vez que la casa, como la familia que la habita, haya pasado épocas mejores.

En el interior, el salón presenta un ambiente lúgubre, oscuro, con las persianas casi bajadas, como si se quisiera evitar el paso de la luz y, con ella, la alegría. Moisés aparece acompañando a su esposa, que apenas tiene fuerzas para caminar. Está desorientada, ida, a punto de romperse. Moisés la ayuda a sentarse. La inspectora Blanco le echa una mano, mano a la que Sonia se agarra con fuerza y no suelta.

—¿Ya saben cómo han matado a mi hija? —pregunta la madre, angustiada.

Elena siente el peso y mira a Zárate. ¿Cómo van a decirle a esos padres que el asesinato de Susana es idéntico al de Lara? ¿Cómo puede hacer que una noticia así duela menos? ¿Existe alguna manera?

—Igual que a Lara —dice sin rodeos—, no creo que merezca la pena pararse en los detalles. —La inspectora quiere ahorrarle crudeza a la confesión—. Sería aún más duro para ustedes.

El gesto de la madre se hace de piedra. Agarra la mano de Elena Blanco y la aprieta, como si fuera lo único que la retuviera, que la salvara. Ella aguanta como puede la violencia, las uñas de Sonia se meten en su piel. Moisés grita, protesta, pierde los papeles, se encara con la inspectora como si ella fuese la asesina de su hija.

—¿Han soltado a ese hijo de puta? ¿Le han soltado?

—No, Miguel Vistas sigue preso, no ha salido y no ha tenido ningún permiso. Él no ha podido ser.

—Ese cabrón mató a Lara... También estaba a punto de casarse, también era una chica maravillosa. Ahora a Susana.

Nadie prepara a los policías para ver desmoronarse a un hombre como Moisés, un hombre de cerca de un metro noventa, con cara de estar acostumbrado a todo, fuerte como una casa que ahora parece derrumbarse. Moisés llora amargado y Elena debe contenerse para no abrazarle y decirle que sí, que sabe cómo se siente, que no solo es policía, que también es una mujer y sabe lo que es perder a quien uno más quiere. Ella también tiene que recomponerse e intentar avanzar, para cumplir lo que se prometió al ver el cerebro abierto de Susana lleno de gusanos: que cogería al que se lo había hecho y haría que lo castigaran, que impediría que ninguna otra joven volviera a caer en sus manos. Por eso no puede dejarse vencer por la pena, tiene que mantener la frialdad y pensar.

—Tal vez no la mató él, tal vez haya dos asesinos. Le aseguro que estamos haciendo todo lo posible por descubrirlo. Pero para eso necesito que me ayuden, tendremos todo el tiempo del mundo para llorar a Susana. ¿Hay alguien que quiera hacerles daño?

Marido y mujer se miran y la inspectora cree ver en esa mirada una duda, la súplica de Sonia para que Moisés hable.

—No, ¿por qué iba alguien a odiarnos tanto? —se adelanta el marido—. Nunca le hemos hecho daño a nadie, nuestros negocios son humildes y legales; organizamos eventos: bodas, comuniones, bautizos, cosas así. No es un mundo en el que haya odios y venganzas.

—¿Qué piensan de Raúl?

—Ya le dije que no nos gustaba, un vividor, pero no era alguien capaz de hacerle eso a nuestra hija —reconoce el padre de las dos chicas.

—¿Y el novio de Lara?

—Le investigaron cuando pasó aquello. No pudo ser él, era un buen chico, trabajador y serio, su profesor de baile flamenco... Ni siquiera estaba en Madrid el día de su muerte, esa noche actuaba en Granada. Tuvimos contacto con él durante mucho tiempo, nos llamaba, nos hacía visitas, amaba a Lara. Se fue hace tres años a vivir fuera de España, a Estados Unidos. No, estoy seguro de que él no ha tenido nada que ver. Además, el asesino de mi hija Lara está en la cárcel.

—¿Y si no fue él?

—Lo fue. Yo le miré a los ojos durante el juicio y sé que lo era. ¿Le conoce? Parece una buena persona, pero tiene la mirada más fría que yo haya visto nunca. Tenía que haber hecho que le mataran... Todo lo que me ha pasado es por resistirme a ser como tenía que haber sido.

—¿Cómo tenía que haber sido? —por primera vez habla Zárate.

Moisés le mira como si no recordara que estaba allí, como a un invitado que no es bienvenido, como al mirón que interrumpe una partida de mus.

—Mi familia no tiene tantos remilgos como yo. Decenas de veces me ofrecieron su ayuda y yo no la acepté, pensé que era mejor la justicia de los payos. Por eso están muertas mis dos hijas.

—¿Dónde pasaron ustedes el fin de semana?

—No me diga que sospecha de nosotros, inspectora —salta de inmediato Moisés.

—No. Le aseguro que, cuando descubramos quién mató a su hija, se alegrará de que hayamos hecho todas las preguntas a todo el mundo. Solo queremos estar seguros de no olvidar nada.

—Estuvimos aquí en casa —se tranquiliza el padre.

—¿Todo el fin de semana?, ¿no salieron a nada?

—A por el pan —contesta Sonia—. No somos de mucho salir, no desde que ocurrió lo de Lara.

—¿Usted tampoco? —Elena Blanco se vuelve al padre.

—Yo tampoco, yo ni siquiera a por el pan.

—Ya, gracias. Una pregunta más, señor Macaya. ¿Conocía a Cintia, la amiga de Susana?

—Malas compañías, hoy en día es muy difícil apartar a tu hija de las malas compañías...

CAPÍTULO 26

La oficina de Luis Soria, director —y probablemente único empleado— de Detectives Soria, está en la Gran Vía, en un bloque destartalado en el que se alquilan despachos. Da la sensación de ser un negocio en franca decadencia; ahora hay más espionaje que nunca, pero es industrial y económico, se hace en ordenadores y en grandes edificios corporativos: husmear braguetas ha perdido mucho brillo, si es que alguna vez lo tuvo. La mayor parte de los cubículos están vacíos, pero Orduño y Chesca, en su recorrido por los pasillos, han podido ver despachos de abogados que se encargan de temas de extranjería, una agencia de viajes de aventura y un gabinete de masajes al que ninguno de ellos confiaría una contractura.

—Les debo confidencialidad a mis clientes. No voy a responderles a esa pregunta.

—Señor Soria, sabemos que usted tiene su ética profesional y entendemos que quiera respetarla, pero necesitamos que nos comprenda, estamos investigando un caso de asesinato —argumenta Orduño—. Estoy seguro de que su deber como ciudadano se va a imponer a su deseo de ocultar el nombre de su cliente.

El reparto de funciones entre policía bueno y policía malo no es exclusivo de las películas, funciona. Orduño y

Chesca no necesitan ponerse de acuerdo para asumir sus funciones: él siempre es el bueno y ella, la mala.

—No sé qué interés pueden tener unas fotografías de dos mujeres en la cama para resolver un asesinato. —Luis Soria se siente seguro, todavía no va a desvelar lo que los policías le preguntan.

—Eso no se lo podemos decir, comprenderá que nuestro deber de confidencialidad es superior al suyo.

—En ese caso, les ruego que abandonen mi despacho.

Le han dado la oportunidad de colaborar por las buenas. Ha llegado el momento de Chesca.

—Luisito, campeón —lo trata sin el menor respeto—, mi compañero te ha preguntado de buenas maneras. Queremos saber quién te encargó las fotos de la señorita Susana Macaya. Yo te voy a decir una cosa, no voy a salir de este despacho sin que me lo hayas dicho. Si es necesario, voy a mirar los papeles de tu archivo uno a uno...

—Usted no tiene derecho...

—No me interrumpas, déjame acabar. Voy a salir con el dato que te estamos pidiendo y, cuanto más tarde en encontrarlo, más me voy a enfadar.

—No le conviene a usted que se enfade, señor Soria —apoya Orduño.

—Cuando me enfado, no sé controlarme. Pero eso no es todo. Cuando llegue a mi oficina, voy a llamar a mis amigos de la comisaría de Centro y vas a tener muchas dificultades: te van a pedir todo tipo de permisos, van a llamar al propietario de este edificio para ver si cumples todos los requisitos...

—Yo también tengo amigos —se atreve a amenazar el detective.

—Pues te vas a quedar sin ellos. Te aseguro que van a querer ser más amigos míos que tuyos.

Orduño sonríe, se lo ha visto hacer ya muchas veces a

Chesca. Sabe que ahora llega el punto culminante, ese en el que Chesca saca la pistola de su cartuchera y la pone encima de la mesa. El detective la mira asustado.

—De verdad, Luisito, campeón. Es mejor que seamos buenos amigos.

Luis Soria duda, está seguro de que no le van a hacer nada, pero es mejor no pasarse de listo.

—Fue Moisés Macaya. Él me contrató para que siguiera a su hija —confiesa.

—¿Ves cómo no era tan difícil colaborar? Cuéntanos.

El detective saca de sus archivos hasta la factura que le entregó por sus servicios a su cliente. Les confiesa que el hombre sabía perfectamente la relación de su hija con la otra mujer y que hasta le dijo dónde y cuándo se encontraban.

—Solo quería que les hiciera las fotos.

—¿Le entregaste todas?

—Hice una selección de las menos fuertes. Tampoco quería que ese hombre entrara en cólera y me diera una paliza. Las demás las borré, lo juro. Esas dos mujeres hacían cosas que sonrojarían a una actriz porno. Por favor, no le digan a nadie que yo les he desvelado todo esto. Digan que se han enterado de otra forma, se lo ruego.

—¿Por qué le asusta tanto?

—¿Saben quién es el primo de Moisés Macaya?

—El Capi —responde Chesca, que después de la bronca de su jefa ha conseguido toda la información.

—Exacto, el Capi, uno de los jefes del Clan del Sordo. Esos no se andan con chiquitas, si descubren que he traicionado a uno de los suyos, puedo tener muchos problemas.

Todo el mundo sabe quién es Capi y quiénes son los Sordos. En los periódicos y en la tele han salido algunas veces. Se supone que por las manos de Capi pasa el negocio de las drogas en Madrid, que los mejores aluniceros están en su equipo, que a través de su tienda de antigüedades cerca del Rastro se compran y se venden la mayor parte de las joyas robadas de media España.

—¿Moisés está en el negocio?

—Nunca le he visto con ellos, pero al fin y al cabo es un primo hermano. Eso, para esta gente, es más importante que para nosotros... Dos primos son como dos hermanos.

CAPÍTULO 27

A Elena Blanco le habría gustado no tener que llamar a Cintia de nuevo. Respeta al máximo la relación que tenían las dos chicas, aunque no entiende que la convirtieran en algo tan tortuoso, por mucho que Susana fuese gitana y que su familia no lo fuera a aprobar. Quiere que Cintia se sienta a gusto y se abra, por eso ha entrado sola a la sala de interrogatorios y ha desconectado las cámaras, haciéndole saber a la chica que todo lo que hablen se quedará allí, entre ellas.

—Cintia, necesitamos que nos ayudes. Cada rato que pasa, cada descubrimiento nuevo que hacemos, es todo más complicado.

—Inspectora, usted sabe que yo haría todo lo que pudiera para que encontraran a quien asesinó a Susana.

—¿Por qué había decidido Susana casarse con Raúl? Ya sé que era una manera de tapar sus verdaderas inclinaciones sexuales, pero su padre no tragaba a Raúl, ella no estaba enamorada de él... ¿No era mejor escoger a un hombre al que su padre aceptara?

—Susana era muy compleja, nada con ella era sencillo. Era capaz de ocultar lo que de verdad deseaba para no hacer nada que pudiera avergonzar a su padre, pero a la vez no podía evitar enfrentarse a él. Tenía muy presente lo que sus padres habían sufrido con la muerte de Lara.

—Nos dijiste que te hablaba de su hermana.

Cintia duda antes de seguir desvelando nada, se debate entre preservar la intimidad de sus relaciones con Susana y la necesidad de ayudar a que su muerte sea vengada.

—Hablábamos mucho, estaba obsesionada con ese tema, con su asesino, con el modo en que la habían matado.

—Raúl nos ha dicho que era un tema del que nunca quería decir nada.

—Raúl no era importante para ella, la verdadera Susana era la que se metía en la cama conmigo. Algunas noches nos quedábamos charlando hasta la madrugada de Lara, de sus padres, de todo. Quería ir a la prisión, encontrarse con Miguel Vistas.

Elena se muestra sorprendida, no sabe qué decir, qué preguntar. Mariajo llega en su ayuda cuando se asoma, después de llamar a la puerta.

—Por favor, Elena, necesito enseñarte algo.

La hacker de la brigada ha conseguido abrir, por fin, la zona del ordenador de Susana que tan protegida estaba. Aunque lo esperaba, Elena no puede creerse lo que ve: son las mismas fotos que les ha mostrado Buendía del expediente de Lara. Pero la que aparece en las fotografías no es Lara, es Susana. Como les dijo Cintia, Susana llevaba años sacándose fotos en la misma postura en la que el asesino dejó a su hermana, con un velo igual, incluso las primeras, hasta que se derribó la casa de cerca del Rancho del Cordobés en la que la encontraron, en el mismo sitio.

—Sabes que he entrado miles de veces a la red oculta y he visto las perversiones más grandes que se pueden imaginar, pero esta es de las buenas. Es como si esa chica quisiera seguir los pasos de su hermana.

—Pues lo ha conseguido...

Elena no vuelve a entrar de inmediato, necesita tomarse un respiro y ordenar en su cabeza todo lo que ha escuchado en los últimos minutos. Mira a Cintia a través de la persiana semibajada, está callada, con la mirada ida, sufriendo. A menudo su trabajo le parece cruel, tiene delante a una joven que ha perdido a la que probablemente fuera el amor de su vida y ella, en lugar de consolarla, se dedica a indagar, a preguntar, a hurgar en la herida. Decide darse unos minutos, acercarse a la pequeña cocina, beber un vaso de agua, asomarse a la ventana y ver la calle... Solo cuando ha vencido los deseos de dejar de preguntar y abrazarla, vuelve a la sala, quiere que Cintia le siga hablando de la obsesión de Susana.

—Me decías que quería conocer al asesino.

—Sí, pero sabía que no le iban a autorizar la visita. Decía que esperaría a que le dieran un permiso de fin de semana o a que le soltaran para abordarle por la calle y preguntarle todo lo que quería saber.

—¿Crees que quería morir igual que su hermana? —lanza el órdago.

Cintia pone cara de indignación, de no entender cómo alguien puede preguntar tal cosa.

—¡No! En absoluto. ¿Quién quiere morir así?

Poco más puede desvelarle Cintia, no porque no esté dispuesta, sino porque Elena no sabe qué preguntar. Rara vez se ha visto tan anonadada por un caso. Las fotos de Susana imitando la muerte de su hermana, una vez que sabe que, al final, todo se produjo de la misma forma, la han dejado perpleja.

Fuera se encuentra con Orduño y Chesca, que le informan acerca de quién es la familia de Moisés. Ella también conoce el Clan del Sordo de nombre, aunque ignora qué relación puede guardar con la muerte de Susana. En realidad, cada minuto que pasa sabe menos sobre el caso, lamenta que Rentero la llamara y piensa que mejor habría sido que se lo hubieran quedado los agentes de la comisaría de Carabanchel, aunque nunca descubrieran al asesino.

—Quiero entrevistarme mañana con Miguel Vistas. Organizadlo con la dirección de la prisión de Estremera. ¿Alguien sabe dónde se ha metido Zárate?

—Dijo que tenía que visitar a un pariente enfermo.

—Hay que joderse, ¡parientes enfermos! ¿Nadie le ha dicho que en la brigada no tenemos parientes y que si los tenemos están siempre sanos?

Todavía no es muy tarde, pero Elena se marcha. Sus compañeros no le dicen nada, es algo que pasa de vez en cuando. Buendía, que la conoce hace tantos años, sabe que no le sería difícil encontrarla, está seguro de que va a pasar la noche en el Cheer's cantando a Mina Mazzini.

CAPÍTULO 28

Zárate no sabe si le gusta visitar a Salvador Santos, el inspector de policía que le acogió bajo el ala cuando él empezó a dar sus primeros pasos en la profesión, el hombre que ha sido una especie de padre para él desde que murió el verdadero. Cuando era un recién jubilado, sí que le gustaba, entonces le recibía con grandes palmadas en la espalda y la tarde pasaba volando entre whiskies y batallitas. Pero pronto empezaron los despistes y las efusiones sentimentales que llevaban al hombre a confundirle con el hijo que nunca tuvo. ¿Esa es la razón por la que Santos le trataba con tanto cariño? Puede ser, pero a Zárate no le importa que la relación entre ambos estuviera teñida de esa nostalgia por el padre perdido y el hijo nonato. No olvida la tutela que recibió en los momentos de aprendizaje, ni los sabios consejos, ni la paciencia cuando cometía algún error. No olvida, tampoco, las palabras de aliento. Salvador fue su primer jefe. El mejor. Y él, en justa correspondencia, fue un alumno aplicado; Salvador fue su padre y él, su hijo.

—¿Cómo está don Salvador? ¿Se encuentra bien?

El alzhéimer lleva cinco años avanzando y la cabeza de Salvador resistía, al principio, a duras penas. Desde que un médico le puso nombre a la enfermedad, las conversaciones entre los dos se empezaron a llenar de apremios, de cautelas, finalmente de tristeza. Zárate entraba animoso en la casa de la Colonia de los Carteros, el barrio gremial construido hace cien años en el que vivía el enfermo, y salía un par de horas después hundido en la miseria. Su jefe, su maestro, su padre imaginario, estaba perdiendo su esencia día tras día.

Ascensión los recibe con la cordialidad de siempre. Zárate viene acompañado de Costa y esto insinúa a la mujer que la visita no es de carácter personal. Los policías le explican que quieren hablar con Salvador de aquel asesinato que investigó hace siete años: Lara Macaya se llamaba la víctima. Ahora que ha muerto su hermana Susana en circunstancias muy similares, es posible que el condenado del primer crimen sea inocente. A Ascensión no se le escapan las implicaciones de estas novedades.

—Pero entonces van a acusar a mi marido de haber hecho mal su trabajo.

—Precisamente por eso queremos hablar con él —matiza Zárate—. Es importante saber cómo llevó la investigación para poder defenderle cuando todo esto estalle.

—No quiero que le molestéis con cosas del pasado. Él no está bien. La terapia ocupacional no está sirviendo de nada y la medicación, tampoco. Y lo peor es que se da cuenta de que está perdiendo la memoria y sufre mucho.

—Es por su bien. Y va a ser solo un minuto. Si vemos que se sobresalta, lo dejamos. Te lo prometo.

—Le pongo música para que se relaje. El médico dice que la memoria musical es la última que se pierde. Y yo creo que le gusta, se queda sonriendo en su sillón. Pero recordarle aquel asesinato espantoso... Eso no, Ángel. Entiéndelo. Tú no sabes lo que pasó con aquello, no te lo quiso contar porque decía que nadie podía dedicarse a una profesión en la que había que enfrentarse así con el mal.

—Sabes que Rentero nunca se ha llevado bien con tu marido, aunque le respete como policía. Y va a aprovechar este caso para arrojar mierda sobre él. Yo no puedo permitirlo, Ascensión —insiste Zárate—. Salvador es un padre para mí.

La mujer toma aire, se ha quedado sin argumentos.

—Está bien, pero entra tú solo. Si pasáis los dos, se va a pensar que es un interrogatorio.

—Yo me quedo con usted —acepta Costa.

Salvador está sentado en un sillón azul. En la penumbra de la habitación, compone una imagen muy apacible. Sonríe al ver a Zárate. Una sonrisa que le ilumina el rostro de amor.

—¡Hijo!

Zárate se sienta en una silla enfrente de él y le toma de la mano.

—Soy Ángel.

—Ya lo sé, no soy tonto. Pero yo te llamo hijo.

Zárate sonríe. Le pregunta qué tal se encuentra. Salvador hace un gesto espasmódico, como si estuviera ahuyentando a una mosca.

—No hablemos de eso, que me pongo a llorar. Me faltan las palabras. Y ya casi no me tengo en pie. ¿Qué le vamos a hacer, hijo? Estoy en las últimas. ¿Qué tal estás tú?

—Yo estoy liado, como siempre. Investigando un asesinato.

—El de la hermana de Lara.

—¿Cómo lo sabes?

—Todavía estoy vivo. Todavía me entero de las cosas. Me llamó Fuentes, el forense que vio a la chica y supuso que las dos muertes tenían que ver.

—¿Recuerdas la investigación de la muerte de Lara?

—Claro que la recuerdo, la llevé yo. Todavía sueño con gusanos. Pero cogimos al culpable, que es lo que tiene que hacer un buen policía.

—Pero este asesinato es idéntico y Miguel Vistas está en la cárcel. No pudo ser él.

Salvador se queda rumiando algo. Suena un ruido ronco, de animal, que sale de su garganta.

—¿Había algún sospechoso más? —pregunta Zárate—. ¿Alguien que no esté en los informes porque lo descartasteis en los primeros pasos de la investigación?

—Hablamos con mucha gente. Yo sospechaba del hermano de la chica.

—¿Cómo? No tiene hermanos, Salvador.

—El hermano. El cantante.

—No había hermanos. Eran dos chicas.

—¡Ya lo sé! —exclama Salvador.

De pronto se ha irritado y ahora no quiere mirar a la cara a su alumno. Al negarle la mirada gira el rostro hacia la ventana y quedan al descubierto las arrugas del cuello y un pequeño bulto que le cuelga de la papada, como un fruto que pende de una rama. Zárate se da cuenta de que ha envejecido mucho desde la última vez en que se fijó en él.

—Buscamos a alguien que camina encorvado. Y que calza un cuarenta y cinco.

—Un hombre con joroba, sí. Recuerdo que había uno.

—¿Quién?

—Le frotabas el décimo de lotería en la joroba y te daba suerte. Sí, no recuerdo su nombre...

Se queda pensativo, como buscando de verdad ese nombre en su memoria. Está delirando y Zárate lo sabe. Le acaricia la mano y prepara su retirada.

—Adiós, Salvador. Cuídate mucho.

Le besa en la frente. Se dirige a la puerta sin hacer ruido, como si ahora tratase de proteger el sueño del anciano. Antes de abrir la puerta, oye la voz de Salvador.

—No estáis buscando a un jorobado.

Zárate se gira hacia la voz. Salvador lo mira con los ojos inyectados en sangre.

—No te equivoques, hijo. Estáis buscando al demonio.

CAPÍTULO 29

—*Se vuoi andare, ti capisco. Se mi lasci ti tradisco, sì... Ma se dormo sul tuo petto, di amarti io non smetto, no...*

Ancora, ancora, ancora, una de las canciones favoritas de Elena Blanco, pero que, por algún motivo, casi nunca canta. Quizá es por su letra: te pido más de tu cuerpo, te pido más de tus brazos... Elena no está dispuesta a dar más, por eso tampoco lo pide.

Lleva dos horas en el Cheer's, le han servido varias copas de grappa. No sabe por qué, pero la grappa no se le sube a la cabeza; con un whisky, con medio, acabaría como una cuba, pero la grappa solo la nota al día siguiente al despertarse y a veces la ayuda a dormir. En este tiempo ha cantado cuatro veces: *Acqua e sale, Ma che ci faccio qui, Se mi ami davvero* y *Ancora, ancora, ancora,* la última. Ha escuchado a algunos de los mejores: Adriano, que canta arias; Nati, que borda las canciones de Mocedades; Perico, que cuando sube al escenario se cree que es Frank Sinatra y canta mejor que el italoamericano. Pero ella es la que ha interpretado con más sentimiento y la que más aplausos se ha llevado del grupo de asiduos.

—Joaquín, me voy. Apúntame lo que te debo.

Antes de salir le ve en la barra.

—¿Qué haces aquí?

—He venido a escucharte.

No le gusta, no le gusta que nadie se meta en su vida sin que ella le haya invitado antes. Y una invitación un día no implica que se haga extensiva a más.

—Pues ya he acabado de cantar, puedes marcharte, Zárate, aire.

—Había pensado en que podíamos tomar algo.

—Y después ir a mi casa, a follar...

—Sí, se me había ocurrido.

Zárate trata de ser gracioso, no se ha dado cuenta del tono de la inspectora, no se percata de que no es juguetón, sino duro. Debería ser más empático, adivinar lo que piensa el otro por encima de sus palabras. Hasta que no lo consiga, no será un buen policía.

—Pues mi respuesta es no. Si algún día quiero que vengas a mi casa, seré yo quien te llame para hacerlo. Adiós.

—Perdona, si es que tienes a tu hijo en casa... No quería ser inoportuno.

Parece que la excusa ha sido mucho peor que la ofensa. Elena pierde la compostura por unos instantes.

—¿Qué sabes de mi hijo? ¿Quién te ha dicho algo?

Se ha acercado a pocos centímetros de su cara, ha levantado la voz más de lo necesario. Cualquiera pensaría que está a punto de pegarle.

—Perdona, no sé nada, es que me fijé en la cicatriz de la cesárea y...

—No vuelvas a preguntarme por él. Mi hijo es solo asunto mío, de nadie más. No se te ocurra volver a hablar de mi hijo...

Zárate se queda solo, la ve marchar, vuelve a entrar en el Cheer's y pide un tercio de Mahou. Después, cuando está seguro de que Elena ya ha llegado a casa, camina hacia la plaza Mayor. No es tarde y quedan turistas de varias nacionalidades, pero no tiene la animación de la cercana Puerta del Sol. Es como si la plaza hubiera perdido su importancia cuando la Inquisición dejó de quemar a los herejes y a los conversos, en caso de que sea verdad que eso sucediera allí; observándola a esa hora uno pensaría más bien que ha sido un simple mercado de verduras.

Desde el centro de la plaza, mira hacia los balcones del piso de la inspectora. No tenía mala intención al preguntar por su hijo, simplemente pensaba que pasaría algunos días en casa de la inspectora y otros, no, quizá con su padre.

Había dirigido sus pasos hacia el portal de su jefa —y de ahí al karaoke, en busca de fortuna—, dispuesto a hablarle de Salvador Santos, decirle que fue un gran policía, rogarle que se respetara su nombre, se descubriera lo que se descubriera al analizar su trabajo en el caso del asesinato de Lara. Quería que ella le viera como le ve él, como un policía que pudo cometer errores, pero que siempre fue honesto y trabajó para que la ciudad fuera un poco mejor. Pero ahora ve que la inspectora no es la mujer cercana que él creyó cuando compartió la cama con ella. Y piensa que sabe de dónde viene esa dureza: tiene que descubrir por qué ella ha reaccionado así cuando le ha mencionado a su hijo. Se pregunta si podrá averiguar algo de él en los archivos de la policía. También si sería sensato o peligroso hacerlo.

Elena regresa sola, sale al balcón y retira la tarjeta de memoria para cambiarla por otra vacía. Abre el ordenador y carga las fotografías de su sistema de vigilancia de la plaza. Las mira, son miles, como todos los días cuando regresa. Ninguna llama su atención, las va borrando hasta que el disco se queda otra vez vacío. Solo había gente que entraba y salía por el arco, pero no la cara que ella busca. A veces piensa que es absurdo, que esa cara nunca volverá y que, si lo hace, ella no la reconocerá. Está a punto de venirse abajo, le ha pasado decenas de veces en estos años; en una ocasión llegó a destrozar la cámara y tuvo que instalar otra al día siguiente. ¿Por qué no puede simplemente superarlo, como ella misma aconseja a las personas a las que comunica la muerte de sus seres queridos?

—Mierda, ¿por qué ha tenido que venir a buscarme?

Son demasiadas las noches que bebe grappa y olvida cenar. Tiene que obligarse, meter una lasaña congelada en el microondas, poner la tele para entumecer su mente con un programa absurdo en el que se hable de los amores de gente que le trae sin cuidado. No debe probar ni una sola copa; por mucho que lo desee, si bebe con esta rabia, acabará haciendo una locura.

Mañana conocerá a Miguel Vistas. ¿Mirará otra vez a los ojos al mal? ¿Será tan cruel como creyeron los jueces, los policías, el jurado? La experiencia le ha enseñado que no basta con mirar a alguien a la cara para saber si es culpable; hay que reunir muchas pruebas, irrefutables, para estar convencido.

CAPÍTULO 30

Sonia ha ido a abrir la puerta de la casa —desmejorada, despeinada, en camisón— y se ha encontrado a la última persona que esperaba ver: Cintia. Era la mejor amiga de su hija, la mujer de la que estaba enamorada. Son cosas que no se le escapan a una madre... Solo la saludó una vez, se encontraron en un centro comercial cerca de casa, el Arturo Soria Plaza. Las vio a través de un escaparate, estaban comprando un bolso. Le bastó con verlas para saber lo que pasaba entre ellas, aunque no hubo ningún gesto, aunque no se rozaron, lo vio en sus ojos, en sus miradas. Susana miraba a esa joven igual que ella miraba a Moisés el maldito día en que se conocieron. Las esperó en el pasillo. Susana la presentó como una amiga, pero era imposible disimular. El amor no se puede ocultar. Ese día rezó por que su padre no llegara a enterarse.

—¿Qué haces aquí? Si te ve mi marido, te mata.

Cintia intenta abrazarla, pero Sonia se aparta. No quiere abrazar a la mujer que abrazaba a su hija, no quiere sentir su compasión.

—Quiero decirle que Susana era lo mejor de mi vida. Que ahora que la he perdido siento que nada merece la pena.

—Será mejor que te vayas.

—Por favor, dígame cuándo será el entierro. Necesito despedirme de ella.

—No sabemos, será cuando la policía lo permita. Y no se te ocurra presentarte, bastantes muertos ha habido ya.

—¿Por qué contrataron a un detective para seguirnos?

—¿Qué detective?

—He hablado con Raúl, me lo ha contado.

—No sé de qué me estás hablando.

Cintia advierte que Sonia no está en el ajo, que es una cuestión que solo atañe a Moisés.

—Déjelo, no importa.

Sonia entiende, no necesita más. Se da cuenta de que nada es como pensaba, que ha vivido con los ojos cerrados, que Moisés ya no es el hombre del que se enamoró, que sus hijas ya no viven, que la casa se ha ido desmoronando, igual que ella, que no queda nada de su belleza, igual que no queda nada del hogar que construyeron ella y su marido en otros tiempos. De repente ve que las paredes tienen manchas, que las tapicerías están deslucidas, que sus ojeras están más marcadas que nunca.

—Vete.

Cierra la puerta y rompe a llorar, no quiere echar a esa chica, pero tampoco quiere arriesgarse a que Moisés regrese y la vea y todo empeore más aún.

Al cabo de unos minutos se arrepiente y sale para ver si sigue allí, pero no está. De pronto Sonia reconoce en la lejanía una furgoneta blanca. De ella baja Moisés, quien se queda hablando unos instantes con el conductor. Sonia continúa observando cómo conversan hasta que el vehículo arranca y se marcha. Moisés se da la vuelta y ve a Sonia.

—¿Sigues en contacto con esa gente? —se atreve a reprochar a su esposo.

—Esa gente a la que desprecias es mi familia. ¿Qué haces en camisón en medio de la calle?

—¿Pusiste a un detective a seguir a tu hija?

—Vete para dentro.

—No te conozco, han sido tantos años engañándome que ya no sé qué es verdad y qué es mentira. Supongo que todo es mentira.

CAPÍTULO 31

Rentero no tiene ni un gramo de más, aunque a su edad sea normal que los hombres empiecen a subir de peso. Ha cumplido ya sesenta y cuatro años, quizá esté a punto de jubilarse, aunque Elena no se lo imagine marchándose a vivir a su apartamento de Marbella y dedicándose al golf: le gusta mucho estar en el ajo, meter la cuchara en todo lo que pasa a su alrededor.

—No sé cómo no pesas doscientos kilos.

Esta mañana, cuando ella estaba a punto de salir de casa para ir a la calle Barquillo y preparar su entrevista con Miguel Vistas en la cárcel de Estremera, Rentero la ha llamado para que vaya a encontrarse con él en el hotel Ritz. Elena se ha limitado a servirse en el plato un poco de fruta, además de la taza de café con leche. Rentero ha comido huevos revueltos, pan con tomate y jamón y ahora disfruta de unos cruasanes que dice que son los mejores de Madrid.

—No engordo porque hago ejercicio. Todas las mañanas, a las seis, estoy en la cinta de correr, una hora a diez kilómetros por hora mientras veo la CNN. A ver a cuántos de mi edad conoces que sean capaces. Y después media hora de pesas. Puedo comer lo que quiera.

Pero Elena sabe que Rentero no la ha convocado a esta hora para desayunar o para hablar de sus rutinas deportivas. Algo tiene que contarle que tenga relación con el caso de Susana Macaya.

—Ya no puedo retener más a la prensa, está a punto de salir todo —le avisa el comisario.

—¿Les has informado de algo?

—Me temo que ha habido una filtración. Ya sabes que todo lo que hace tu brigada es completamente confidencial.

—¿De dónde sale la filtración?

—De tu equipo —acusa Rentero.

—No puede ser.

—Que yo sepa, hay un elemento nuevo al que has incorporado por tu cuenta, sin pedir informes y sin que pasara ninguna prueba.

¿Zárate? A pesar del desencuentro de anoche con el nuevo, Elena no desconfía de él. No va a cambiar su forma de pensar. Esperará, seguro que nadie de su equipo, incluyendo a Zárate, es responsable de la filtración.

—¿Te importa si pido una grappa?

—Es temprano, pero me extraña que hayas tardado tanto en pedirla.

Es agradable desayunar en el restaurante del Ritz. Incluso si uno no quiere fijarse en los reflejos dorados de las lámparas o los espejos, el lujo se nota en todos los detalles, en la educación de los camareros, en la exquisita discreción de los otros comensales, en el silencio abovedado que parece envolver el lugar. Elena se mueve con languidez, un gesto heredado de su madre, que en los ambientes suntuosos se vuelve más lenta y más suave. A ella le gustaría verla allí, charlando entre millonarios, y no con sus toscos compañeros de la brigada. Con un trago largo de grappa aparta del todo el recuerdo de la gran dama.

—¿Cómo va la investigación? —pregunta Rentero.

—Lenta. ¿Tú crees que deberíamos sospechar de Moisés, el padre de las chicas?

—¿El gitano?

Rentero, que es el colmo de la elegancia y el adalid del lenguaje políticamente correcto en las comunicaciones del ministerio, no tiene reparos en hablar como han hablado toda la vida entre policías.

—Yo prefiero llamarlo por su nombre de pila —le corrige la inspectora.

—¿Por qué crees que puede tener algo que ver con el crimen?

—Hay un testigo que vio merodear a un hombre encorvado por la zona días antes del asesinato.

—¿Crees que estaba preparando el escenario del crimen?

—No lo sé.

—Es un indicio muy débil. Hay poca gente que camine erguida. Yo mismo voy siempre un poco encorvado, debería hacer terapia postural.

—Te estás haciendo viejo.

—Dime que tienes algo más para sospechar del padre —elude el comentario, vanidoso, Rentero.

—Calza un cuarenta y cinco. Hemos recogido una huella de ese número. Ahora me dirás que mucha gente tiene los pies grandes, pero te aseguro que no es verdad. Vamos a hacer un registro en su armario, aunque no creo que encontremos nada. ¿Tú no te habrías deshecho de los zapatos?

—Me parece poco.

—Su actitud es muy extraña.

—Sus dos hijas han sido brutalmente asesinadas. Lo sospechoso sería que mantuviera una actitud normal.

—¿Te molesta que estemos investigando a Moisés? ¿Estás recibiendo presiones de la comunidad gitana?

—Sabes que las presiones solo me asustan si vienen de grandes grupos de comunicación. Solo intento entender tus sospechas.

—No sospecho, solo quería sondearte. Me resulta inconcebible que un padre mate a sus hijas de un modo tan espantoso, metiéndoles gusanos en la cabeza.

—Pues déjate de sondeos y haz tu trabajo, Elena. Este caso es una bomba de relojería y tenemos prisa por atrapar al asesino.

—Siempre hay prisa por atrapar al asesino.

—Aquí, más. Todo apunta a que podría haber un inocente en la cárcel y eso crea muy mala imagen en la policía.

—Hoy voy a la cárcel a hablar con él. Te mandaré un informe.

—Supongo que su abogado no tardará en pedir su excarcelación.

—Mientras no salgan a la luz los detalles del caso, no tiene por qué hacerlo. Pero ¿cuánto tiempo podemos mantener esto en secreto?

—Te lo he dicho, ya no es secreto, en cualquier momento aparecen los periodistas en la puerta del ministerio. Lo mismo ya hay un redactor de algún medio digital tecleando algún titular demoledor. —Los miedos del comisario están dejando de ser abstractos—. A mí me gustaría que cuando Miguel Vistas salga a la calle tengamos al asesino para que entre en su lugar. Eso calmaría las aguas.

—Ya. Te aseguro que por aquí abajo nadie de mi equipo está vagueando.

Rentero se queda con la mirada perdida.

—Se hicieron muy mal las cosas, ¿sabes? Hace siete años.

La inspectora vacía su copa de grappa. Paladea el último reflujo del licor.

—¿Con la investigación del asesinato de Lara?

Rentero asiente.

—No me gustaría estar aquí cuando estalle el escándalo, pero voy a tener que dar la cara. Ese caso no se llevó bien. Y debes ayudarme.

—¿Cómo?

—Atrapando a ese cabrón cuanto antes.

—Necesito más tiempo. Todavía estamos pegando tiros al aire, como tú dices. Pero en esta ocasión las cosas se están haciendo bien.

—Veremos qué sale en el periódico. Si me dejas al pie de los caballos, dudaré mucho de que las cosas se estén haciendo bien, Elena.

CAPÍTULO 32

El director de la cárcel de Estremera no ha podido recibir a Elena Blanco; en su lugar lo hace la subdirectora, que desde dos horas antes de su llegada ha estado con Zárate brindándole toda la información que la inspectora pueda necesitar para su entrevista con el preso.

—No es un recluso que haya dado problemas. Su comportamiento ha sido ejemplar.

La cárcel de Estremera, Centro Penitenciario Madrid VII según su nombre oficial, es una de las últimas construidas en España, con capacidad para mil ochocientos presos, entre hombres y mujeres, y unas instalaciones modernas, pensadas para alojar con ciertas comodidades a los internos. A pesar de todo, es una cárcel y en los últimos tiempos ha habido un repunte de las agresiones producidas dentro.

—Miguel Vistas ha sido objeto de algunos de esos ataques, pero nunca se ha tratado de nada importante, solo unos cuantos golpes. En ocasiones, los funcionarios nos han informado de que es posible que fueran lesiones autoinfligidas para pasar la noche en la enfermería.

—¿Problemas con presos de origen gitano?

—Al principio, pero hace tiempo que eso se acabó.

Mientras camina con Zárate por los pasillos de la cárcel, rumbo a la sala donde se encontrarán con el asesino convicto, aquel informa a la inspectora de lo que ha averiguado. Ni una concesión a un comentario personal, ni una mención a su desencuentro de ayer.

—Miguel Vistas es un tipo solitario. Durante los siete años que lleva encerrado solo ha tenido un amigo que salió en libertad hace año y medio y regresó a Colombia. En los últimos tiempos tiene otro, uno joven, al que de alguna manera protege; le llaman el Caracas. Vistas participa en los talleres de fotografía y es un gran consumidor de libros de la biblioteca. No practica ningún deporte y jamás ha tenido, ni ha pedido, una comunicación íntima.

—No parece un preso.

—No, pero estoy seguro de que no está aquí por casualidad. Aunque los funcionarios le describen como un tipo apocado e inofensivo, incapaz de matar a una mosca...

—Y, sin embargo, mató a esa chica llenándole la cabeza de gusanos... ¿O no sería él?

Junto a Miguel Vistas está sentado Masegosa. Elena conoce a ese abogado de lo mismo que cualquiera, de verlo en la tele. Se extraña, en sus papeles dice que su defensa la llevó un tal Antonio Jáuregui, un letrado que se le asignó por el turno de oficio. Miguel ha pasado de un abogado gratuito a uno de los más caros. Lo entendería si ya se hubiera publicado la noticia del hallazgo del cadáver de Susana, pero hasta el momento se ha mantenido en secreto. A no ser que Moisés haya informado a sus parientes: en ese caso la noticia habría llegado a la cárcel a toda velocidad.

—¿Es usted el nuevo abogado de Miguel Vistas?

—Sí, le adelanto que estoy preparando los papeles para pedir la libertad inmediata de mi detenido.

—¿Puedo saber la causa?

—No me tome por tonto, inspectora. La causa la sabemos usted y yo. Todo parece indicar que la inocencia de mi defendido está quedando demostrada. En breve se sabrá que el verdadero asesino está en la calle, haciendo de las suyas, y que ustedes tienen a un inocente entre rejas.

Elena no quiere precipitarse; la agresividad de los abogados mediáticos es normal, están en lados distintos de la ley, pero todos son útiles.

—No vaya tan deprisa, señor Masegosa. De momento no hay nada comprobado.

Se sienta y mira papeles, aunque en realidad está analizando a Miguel Vistas. No es como lo esperaba: es difícil reconocer a un diablo capaz de hacer sufrir de aquella forma a una chica en ese hombre de mediana edad, regordete, mal afeitado, con la mirada baja y un chándal de mercadillo.

—Señor Vistas, afirma usted que es inocente. ¿Por qué le condenaron?

—Por mi defensa, el abogado que se encargó de mi caso no le prestó ninguna atención. Y el padre de la chica, Moisés Macaya, se empeñó en que yo era el asesino. Entre él y ese inspector, Salvador Santos, lo urdieron todo para meterme en la cárcel.

Elena se ha dado cuenta de un ligero gesto de tensión de Zárate cuando se ha mencionado a Salvador Santos. Quizá haya sido una apreciación errónea, pero a Zárate no le ha gustado que el preso se refiriera al policía que llevó la investigación de la primera muerte.

—Yo nunca haría daño a nadie, pero mucho menos a Lara. La adoraba, la vi crecer, le enseñé a revelar fotografías, hicimos una cámara oscura con una caja de zapatos... Yo soy inocente, simplemente necesitaban un culpable y me escogieron a mí porque estaba cerca.

Miguel mira a los ojos a la inspectora Blanco buscando comprensión. Ella duda; si está mintiendo, es uno de los mejores embusteros que ha conocido.

—Yo sé que el mundo se divide entre el bien y el mal, la luz y la oscuridad, y mucho más después de siete años conviviendo con el mal dentro de las cuatro paredes de la cárcel. Pero estoy del lado de la justicia, de la luz, y necesito ayuda.

CAPÍTULO 33

«Siete años de cárcel por un crimen que no cometió».

El titular golpea a Moisés con fuerza, el periódico le tiembla en las manos y las sienes le laten con furia. Según va leyendo, tiene la sensación de que le va a estallar la cabeza.

«Las similitudes entre los dos asesinatos hacen pensar en un mismo autor, luego todo indica que el primer caso se cerró con un falso culpable».

Una lágrima cae sobre el texto y la tinta se emborrona. Moisés no entiende nada. Ni siquiera ha notado el acceso de llanto, pero ahí está; ha brotado de su rabia, de su indignación, de su odio. Cuando entra Sonia en el salón, el periódico está en el suelo, repartido en hojas dobles aquí y allá, como si Moisés se hubiera entretenido haciendo casillas en un juego de niños. Él está doblado sobre sí mismo, tiene el rostro cubierto por las dos manos, se balancea con suavidad.

—¿Qué ha pasado con el periódico?

No obtiene respuesta. Recoge las hojas, las apila, busca la noticia que ha podido provocar el ataque de ira. Moisés levanta la mirada. Nota que tiene los ojos húmedos y se los seca con el dorso de la mano.

—La policía no está haciendo su trabajo —dice.

—¿Por qué dices eso?

—No están investigando para encontrar al asesino de Susana. Lo que quieren es soltar al que mató a Lara.

Sonia no da crédito a las palabras de su marido. Retoma la búsqueda de la noticia. La encuentra. La lee. Tampoco a ella le gusta lo que dice.

—¿Van a soltar a Miguel Vistas? Pero si había pruebas sólidas contra él.

—Le van a soltar. Seguro —grita él—. ¿Qué hacemos? Si ese cabrón sale a la calle, me lo llevo por delante. Te lo juro por Dios.

—Tranquilo, Moisés. ¿No ves que eso solo estropearía las cosas?

—No pueden estar más estropeadas. Ya da igual todo.

Ella se queda muda al escuchar esa frase. Es como una acusación frontal: tú no formas parte importante de mi vida. Sin mis hijas, ya no vale la pena vivir.

—Si no te hubieras empeñado en alejarlas de mí... —añade.

Eso ya es demasiado para Sonia. Teme el mal humor de su marido y sus arranques agresivos, pero no puede aceptar que le carguen a ella con la culpa de lo que ha pasado.

—¿Qué quieres decir?

Moisés no contesta. Se levanta de un impulso, pasea por el salón, furioso.

—¿La culpa es mía? ¿Es eso?

Él se gira de pronto. Está demacrado, su rostro no parece humano.

—Si las hubieras dejado conmigo, esto no habría pasado.

—Yo no te he quitado a tus hijas. Tú estabas con ellas igual que yo.

—Ya me entiendes.

—Sí, ya te entiendo. Si las hubiéramos educado como

gitanas. Con vuestros ritos, vuestras costumbres y vuestro clan. Pues no me dio la gana.

—Mira lo bien que te ha salido educarlas como tú querías. ¿Cómo decías? Como personas normales y corrientes.

—¡Creía que tú estabas de acuerdo conmigo!

El silencio vibra con el eco del grito. Moisés mira a su mujer con lástima, pero la lástima la siente hacia sí mismo. Sonia teme por un instante que se abalance sobre ella, pero enseguida se da cuenta de que es un hombre vencido.

—Tú me alejaste de los míos —musita. La voz se le quiebra y parece que se va a poner a llorar como un niño. Pero no.

—Nadie te obligó a casarte conmigo.

—Le di la espalda a mi familia por ti, para casarme contigo y tener hijos. Y mira lo que ha pasado. Todo ha sido una equivocación. Un desastre.

Sonia menea la cabeza en un gesto de tristeza infinita. No encuentra palabras para deshacer la enorme injusticia que él ha construido. No es cierto que todo haya sido una equivocación. No es cierto que su matrimonio haya sido un desastre. Moisés fue feliz a su lado, notó muy pronto el alivio de alejarse del clan, de su hermano, de su tío, de la vida pegajosa de gitano. En los momentos de euforia la llamaba «mi paya favorita» y la cubría de besos. Montaron juntos un negocio de organización de bodas y otros eventos, y les empezó a ir bien, incluso muy bien. Hasta la muerte de Lara. Ese fue el punto de inflexión, el instante en el que todo comenzó a cambiar. El negocio quedó desatendido y se vino abajo. Una grieta se fue abriendo en el matrimonio, pequeña, casi imperceptible al principio; un abismo con el paso del tiempo.

«No es justo», piensa Sonia. Mira a su marido, su rostro terrible, su cabello despeinado, y siente el vértigo del asco. Quiere estar sola, pensar en silencio, pasar el día entero llorando. No pretende alargar más la discusión con él. Pero le sale del alma la frase.

—La culpa es tuya, Moisés. No has sabido cuidar de tus hijas. Nunca has aceptado que sean más payas que gitanas. Decías que sí, que lo preferías, pero en el fondo rabiabas por no educarlas según tus normas. Tus normas de otro siglo, tu disciplina absurda... Cuando Lara se iba a casar con un payo se te revolvían las tripas. Tú no lo decías, pero yo lo notaba. Y con la boda de Susana te pasaba lo mismo.

—Estás loca.

—Reconócelo. Por lo menos ten la valentía de admitir que no te gustaban tus hijas porque no eran como tú.

—Quería que se apuntaran a clases de flamenco. ¿Eso es monstruoso?

—Eso no. Pero espiarlas para ver si viven con decoro es de locos. Y tú lo hacías.

—Susana estaba descarriada, pero tú no querías darte cuenta.

—Estaba sufriendo porque a su hermana la habían asesinado.

—Perfecto. Y la labor de un padre es intentar enderezar a su hija si se sale del carril.

—¿Contratando a un detective privado?

Moisés clava en ella una mirada salvaje.

—Como sea.

—Ya. Ya veo. Creo que tienes razón. Este matrimonio ha sido un desastre.

Moisés asiente. Avanza hacia ella y de nuevo Sonia se prepara para recibir una embestida. Pero él pasa de largo. A los pocos segundos, se oye un portazo.

CAPÍTULO 34

—¿De dónde ha salido la filtración? —pregunta Chesca periódico en mano.

Buendía se lo arrebata de un zarpazo. Ya ha leído la noticia, pero quiere entresacar las partes que más le han irritado.

—«Hay similitudes entre los dos crímenes», dice este cabrón, pero no especifica cuáles. Vaya manera de hacer periodismo.

—Se trata de arrojar mierda sobre el trabajo policial —protesta Orduño.

Elena permanece tranquila. Una reacción natural de su carácter, que tiende a buscar la calma cuando las cosas se complican.

—No vamos a desconfiar de nadie, Chesca. Yo pongo la mano en el fuego por todos. Estoy segura de que la filtración no ha salido de aquí.

—De los que estamos aquí fijo que no —dice Chesca.

Se queda mirándola con intención.

—¿Qué quieres decir con eso?

—Que no respondo por Zárate.

Elena niega con la cabeza: otra vez la misma acusación que escuchó el día anterior de labios de Rentero.

—Zárate no ha sido, sería absurdo. ¿Por qué iba a querer que la prensa dé la matraca con el caso de hace siete años?

—No lo sé, pero justo el día en que sale publicada la noticia, él no está. ¿Alguien le ha visto esta mañana?

—Aquí nadie tiene horario, yo no le puedo pedir que fiche a una hora.

—Claro, a lo mejor tiene gripe y se ha quedado en casa. Justo hoy —insiste Chesca—. Yo no confío en él.

—Yo confío en todo el mundo, hasta que se demuestra que no se lo merece —zanja la inspectora.

Mariajo, que ha estado concentrada en el ordenador mientras los otros hablaban de la noticia, ajena a ellos, llama la atención de los demás.

—Chicos, tenemos novedades.

Mueve la pantalla para que todos la vean.

—Imágenes de una cámara de seguridad que hay en el barrio de Moisés. Es una cámara de tráfico.

—No dejan ni un metro vacío —dice Orduño—. Así se hinchan a poner multas.

—No hagas nada ilegal y no te las pondrán —le afea Elena—. Ponnos esas imágenes, Mariajo.

—Se me ocurrió pedir a tráfico que nos mandaran lo que tuvieran del fin de semana en los alrededores. Pensé que me iba a pasar horas y horas de visionado. Y ya veis, a la primera —explica Mariajo mientras todos miran el monitor.

La grabación no es muy nítida. Pero se adivina a un hombre corpulento cruzando la calle y subiéndose a una furgoneta blanca, destartalada. La fecha se corresponde con la de la desaparición de Susana.

—¿Es Moisés? —pregunta Buendía.

—Claro que es Moisés —contesta Elena—. Le pregunté qué había hecho el fin de semana y me aseguró que no había salido de casa.

—Si de verdad es él, te mintió. Y nunca se miente por nada bueno. Aumenta la imagen para poder estar seguros.

La imagen ampliada se ve peor. Sin embargo, Buendía aparca sus dudas. Mariajo aporta más datos.

—La furgoneta es una Fiat Fiorino muy antigua, juraría que del año 96. La matrícula no se ve bien. El primer número es un nueve y el segundo parece un cuatro.

—¿Puedes hacer un barrido de matrículas para averiguar quién es el propietario de esa tartana? —pregunta Chesca.

—Ya he pedido el registro a tráfico, han quedado en que nos contestarían en cuanto pudieran. Hay que tener paciencia.

—«Paciencia» es una palabra prohibida a partir de ahora —dice Elena—. Rentero temía que llegara este momento, ya estamos en los medios.

Suena el teléfono de Buendía. Responde. Todos aguardan expectantes. Por las caras que pone, intuyen que ha pasado algo.

—De acuerdo —dice el forense de la BAC—. Mándame el informe preliminar, por favor. ¿Está ya? Gracias.

Cuelga. Se levanta, pasea pensativo. Parece preocupado.

—¿Qué pasa, Buendía? —le apremia Elena.

—Era Clara, la chica del laboratorio.

—¿Han sacado alguna muestra de ADN?

—Sí. Os comenté que había restos en la muestra que extraje de una uña del cadáver. Podía ser un trocito de su propia piel, al rascarse. Han tardado, pero ya tenemos respuesta: no es suyo. Me mandan un mail para ampliármelo. ¿Me dejas el ordenador, Mariajo?

—¿De quién puede ser? —pregunta Chesca.

—No es suyo, esa es la gran noticia —divaga Buendía mientras abre el correo y busca el mensaje—. Eso demuestra que Susana se defendió de su agresor. Le arañó y le arrancó un trozo de piel.

—La primera hipótesis al ver el cadáver fue que no se defendió —recuerda Elena.

—Pues esto demuestra que sí. Aquí está. —Buendía mira a sus compañeros con aire luctuoso, consciente del efecto que van a tener sus palabras—. Ya han hecho el cotejo. El ADN de los restos de piel encontrados en la uña de Susana corresponde a su padre, a Moisés Macaya.

Por un instante, todos se quedan callados, impresionados por la noticia.

—Moisés... —dice Mariajo—. Me resisto a creerlo.

—Acabamos de ver que esa noche salió de su casa —acusa Chesca.

—La descripción del testigo del parque coincide con la de Moisés —abunda Orduño.

—Y tiene un móvil muy claro —añade Buendía.

—Ah, ¿sí? ¿Cuál es el móvil? —busca un resquicio para dudar Mariajo.

—Sus hijas se querían casar con un payo en vez de con un gitano —responde Chesca. Le ha quitado la palabra de la boca a Buendía, pero él no se ofende. Se encoge de hombros y asiente.

—¿Y los gusanos en la cabeza? Si las hubiera matado a palos me lo creería, pero así, de una forma tan cruel... Me cuesta verlo.

—Nadie quiere pensar que un padre pueda hacer esas cosas, pero puede —sentencia Orduño.

Habla como si escondiera algún secreto familiar, aunque nadie entra al trapo. Están nerviosos, a punto de obtener una prueba que les permita hacer una detención.

Todos se vuelven a la inspectora Blanco, la única que no ha dicho nada, la que tiene que marcar la opinión y el camino de todos.

—¿Lo detenemos? —pregunta Chesca, deseosa de entrar en acción.

Elena no sabe qué pensar. Le cuesta creer que un padre mate a sus hijas de un modo tan espantoso, pero, es cierto, como dice Orduño: en su trabajo policial se han encontrado con casos espeluznantes. Y una detención calmaría a Rentero, eso seguro. Le daría un hueso suculento que lanzarle a la prensa.

TERCERA PARTE

—

GRANDE, GRANDE, GRANDE

Te odio tantas veces
como tantas otras veces te amo,
y por eso eres tú tan grande, grande, grande para mí,
tan grande como es mi amor.

No hay agua en la pila.

El niño tiene sed.

Busca en las cajas y encuentra dos latas de conserva. Una de carne en salsa, otra de melocotones en almíbar; pero no hay abrelatas. Tiene que abrirlas con la pala. Examina la forma puntiaguda de la herramienta. Aprieta la lata de melocotones entre las rodillas, agarra la pala por el acero con las dos manos, la coloca en el borde de la lata y presiona con fuerza. La lata rueda por el suelo. Repite la maniobra varias veces, sin éxito.

Prueba a sujetar la lata entre los pies. Agarra la pala por el mango y golpea con fuerza en la tapa. No cede. En la siguiente tanda de golpes, la lata se le escapa y se golpea en el pie herido. Suelta un aullido de dolor, se acerca cojeando a la puerta, se sienta y llora.

Rabioso, coge de nuevo la lata y hace un nuevo intento. Nada. No se abre. La golpea con fuerza contra el suelo. La lata se abomba. Lo intenta con los dientes. Se hace daño y llora de nuevo. El perro parece burlarse de sus intentos, le enseña la lengua, que se ha vuelto azulada.

Agarra otra vez la pala y presiona la punta contra la tapa de la lata. Por una incisión asoma una gota de almíbar. El niño la sorbe con ansiedad. Vuelca la lata contra su boca. Caen dos gotas y después nada. Mete la punta de la pala en la incisión y consigue que la hendidura se amplíe un centímetro. Sorbe lo que pue-

de, como un hombre de las cavernas luchando por su vida. Hunde la tapa para hacerle un hueco a su dedo, lo mete dentro y tira hacia arriba. Se corta el dedo, pero logra levantarla lo justo para beber todo el almíbar y sacar después los melocotones uno por uno.

Después de comer, descansa un rato sentado en el suelo, con la espalda apoyada en la pared. La herida del pie vuelve a sangrar. Todavía tiene hambre, pero le parece imposible afanarse ahora con la lata de carne. Aun así se obliga a hacerlo. Después de varios intentos, consigue abrirla. Mete la mano dentro de la lata, saca trozos de carne pringosa, como vísceras, y se los mete en la boca. En medio minuto se lo ha comido todo.

Se queda mirando al perro y le da la sensación de que le devuelve la mirada. Sus pupilas se mueven. Nota un acceso de terror. Se acerca y ve que hay gusanos saliendo de los ojos. También los hay en los trozos de cerebro que se desparraman por las orejas. Motitas brillantes en movimiento.

El niño sufre una arcada. Vomita encima del perro. Se aleja de allí, se sienta en el otro extremo de la nave. Está mareado. Se tumba en el suelo. Poco a poco, como si estuviera en medio de un juego, comienza a imitar la postura del cadáver. Los dos cuerpos forman el mismo dibujo.

Se oye un lloriqueo quejumbroso. El niño se ha puesto a imitar el lamento de un animal herido.

CAPÍTULO 35

Hay tantos muebles en la tienda de antigüedades de Capi que apenas caben en el local. Muchos de ellos ocupan la calle de la Ribera de Curtidores, como si hubieran invadido por su propio pie el exterior para poder respirar al aire libre. Moisés encuentra a su primo barnizando un taquillón. Al verle entrar, Capi deja oír un chasquido característico que hace con la lengua.

—Dichosos los ojos, gitano.

No se levanta para saludarle. Moisés traga saliva, se siente agobiado en ese lugar.

—¿Podemos hablar?

Capi deja el pincel en la mesa y comprueba el efecto del barniz. Lo da por bueno. Se pone de pie y abraza a Moisés. Un abrazo sentido, que adorna con fuertes palmadas en la espalda. Después le da un beso en la mejilla.

—Vamos dentro, gitano.

Moisés le sigue a la trastienda. También allí se amontonan los muebles y la quincalla. Sillas, mesas, mecedoras, cuadros, bandejas y candelabros.

—¿Has leído la prensa?

Capi asiente.

—Me la han traído. Sabía que venías por eso.

—Van a soltar al asesino de mi hija.

—Confías demasiado en la justicia de los payos, te lo he dicho siempre.

Moisés no quiere entrar en esa conversación. Se separó de su familia porque no le gustaba el camino que tomaban. Vender muebles antiguos en el Rastro está bien, es un modo decente de ganarse la vida. Asociarse con el Clan del Sordo es cruzar una línea muy peligrosa. Y él está convencido de que los gitanos tienen que ser más escrupulosos que los demás en el respeto a la ley, pues solo así se conseguirá algún día la integración real de su etnia en la sociedad. Pero Capi es cínico, está amargado, no cree en más ley que la gitana. No le interesa la integración, mira a los payos con indiferencia y, cuando lleva cuatro vinos, con desprecio. Y, sin embargo, ahora lo necesita.

—Me lo has dicho siempre y yo nunca he sabido escucharte.

Capi asiente, complacido. Saca un Ducados y se lo enciende. Pone un cenicero de latón sobre una silla. Ofrece a Moisés, que niega con un gesto.

—¿Cómo está Sonia?

—Mal.

—Siempre está mal, me parece a mí.

—Han matado a su hija, Capi, ¿cómo quieres que esté?

Capi jamás aceptó la relación de su primo con una paya. Ni siquiera fue a la boda. Una protesta ruidosa que condenó la amistad con Moisés a un silencio de más de veinte años. El acercamiento se produjo cuando el negocio de organización de bodas y otros eventos se desmoronó. A Moisés le costó mucho llamar a la puerta de Capi justo en ese momento. Era como volver con el rabo entre las piernas. Golpeado por la tragedia y arruinado. Pero su primo le ayudó, le metió en sus chanchullos y Moisés se vio vendiendo antigüedades que no eran tales y llevando droga escondida en los marcos de los cuadros. Todo a espaldas de Sonia, que nunca preguntó de dónde venía el dinero. Tal vez la desgracia la mantenía aturdida, tal vez un sentido práctico alumbraba en la oscuridad de su alma. Jamás hizo preguntas, aunque eso no le evitó a Moisés un sentimiento de traición.

—¿Por qué has renegado de nosotros? —le lanza Capi. Es la misma pregunta que le hizo siete años atrás, cuando murió Lara y acudió a él desesperado. Capi se la vuelve a hacer y hay algo de crueldad en ello. Es como un rito de humillación, como pasar por debajo de la mesa después de perder una partida de futbolín. Es el peaje que su primo le cobra a cambio de tenderle la mano de nuevo.

—No lo sé. Todo me ha salido mal, primo.

—Llámame gitano.

—Claro, gitano. Todo mal. No he sabido proteger a mis hijas. Ese es el mayor fracaso de mi vida.

—Tu fracaso es no haberlas educado como gitanas. Si me hubieras oído en su día... Pero estabas como un verraco con esa paya.

—Me enamoré, gitano, ¿qué quieres?

—Eso pasa, yo me enamoro y me emborrico. Todos. Mira Loren cómo está con la niña de los Moncada. Pero que no te sorba los sesos, cojones. Que no te los sorba tanto tiempo. ¿Qué llevas con ella? ¿Treinta años?

—Tienes razón.

—Que no te quite el derecho de educar a tus hijas a tu manera. Y con orgullo de gitano.

—Las dos me salieron rebeldes. A cuál más, no podía con ellas —se lamenta Moisés.

—Te has dejado manejar por la paya, y eso a mí me da vergüenza. Pero somos familia. Somos sangre, gitano. Y yo no te voy a dejar solo. Nunca, ¿me oyes?

—Gracias, no sabes cuánto lo aprecio.

—Ni a ti, ni a Sonia. Que a mí no me guste no quiere decir que no la proteja. Es tu mujer. La madre de tus gitanas. Que están muertas, que vayan con Dios. Pero ella te dio dos gitanas y eso merece mi respeto.

Capi se besa una sortija que lleva en el dedo corazón.

—Y ahora dime qué hacemos con ese asesino al que quieren soltar.

—No lo sé.

—No te las des de señorito decente; si has venido a mí, es por algo.

—Es que estoy hecho un lío, no pienso con claridad.

—¿Tú quieres que te ayude? ¿Sí o no?

Se inclina hacia él. Moisés le mira asustado. Hace mucho calor en la trastienda, está empezando a sudar a mares.

—Tienes que pedirlo, es mi única condición.

—Ayúdame, primo.

Capi le da una palmada en el muslo y se levanta. Cruza la tienda a buen paso. Cuando Moisés sale a la calle, lo ve hablando con otros gitanos. Uno de ellos lo mira con lástima, aunque a él le parece una mirada de desprecio. Se meten en una furgoneta blanca y vieja, una Fiat Fiorino del 96.

CAPÍTULO 36

Elena Blanco acompaña a Sonia al Instituto Anatómico Forense. Los trabajos de los investigadores con el cadáver han terminado y ya es hora de que los familiares se hagan cargo del cuerpo. Es un momento duro y Elena lo sabe. Ella no tiene por qué estar allí en ese trance, acompañando al familiar doliente, pero quiere hacerlo. Necesita extraer información, sí, pero, además, late en ella una pulsión personal. Se compadece de Sonia, de una madre que ha perdido a sus dos hijas en un lapso de siete años. Sonia camina por el largo pasillo como una sonámbula. Ya no es una madre, aunque todavía no ha caído en esta triste conclusión.

—Hemos intentado localizar a Moisés, pero no responde al teléfono —avisa la inspectora.

—Yo tampoco doy con él. No sé dónde está mi marido.

Elena la coge del brazo para girar hacia la derecha en una bifurcación. No hay la menor resistencia en Sonia, se deja llevar como si fuera una marioneta.

—¿Es normal que desaparezca de esta forma?

Sonia se detiene, como si la respuesta a esa pregunta estuviera más allá de sus fuerzas.

—Nada de lo que nos está pasando estos días es normal.

Reanudan el camino. Elena busca a tientas, en su cabeza, la fórmula que le abra una puerta hacia la verdad.

—Él estaba pendiente de que le entregáramos el cuerpo de Susana, no aguantaba la espera. Y, ahora que por fin le llamamos, no contesta.

Sonia aprieta los labios y asoma en su rostro un amago de llanto, aunque lo contiene.

—Hemos tenido una discusión. Nos hemos dicho cosas horribles.

—¿Cosas horribles? ¿Qué ha pasado, Sonia?

—Estamos muy nerviosos. Los dos. Esto es inhumano, no hay quien lo aguante.

—Pero ¿tienes alguna idea de dónde puede estar?

Por puro instinto, la inspectora pasa al tuteo. Necesita cercanía para suavizar, aunque sea un mínimo, el bombazo que va a soltar muy poco después.

—¿Usted cree que me gusta la idea de enfrentarme a esto sola? —le hace ver Sonia—. Yo soy la primera interesada en que esté aquí. Pero no está. Se ha ido, como hace siempre que hay problemas. Estará emborrachándose por ahí, qué sé yo.

Elena considera la posibilidad de dejar la conversación por ahora. Faltan apenas unos pasos para entrar en la morgue. Allí Sonia romperá a llorar sobre el cadáver de su hija, firmará dos papeles y un empleado de alguna funeraria le suministrará los teléfonos de su empresa para agilizar los trámites luctuosos. La habrá perdido. No es agradable, pero tiene que aprovechar ese momento.

—Sonia, hay una grabación de Moisés saliendo de casa la noche del crimen.

—No es posible —niega—, estuvo en casa.

—¿Estuviste con él? ¿Puedes afirmar con seguridad que no se movió de allí en toda la noche?

Sonia flaquea. Es evidente que no puede afirmarlo. La convivencia de dos personas casadas es misteriosa, hay muchos modos de esquivar la compañía, estrategias que a lo largo de los años se van afinando.

—No —concede—. No puedo estar segura.

—Las cámaras de tráfico muestran a Moisés subiéndose a una furgoneta blanca. ¿Sabes de quién podría ser?

—Puede ser la de su primo. Pero me extraña, hace años que no se hablan.

—¿Qué primo?

—Capi. Tiene una tienda de antigüedades en el Rastro.

Elena asiente despacio. Toma nota de la información, pero sin abandonar la pose de una mujer sensible que está acompañando a una amiga en un trance desagradable.

—¿Dónde está mi hija? Quiero verla —pide Sonia.

Ya no hay margen. Hay que soltar el bombazo y recoger después los pedazos de esa pobre mujer. Elena avanza dos pasos más tomando del brazo a Sonia, pero se detiene de nuevo, ya casi en la puerta de la morgue.

—Sonia, hemos encontrado restos de ADN de Moisés en el cuerpo de Susana.

Durante unos segundos nada sucede. Es como si el tiempo se hubiera detenido. Sonia palidece, la sangre no le llega al rostro y parece que tampoco a las piernas, porque de repente se tambalea. Elena la sujeta.

—¿ADN de Moisés en el cuerpo de mi hija? No entiendo...

—Yo tampoco lo entiendo, Sonia, y necesito que me ayudes. ¿Es posible que Moisés viera a Susana la noche del crimen?

—No es posible, me lo habría contado.

—¿Cómo era la relación de Moisés con tu hija?

—Era normal, la que tienen un padre y una hija. —Sonia está aturdida y no se da cuenta de lo que dice y de lo que le dicen a ella.

—No puede ser, Sonia. No podía ser normal. El ADN lo hemos encontrado en las uñas de Susana. Está claro que se pelearon y ella lo arañó.

Sonia mueve la cabeza a un lado y a otro, de forma espasmódica.

—Tenían una relación... A veces se peleaban. Ella era rebelde y él, muy autoritario. Pero... No entiendo qué está pasando, inspectora. ¿Por qué no puedo llevarme de una vez el cuerpo de mi hija?

—Sonia, quería hablar contigo antes de dar un paso que me cuesta mucho dar.

—¿De qué está hablando? Quiero ver a mi hija; déjeme tranquila, se lo suplico.

—Creemos que su marido sabe algo que no nos ha contado sobre el asesinato de Susana.

—¿Por qué piensan eso? Moisés es agresivo a veces, pero se le va la fuerza por la boca.

—Tenemos que detenerle para que nos cuente algunas cosas.

—¿Qué?

—Solo queremos tomarle declaración. Que nos ayude a aclarar algunos puntos.

—No detengan a mi marido —ruega—. ¿Quieren dejarme sola o qué? ¿Es que no va a terminar nunca esta pesadilla?

—A veces una detención sirve para despejar todas las dudas. No quiero que sufras más de la cuenta, Sonia. Comprendo todo por lo que estás pasando.

—No, usted no puede comprenderlo. Usted no sabe lo que es perder a una hija.

Elena la mira en silencio. Traga saliva y se muerde la lengua, porque lo cierto es que nota una sacudida en su interior que la empuja a consolarse con esa mujer. No lo hace. Está trabajando, tiene que verificar sus sospechas hacia Moisés. No quiere detenerle; sin embargo, la conversación con Sonia no ha servido para deshacer un posible malentendido.

—Debemos detenerle, Sonia. Pero no te preocupes, todo va a ir bien, estoy segura. Y lo vas a tener muy pronto a tu lado.

Sonia no contesta porque no puede. Ha roto a llorar. Entre sollozos e hipidos logra colocar una última defensa.

—Moisés no ha matado a mis hijas. Es imposible...

Elena quiere abrazar a esa mujer, pero se contiene. Se limita a asentir. La conduce a la morgue, donde está el cadáver de Susana, maquillado, decoroso, esperando la llegada de la madre y posteriormente la sepultura.

—Mis hijas han muerto porque yo no he sabido cuidarlas.

Dice eso. Lo dice en una pausa milagrosa del llanto, pero enseguida arrecia y la mujer se desmorona. Elena llama a un ujier y le pide un vaso de agua. Poco a poco, Sonia se va serenando hasta que se ve con fuerzas para reunirse con su hija.

La inspectora se queda en el pasillo pensando en las últimas palabras que ella ha pronunciado. Se han muerto porque no he sabido cuidarlas. Se pregunta hasta dónde llega la responsabilidad de una madre, en qué momentos hay que dejar a los hijos volar solos, sin la mirada vigilante y la tutela obsesiva. No hay tregua, ni descanso, se dice. A los hijos hay que cuidarlos todo el tiempo, incluso cuando no estás con ellos. Un hilo de plata debe mantener la comunicación, un hilo del que tirar si asoma el peligro, si se encienden las alarmas interiores. Si el hilo se rompe, el niño se pierde para siempre. Y no hay perdón para la madre que no supo estar al acecho.

CAPÍTULO 37

Miguel vierte en una pileta los líquidos mientras explica el proceso de revelado al Caracas, su único y despistado pupilo. Esta mañana no ha ido nadie más al taller. Una falta de asistencia general que podría resultar sorprendente, ¿por qué? Pero los sentidos del presidiario están embotados y nada llama demasiado su atención.

—¿Qué quería la policía esa?

Dos cortinas negras sirven para acotar un espacio y formar el cuarto oscuro. Están esperando a que las imágenes se impresionen. Miguel quiere hablar de su oficio, del cuidado artesanal en cada fotografía, al Caracas solo le interesan los cotilleos policiales.

—Creo que van a revisar mi caso —dice Miguel.

—Y, si te sacan de aquí, ¿quién va a llevar el taller de fotografía?

—Si quieres te propongo a ti.

—Yo no soy muy bueno para llevar nada.

Hace un gesto con las manos como para ilustrar lo disparatada que es la idea. Golpea sin querer la pileta y se derrama el líquido de revelado. Un reguero resbala por la mesa y Miguel se queda mirando, como hipnotizado, la cascadita que le está mojando una zapatilla.

—¿Lo ves? —dice el Caracas—. Soy un desastre.

Miguel lo coge del cuello, su mano es una garra que

aprieta la tráquea del Caracas, que balbuce disculpas sin ton ni son. Lo empuja contra el forillo negro. Una de las cortinas se pliega como un molde rodeando el rostro del otro y le da el aspecto de una monja grotesca.

—Suéltame, por favor —dice con la voz ronca por el ahogo.

Miguel lo suelta. Durante unos segundos nota el embarazo de haberse dejado llevar por la ira; antes de entrar en la cárcel jamás había perdido los nervios. No sabe cómo salir de su mal humor. Recoge la pileta, se sacude unas gotas de los dedos, se los seca en el pantalón. Sabe que no debería haber saltado de esa forma y menos por alguien tan inocente como el Caracas.

Está en la cárcel por tonto, por llevar en su maleta la droga de otros —y eso no da mucho prestigio—, pero a partir de cierto punto no importa el delito por el que estés dentro. Como las mentiras de un currículum cuando a uno ya lo han contratado. Se olvidan, pierden su función.

—Perdona, todo esto de la revisión de mi caso me está volviendo loco.

El Caracas se toca el cuello y toma aire. Tiene miedo, pero se acerca a la mesa y ayuda a Miguel a poner de nuevo en remojo las fotografías.

—Creo que esa policía es buena, eso significa que se están tomando las cosas en serio. Por una vez.

Esboza una sonrisa ambigua, que puede pasar por irónica. Un gesto inútil, pues el Caracas no capta las ironías.

—Pero tendrán que coger al culpable para que te suelten.

—A lo mejor no hace falta —niega Miguel—. A mí me acusaron sin pruebas.

—Yo acusaría a otro con el dedo —se ríe sin razón el Caracas—. Para que se coma el marrón.

—Si supiera quién lo hizo, lo haría. Pero no tengo la menor idea.

—El novio. Seguro que pilló a su chica con otro. Si me pasa a mí, la mato a hostias.

—No, Caracas, hay que saber tragar. Si no, no duras en la calle ni dos minutos.

El Caracas se encoge de hombros. Tampoco es un buen candidato a absorber las enseñanzas de la vida.

—Aquí todo el mundo dice que fuiste tú.

—Ya lo sé. Porque yo lo he contado a mi manera.

El Caracas lo mira fijamente. Tanto que logra incomodar a Miguel.

—¿Qué pasa?

—Quiero preguntarte una cosa.

—Quieres saber por qué presumo de haberla matado si no fui yo.

—No. Quiero saber si hacías fotos de la gitana desnuda. Cuando sepa hacer fotos y revelarlas, voy a hacer fotos en pelotas de todas las tías que pueda —se ríe el Caracas.

Dos porrazos en la puerta. Es el modo que emplea el funcionario para indicar que la hora del taller se ha terminado. El Caracas se despide de Miguel y se va a su módulo, cabizbajo. Miguel cruza la primera galería, la de los traficantes, evitando el contacto visual con los reclusos. Es un método defensivo que le suele dar resultado. En la cárcel es mejor no llamar la atención. Tiene más problemas para hacerlo en el comedor. Allí siempre hay alguien que reacciona con hostilidad hacia aquellos que prefieren mantener un perfil bajo. Al principio lo pasaba mal con eso. Ahora es un veterano. Ya sabe adoptar el gesto más conveniente, ni demasiado chulesco, ni demasiado vulnerable.

La conversación lo ha removido. Piensa en Moisés, en Sonia, en las dos chicas a las que él vio crecer a lo largo de unos años. Aunque Moisés era de trato áspero, siempre se comportó con él como con uno más de la familia. Empezó de auxiliar, pero pronto lo convirtió en el fotógrafo principal de la empresa en la mayoría de los eventos que organizaban. Un orgullo para Miguel.

Echa de menos aquella época de su vida.

El guardia que le precede se detiene en una reja abierta. Ya han llegado a su módulo. Miguel camina sin prisa, no le apetece mucho pasar al comedor y ya se está acercando la hora. Oye el eco de sus pasos en el pasillo desierto y de pronto decide que va a poner de pretexto un dolor muy fuerte de tripa para saltarse la comida. Lo que quiere es tumbarse en la cama y pensar un rato en Lara, era tan bella... Sí, le hizo fotos desnuda, como preguntaba el Caracas.

Alguien sale de su celda. Es un recluso joven, moreno, que camina con brío. Miguel se pregunta por qué estaba ese hombre en su celda, pero no tiene tiempo de pensar en una respuesta convincente. En un movimiento muy rápido, el otro saca un punzón de la manga y se lo hunde en el abdomen. Una vez dentro, lo mueve a un lado y a otro como si fuera un destornillador. Miguel nota cómo el estómago se desborda por la herida abierta; pero se trata de una ilusión óptica, porque es el arma azulada lo que sale. Se tapa la herida con las manos que, en un segundo, están cubiertas de sangre. Se tambalea, intenta apoyarse en la pared, se cae. El hombre se aleja y Miguel no oye el eco de sus pasos.

CAPÍTULO 38

Elena Blanco y Ángel Zárate recorren a buen paso el camino que lleva a la enfermería de la cárcel. Un celador les impide la entrada. Miguel Vistas está grave y ahora no se le puede molestar. La inspectora no ha terminado de formular su protesta cuando la puerta se abre y sale un hombre de pelo canoso y ojeras marcadas que se presenta como el director de Madrid VII. Sin preámbulos ni cortesías lanza el parte médico.

—El paciente presenta herida inciso-contusa de varios centímetros de profundidad, con pérdida abundante de sangre.

Lo dice así, como si fuera un cirujano recién salido del quirófano. «¿En cuántas peripecias de estas se habrá visto ya?», piensa Zárate.

—¿Nos puede explicar qué ha sucedido? —pregunta Blanco.

—Lo han apuñalado en el pasillo de su módulo, cuando estaba a punto de entrar en su celda. En esa zona no hay vigilancia.

—¿Cámaras tampoco?

—Lo atacaron en un punto ciego. El agresor sabía lo que hacía, era justo el lugar en el que no podíamos impedirlo y donde quizá íbamos a tardar más en descubrirlo.

—¿Alguna idea de quién ha podido ser?

Aunque lo normal es que sea Elena la que lleve la voz cantante en los interrogatorios, la ansiedad mueve a Zárate a pisarla todo el rato y a adelantarse a la hora de hacer las preguntas.

—El agresor es del módulo de los gitanos, vinculado con el Clan del Sordo. Hemos abierto un expediente disciplinario.

—¿Dónde está?

La pregunta de Zárate suena como una admonición.

—Chapado.

Los dos policías cambian una mirada de desconcierto. El director de la cárcel se ve obligado a ser más claro.

—En la celda de castigo.

—Queremos hablar con él.

—Como quieran, pero no le van a sacar nada. Estos gitanos son duros de pelar.

Recorren el pasillo, cruzan el módulo de los gitanos, atraviesan un patio, se meten en una galería y bajan unas escaleras. La celda de castigo está en un sótano lóbrego. Un celador se levanta de inmediato al ver al director y se estira el faldón del uniforme.

—Abre la puerta —ordena el director.

El gitano está ovillado en un rincón, con las manos abrazadas a sus rodillas. Ni siquiera levanta la mirada para ver quién entra.

—Estos dos policías quieren hablar contigo.

Ahora sí, el hombre los mira. Blanco nota unas pupilas brillando en la oscuridad, como el reflejo de una luz en un pozo.

—¿Quién te manda? —pregunta Zárate.

El hombre no contesta.

—¿Quién te ha pedido que hagas esto? —insiste.

—Yo no hè hecho nada.

Zárate le da una patada en las piernas.

—Déjame a mí —interviene Elena.

El director carraspea.

—Los espero fuera.

Sale. Deja la puerta entornada. La inspectora se acerca al preso y trata de ser persuasiva.

—Sabemos que has sido tú y se te puede caer el pelo por esto. Pero si colaboras con nosotros, puedes obtener beneficios penitenciarios.

—¿Qué beneficios?

—Los podemos negociar. Ahí fuera está el director de la cárcel.

—Está bien, acepto. ¿Qué quieren saber?

Blanco no reprime una mirada fugaz de victoria a su compañero, ante la demostración de que sus métodos son más eficaces.

—¿Quién te ha pedido que apuñales a Miguel Vistas?

—Yo no he sido, pero creo que sé lo que ha pasado.

—¿Y qué ha pasado, según tú?

—Se ha apuñalado él solo —se lo toma a chacota el preso.

—¿Él solo? ¿Heridas autoinfligidas?

—No sé lo que es eso, pero ha sido él solo, lo hace mucho. Y no solo él. Es de esos blandos que no aguantan aquí y necesitan darse un paseo por la enfermería.

Blanco no necesita girarse hacia Zárate para notar su mirada de burla. El preso quiere reírse de ellos.

—¿No quieres colaborar? ¿Prefieres pudrirte en este agujero?

—Ya les he contado todo lo que sé. ¿Qué me van a dar a cambio?

Zárate acerca su boca al oído del preso.

—Diles a los del Clan del Sordo que van a tener policía en casa cada puto día de su vida.

—Si son sordos, no me van a oír —reta el hombre y a

ellos no les queda más remedio que reconocer que no, que no van a sacar nada de él.

El director los acompaña a la salida. En el pasillo los intercepta el comisario Rentero, que tiene la frente perlada de sudor y los labios cortados, seguramente por el estrés.

—¿Qué cojones ha pasado? —brama—. ¿Está vivo?

Es el director quien contesta.

—Está vivo. El pronóstico es reservado, pero el médico parece optimista. Aquí hemos visto muchas cuchilladas como esa.

—Dios te oiga, Laureano, Dios te oiga.

A Zárate le sorprende esta familiaridad. Elena Blanco sabe que siempre es así con Rentero, conoce a todo el mundo y con todos se intercambia favores.

—Si necesitan algo más, ya saben dónde estoy.

Rentero no espera a que el director se aleje lo suficiente. Coge a la inspectora del brazo y la aparta de su compañero.

—¿Tú sabes lo que puede pasar si Miguel Vistas se muere? La noticia está en los periódicos, todo el mundo espera la liberación de este pájaro. No podemos sacarlo de aquí con los pies por delante.

—Entendido. Ahora, ¿nos dejas trabajar?

—Claro. —Rentero intenta serenarse—. Anda, vamos, os acompaño a la puerta.

Se dirigen a la salida. En el arco detector de metales hay un hombre formando un tapón. Algo pita cada vez que intenta pasar y hay dos personas esperando tras él. El hombre es ancho de espaldas y aparenta más años de los que tiene. Es como si llevara la vida a cuestas.

—Vaya por Dios.

Rentero tuerce el gesto al verle.

—¿Lo conoces? —pregunta Blanco.

—Es Antonio Jáuregui, el abogado que defendió a Miguel Vistas en el juicio.

—¿Y qué hace aquí? —La extrañeza de Zárate es genuina—. ¿No había cambiado de abogado?

Rentero le mira como si fuera idiota.

—Es evidente que viene a entregar los papeles de aquel caso al nuevo letrado. ¿Quién es?

—Damián Masegosa.

—Joder —se lamenta Rentero—. En cuanto le convenga empieza el espectáculo. Tendremos suerte si no sacan a Miguel Vistas hasta en *La isla de los famosos.*

Jáuregui ha vaciado sus bolsillos en una bandeja y aun así pita el arco por tercera vez. El hombre retrocede resoplando y se dispone a quitarse el cinturón. Un policía se acerca y le dice que no es necesario.

Rentero habla con profunda resignación.

—Ya se ha puesto en marcha la maquinaria para reabrir el juicio de Vistas. Necesitamos un culpable pronto.

CAPÍTULO 39

Sonia está sola en casa pasando la peor noche de su vida. La tarde en el tanatorio ha sido larga y dolorosa. Algunas amigas, contadas, han acudido para darle el pésame y escoltarla en el duelo. Un sucedáneo de la compañía inexcusable que debería haber tenido: la de Moisés. Continúa sin noticias de él. Le ha llamado más de quince veces al móvil, en vano. Ella debería haberse quedado velando el cuerpo de su hija, pero no podía más. Ha decidido dormir en su casa, aunque sabe que el sueño solo la visitará cuando raye el alba, en las horas de la relajación final de los insomnes. No quiere enterrar a Susana hasta que no aparezca su marido. Si por ella fuera, la incineraría. No lo hace por no contrariar a Moisés. Pero ¿qué derechos puede mantener él a la hora de tomar estas decisiones? A la luz de las últimas sospechas de la policía, ninguno. Considerando su desaparición cuando ella más le necesita, ninguno. Y, sin embargo, mientras calibraba lo mejor para darle sepultura a Susana, ha notado la vigilancia de Moisés todo el rato, como un aliento pegajoso en la nuca que no le permitía pensar con libertad.

Sabe que le esperan jornadas duras y trata de resistir a base de un cóctel de ansiolíticos y alcohol. Quiere estar fuera de combate, pero su congoja es más fuerte que todo lo que se ha tomado. Tiene los ojos muy abiertos, con todas las trazas de resistir así varias horas todavía. Enciende la televisión. En un canal están hablando del asesinato de su hija, de los errores policiales, de las últimas filtraciones que sitúan al padre de las chicas como sospechoso de los dos crímenes. Aunque la curiosidad asoma en su interior, decide apagar el televisor.

No puede creer que Moisés haya matado a sus hijas. Al menos no de ese modo. En la confusión mental que padece, por la mezcla del whisky y las pastillas, se da cuenta de la peligrosa deriva de sus pensamientos. Si los crímenes no se hubieran cometido con esos gusanos, sí podría dudar de su marido. Intenta apagar también sus pensamientos, como ha hecho con el televisor hace un minuto, pero eso no es tan fácil.

Oye unos ruidos provenientes del vestíbulo. A menudo, cuando está sola, cae en la sugestión de que alguien está intentando entrar en la casa. Pero esta vez es real: una llave está hurgando en la cerradura. Un embate de la puerta contra la pared indica que el intruso ha irrumpido finalmente. Al poco, Moisés asoma en el salón. No hay posible disimulo: está borracho.

—Qué buen día para irse de bares —acusa ella—. Con el cuerpo de tu hija en el tanatorio.

—He estado haciendo otras cosas por ella —responde él.

La frase suena misteriosa para Sonia, pero no tiene ganas de indagar. Lleva todo el día deseando abrazar a su marido y ahora solo tiene ánimo para los reproches y las acusaciones, para la guerra.

—¿Adónde fuiste la otra noche?

—¿Qué noche? ¿De qué cojones hablas?

—Del día en que se llevaron a tu hija. De eso hablo. ¿Dónde fuiste?

—A ninguna parte.

—No me mientas. Ya está bien de mentiras. La policía sabe que saliste esa noche en la furgoneta de tu primo.

Moisés se va a la cocina. Sonia teme que se esté sirviendo otra copa, pero oye el ruido del grifo; parece que le basta con un vaso de agua. No sabe si perseguirle hasta allí. Decide que es mejor esperar a que su marido se serene. Él no tarda mucho en volver. Trata de mantener una pose digna, pero se tambalea levemente.

—Salí a hacer unos recados. Espero que no te moleste, reina.

—Lo que me molesta es que me ocultes las cosas.

—Te pido perdón. Si te oculto cosas es por no liarla más de la cuenta.

—¿De qué hablas? Soy tu mujer, me puedes contar todo lo que quieras.

—Con todos mis respetos, no estoy de acuerdo.

Corona la frase con un hipido de borracho.

—Hoy ha hablado conmigo la policía. Dicen que hay ADN tuyo en el cuerpo de Susana.

Hace una pausa esperando una reacción. Moisés tiene bastante con mantenerse en pie. Le cuesta.

—¿Cómo es posible que hayan encontrado restos tuyos en el cuerpo de la niña? ¿Me lo quieres explicar?

—Fui a verla esa tarde. Ya que lo quieres saber todo, te lo cuento. Fui a verla y discutimos.

—¿Para qué fuiste a verla?

—Para decirle cuatro cosas. Como no se las dice su madre, se las tengo que decir yo.

Sonia se levanta, se acerca a él y, sin saber cómo, le cruza la cara de una bofetada. Moisés se queda estupefacto y no consigue reaccionar.

—¿Para qué fuiste a hablar con mi hija? Cuéntamelo todo o te mato aquí mismo.

Él retrocede por puro instinto. La borrachera le tiene

como adormecido, sin reflejos. En ese trance, su mujer es una bestia que le puede devorar de un bocado.

—Solo quería preguntarle por qué me estaba mintiendo.

—¿En qué te mentía?

—Me dijo que estaba en clases de flamenco, pero no era verdad.

—¿En clases de flamenco?

—Me dijo que se iba a casar por el rito gitano, pero me estaba tomando el pelo.

Sonia no puede creer lo que está oyendo.

—¿El rito gitano? ¿Estás loco? Eso lo has soñado. Susana nunca se planteó casarse por el rito gitano.

—Sí que lo hizo.

—¡Estás mintiendo!

—Y lo de esa chica, lo de Cintia...

—Fue eso, era lo único que te preocupaba.

—Me enteré de que me estaba engañando y fui a hablar con ella. Y nos peleamos, porque la niña ha sacado tu genio. Y me arañó, que todavía tengo la marca.

Enseña el brazo, con un arañazo ya casi curado.

—¿Me estás diciendo que estabas intentando lavarle el cerebro a la niña a mis espaldas?

—No. Te estoy diciendo que esa tarde la vi. Y que esa noche salí con mi primo a hacer un recado cuando tú ya estabas en la cama.

—Te odio —dice Sonia.

Moisés extiende el índice y busca una respuesta que no le viene. Llaman al timbre. Él no reacciona, pero ella, sí. Mira el reloj, es muy tarde. Abre la puerta.

—Policía. ¿Está su marido en casa?

Orduño y Chesca enseñan sus placas y entran en la vivienda, casi apartando a Sonia, que reacciona como si llevara todo el día esperando ese momento. Lo cierto es que esa detención se la había anunciado la inspectora Blanco por la mañana.

Los policías entran en el salón.

—¿Dónde está su marido? —pregunta Orduño.

Sonia no entiende nada. Su marido está en el salón, borracho, indefenso, carente de reflejos. Nada más fácil que pronunciar las formalidades y ponerle las esposas. Y, sin embargo, los dos policías le piden ayuda para encontrarle. Sonia entra en el salón y ve las puertas que dan al jardín abiertas. Las cortinas ondean suavemente y forman las barrigas de dos cocineras embarazadas. A través del jardín llega el ruido de un motor que arranca. Orduño y Chesca corren hacia la calle, se suben al coche patrulla y doblan la primera esquina. Llegan a tiempo de ver una furgoneta haciendo un giro a la derecha. Orduño está al volante, Chesca coge la radio. Informa de que el sospechoso huye en un vehículo en dirección sur.

CAPÍTULO 40

Un hombre sale de la plaza Mayor llevando un niño de la mano. Se les ve de espaldas. Elena Blanco mira la imagen con detenimiento. La amplía, busca las anteriores y las siguientes. Examina la expresión del niño en el único momento en que gira la cabeza. Pero el giro no ofrece un ángulo suficiente para captar un gesto de angustia o de miedo. Se fija ahora en las dos manos entrelazadas. Le parece detectar una presión excesiva. La mano grande del hombre aferra la manita del niño. ¿Un padre protector? ¿Un modo de insinuarle al hijo que jamás correrá peligro a su lado? Puede ser.

Y, sin embargo, Elena ve algo sospechoso. Analiza la fotografía durante varios segundos. Cree notar un tirón de la mano del niño, como si quisiera soltarse; pero después no lo percibe. Tiene que quitar la cámara de fotos y poner una de vídeo. Se está volviendo loca. Se está mareando.

Por las noches, como siempre, le cuesta dormir. Cierra los ojos y empieza el desfile de gente cruzando la plaza. La increíble variedad del género humano se va concretando en caras risueñas, sudorosas, viejas, desdentadas. Un carrusel interminable de personas que cantan, bailan y ríen. Cuando está a punto de quedarse dormida, alguno de esos paseantes la despierta a bofetadas. Son amistosas, son terribles, alejan el sueño.

La grappa ayuda a veces a dormir; hoy no, hoy la lleva a enfrascarse en los informes unas horas más. En su mesa están las declaraciones y las fotos del asesinato sucedido siete años atrás. Lara Macaya, veintitrés años, ojos negros, pelo moreno. Una joven preciosa. El cadáver aparece en una casa abandonada, cerca del Rancho del Cordobés, un lugar que ha sido emblema durante muchos años del tráfico de drogas en Madrid, de las chabolas y la dureza. Fue hacia el mundo de las familias de la droga el ámbito al que la policía dirigió los primeros pasos.

El cadáver presentaba varias incisiones craneales, todas circulares, y estaba lleno de gusanos. No había heridas de bala, ni de arma blanca, pero sí un golpe en la cabeza que no fue mortal. A Lara la mataron los gusanos voraces que alguien introdujo en su cabeza. El asesinato causó conmoción. La prensa se ocupó de él durante las cuatro semanas que llevaron a la detención de Miguel Vistas. Ella no lo recuerda, hace siete años todavía seguía perdida en sus propios problemas.

Lara se iba a casar ese mes de julio con Juan López Cabello, un hombre quince años mayor que ella que había sido su profesor de danza flamenca. De su declaración no salió nada relevante. La noche del crimen estaba de gira por el sur de España con su compañía.

También se sospechó del exnovio de la joven, un compañero de clase en el instituto de la calle Amaniel, donde Lara cursaba sus estudios de Música y Danza. Finalmente, se tomó declaración a Miguel Vistas, que la tarde del asesinato había recibido a Lara en su estudio para hacerle unas fotografías vestida de novia. Elena lee la declaración con interés. Miguel admitía haber estado con ella, aseguró que la notó algo triste esa tarde, pero no le dio importancia. Para él lo normal era que la gente estuviera triste, dijo. Además, su papel en la empresa familiar excluía la posibilidad de inmiscuirse en los problemas personales que pudieran tener entre ellos. Él era un simple fotógrafo y tenía que comportarse con discreción.

La policía encontró el vestido de novia en poder de Miguel. Él declaró que ella se lo quitó después de la sesión de fotos, se vistió y se fue. Le extrañó que dejara el vestido en el suelo, como un gran escupitajo blanco, y se marchara. Comprendió que le tomaba por un criado y que debía recogerlo y guardarlo. Al fiscal le pareció muy rara esa conducta en una novia, que cuida su vestido como la posesión más preciosa del mundo, por lo menos hasta el día de la boda.

El cadáver de Lara apareció desnudo y cubierto con el velo de novia. ¿Dónde estaban sus ropas? ¿Por qué la desnudaron? No había marcas de agresión sexual. Era fácil imaginar a Miguel Vistas enloqueciendo de amor al hacerle fotos a la joven gitana vestida de novia. La mata, la despoja del vestido y la traslada a una casa alejada del mundo para ejecutar el espantoso ritual de los gusanos.

El jurado valoró como muy débil la coartada de Miguel Vistas la noche del crimen. Se quedó en su casa viendo la tele, lo peor que puede alegar alguien cuando se ve en el centro de una investigación. Además, hallaron un pelo de Miguel entre los dedos de la muerta. Él explicó que en la sesión de fotos se acercaba a ella para corregir el vuelo del vestido. Ella le hacía la burla, le revolvía el pelo, le prodigaba carantoñas. No era raro que un pelo se hubiera desprendido. Sin embargo, el fiscal pintó con trazos vigorosos la escena del ataque: Miguel era un loco enajenado por la belleza de la modelo y Lara una víctima que se defendió como pudo, tirando del pelo del agresor.

Elena busca en el expediente una transcripción del interrogatorio a Moisés. No la encuentra. No hay ninguna mención al padre de Lara. ¿Cómo es posible? Sabe que a

Moisés se le hizo una prueba de ADN y eso significa que necesitaban hacer el cotejo con algunos restos encontrados en el cadáver o en el lugar del crimen. Tal vez con el pelo localizado entre los dedos de Lara Macaya. Pero ¿por qué sospecharon del padre? Elena sabe que el entorno familiar hay que investigarlo siempre cuando se da una muerte violenta: debería constar la declaración de los Macaya en el archivo.

Esa laguna ahora le parece de lo más irritante. Las pruebas en el caso de Susana la obligan a detener a Moisés, pero algo le dice que no debería cebarse con esa familia, que ya ha tenido bastante sufrimiento. Y no consigue creerse que un padre se deleite de una manera tan perversa con el asesinato de sus hijas. Se ha llevado el expediente de Lara a casa porque quiere encontrar la prueba exculpatoria. Busca a tientas, mira fotos, lee entrevistas y no hay nada; pero la omisión es algo. Nada apunta a Moisés en el relato de esa investigación. Y, sin embargo, sospecharon de él. ¿Racismo? ¿Alguien le consideró un monstruo capaz de cualquier cosa solo por ser gitano?

Se dice a sí misma que debería haber tirado de ese cabo hasta el final, antes de ordenar una detención que puede destruir ya para siempre lo poco que queda de la familia Macaya.

Una llamada la saca de su concentración. Es Chesca, el sospechoso se ha dado a la fuga. Le han perseguido durante varias manzanas, sin éxito. La orden de detención se va a convertir en una orden de busca y captura.

CAPÍTULO 41

Capi está a punto de vender un arcón a una pareja de turistas cuando la policía irrumpe en su tienda de antigüedades del Rastro. Elena mantiene la calma. Es Zárate el que se muestra más enérgico. Lleva en la mano un papel con membrete oficial y viene con ganas de pelea.

—Policía, traemos una orden judicial para registrar este establecimiento.

—Enseguida estoy con ustedes —dice Capi displicente.

Su intención es rematar el trato con los turistas, pero Zárate no se lo permite.

—Cierre la tienda ahora mismo o se viene a comisaría.

Los turistas se quitan de en medio. Puede que el hecho de perder un negocio cuando ya estaba casi cerrado haya puesto de mal humor a Capi, pero también que su alergia a la policía venga de muy lejos. Se pone a la defensiva, se le frunce el ceño, su mirada echa fuego y parece que su piel cetrina se vuelve todavía más oscura.

—Es la tercera visita de la policía para joderme el negocio. No pienso enseñar los papeles otra vez.

—¿Y si yo le pido que me los enseñe? —dice Zárate.

—Busca en el váter, me he limpiado el culo con ellos.

Zárate aprieta el puño. La inspectora Blanco, que ha permanecido deliberadamente en un segundo plano, se ve obligada a intervenir.

—No hace falta que nos enseñe nada, solo queremos charlar un poco.

—¿Por qué? ¿Yo qué he hecho ahora?

—¿Le suena el nombre de Miguel Vistas?

La pregunta brota de los labios de Zárate con la forma de una acusación. Capi hace un esfuerzo por dominar un temblor en el párpado. Un tic nervioso, tal vez, o un gesto de ira.

—Díganme qué quieren y váyanse con la música a otra parte. Yo tengo mucho que hacer.

—Creemos que su primo ha encargado que apuñalen a Miguel Vistas en la cárcel. —De nuevo es Blanco quien habla en tono conciliador. Sabe que el gitano es hosco y cree que le puede ablandar la educación servida con un poquito de dulzura. Sin embargo, se equivoca. Capi no la mira, solo parece responder a la autoridad de Zárate y es con él con quien se encara.

—Si es verdad que han rajado a esa rata, me alegro en el alma. Pero yo no sé nada, están perdiendo el tiempo.

—¿Sabe dónde está su primo?

Nuevo intento de Blanco de establecer contacto visual con Capi. Nuevo ninguneo por parte del gitano, que contesta mirando al suelo.

—Ni idea. Pero creo que tenía mucho que hacer. Preparar el entierro de su hija, por ejemplo.

—Hay una orden de busca y captura contra él.

—Pues ya tienen algo en lo que entretenerse. Busquen, capturen y dejen de incordiar a la gente, que yo con la policía no tengo cuentas.

Zárate se vuelve hacia los dos policías que han venido con ellos.

—A trabajar, chicos. Removed la tienda, ponedla patas arriba si hace falta. Buscamos drogas, material de contrabando, cualquier cosa. Vamos.

Los hombres empiezan a mover muebles.

—Aquí no hay nada. Yo no trabajo la droga, ni el contrabando. Vayan donde las chabolas y miren por ahí.

—Si quiere detener el registro, tiene que colaborar —dice Zárate.

—Tengan cuidado con ese escritorio, que es delicado —se preocupa Capi, aproximándose a los policías—. Yo abro las gavetas. No tienen tope y se salen. Así.

Las abre con sumo cuidado. Blanco se acerca a él.

—¿Cuándo vio a su primo por última vez?

—No me acuerdo, no alternábamos mucho últimamente.

De nuevo, Capi responde mirando a Zárate, como si la pregunta hubiera venido de él. Esta vez, la inspectora no puede contenerse. Coge al gitano del brazo y tira de él con brusquedad hasta que lo tiene cara a cara.

—¿Se puede saber por qué no me mira a los ojos? ¿Es porque soy mujer o porque le pongo cachondo?

—No me tire del brazo, que no respondo —dice Capi mirándola con furia contenida.

—Moisés nos ha contado que el viernes por la noche estuvo con usted.

—Yo no me acuerdo —contesta Capi girando el rostro para negarle a Blanco la mirada.

—Una pena, porque esa es su única coartada. Y usted es el único que puede confirmarla.

—¿Coartada? Moisés es un santo, un imbécil redomado, en el buen sentido de la palabra. No es capaz de matar a una mosca.

—La policía no lo tiene por un ángel —suelta Blanco—. Se le investigó también por la muerte de Lara.

—El asesino de Lara está entre rejas. Y juro por Dios que, como salga a la calle, le va a caer una maldición encima.

—Ya se ha encargado de lanzarle una maldición —dice Zárate.

—¿Estuvo con usted la noche del viernes?, ¿sí o no? —insiste la inspectora.

—Mire, yo no tengo memoria. Si él dice que estuvimos juntos, será que sí.

—¿Haciendo qué?

—¿Yo qué sé? Tomando vinos o jugando a las cartas.

—Él dice que le ayudó a hacer unos trabajos con la furgoneta.

La inspectora Blanco mantiene el tipo ante la mentira que acaba de soltar. Y no le resulta fácil, porque ahora Capi la mira fijamente. Ella ve el odio en sus ojos, la rabia acumulada a lo largo de años y su estúpido sentimiento de superioridad.

—Me ayudó a guardar unos muebles. —Su voz sale con una extraña ronquera, como si de pronto a la garganta le faltara ventilación.

—¿A guardarlos dónde?

—No me acuerdo.

—Es imposible que no se acuerde. ¿Dónde llevaron los muebles esa noche?

—No lo sé, unos aquí, otros allí. He perdido la agenda. —Capi la desprecia.

—¿Notó algo raro en Moisés esa noche?

—Moisés está raro desde que conoció a la paya esa. Treinta años ya.

—Me refiero a si lo notó alterado.

—La paya le daba mala vida. Y las payitas también. Eso pasa cuando te dejas comer el terreno, y yo se lo dije mil veces.

—¿Quién le comió el terreno a Moisés? ¿Su esposa? ¿Le molesta que educaran a las niñas como payas?

—Le molestaba a él. A mí me da igual lo que haga con sus hijas.

La inspectora Blanco lo mira casi con gratitud. A su

manera huraña, y echándole el aliento a la cara al hablar, el gitano le está dando información.

—¿Dónde cree que puede estar Moisés?

—No tengo ni la menor idea. Pero aquí no está. Dígale a su gente que deje de tocar mis muebles.

Zárate mira a Elena en busca de una confirmación. Ella asiente.

—Es suficiente, chicos. Gracias.

Los policías detienen el registro. La inspectora Blanco insiste.

—¿Dónde llevaron los muebles la noche del crimen? Es importante.

Capi la mira en silencio. Su rostro surcado de arrugas comunica pena y desprecio.

—Conteste a lo que le preguntan —lo apremia Zárate.

—Es igual —dice ella—. Vámonos.

Nada más salir de la tienda, Elena se fija en la Fiat Fiorino que está aparcada en la puerta. Acaricia la carrocería como si fuera un comprador potencial admirando una reliquia.

—¿Por qué no me has dejado apretarle más? —pregunta Zárate.

—Eres muy joven y tienes mucho que aprender. Esta gente no colabora con la policía.

—¿Y por eso los tenemos que dejar tranquilos? Puede que ese tío haya encargado el asesinato de Miguel Vistas. Y puede que esté escondiendo a Moisés en algún sitio.

—Moisés no es el asesino.

—¿Y ahora por qué dices eso? ¿Qué pasa con el ADN en el cadáver de su hija?

—No lo sé. Pero no es el asesino. El ADN es importante, pero no lo es todo.

—¿Por qué se escapa de la policía si no tiene nada que ocultar? —insiste Zárate.

—Quiero una orden de vigilancia de esta furgoneta. —Elena lo ignora.

—¿No me contestas?

Ella se aleja calle abajo.

—¿Adónde vas?

—Tengo algo que hacer. Pide la orden de vigilancia —ordena.

Zárate se queda mirando la Fiat Fiorino. Anota la matrícula. Empieza por noventa y cuatro.

CAPÍTULO 42

A Ascensión no le gusta nada que la policía visite a Salvador, pero la inspectora Blanco le explica que es un asunto importante.

—Importante para usted —dice ella—. Para mí lo importante es que mi marido esté tranquilo.

—Estamos a punto de detener a un hombre por el asesinato de su hija. Y yo creo que es inocente.

—¿Y qué puede saber mi marido sobre eso?

—Puede que mucho. Él investigó la muerte de Lara Macaya y sabe cosas que no constan en el informe policial. Déjeme hablar con él, por favor. Va a ser solo un minuto.

Salvador Santos está sentado en un sillón junto a la puerta del jardín. Tiene la vista clavada en un limonero que da una buena sombra. Ascensión entra con un sigilo exagerado, como si cualquier ruido pudiera desquiciar al enfermo.

—¿Salvador? —dice con dulzura.

El policía no se gira hacia ella, así que se aproxima y le coge de la mano.

—Dile a esa policía que pase.

Ascensión lo mira sin entender. Estaba dispuesta a exponerle la situación con delicadeza, pero su marido ha encontrado un atajo para zanjar el asunto lo más rápido posible.

—Y déjanos hablar a solas.

Hay un timbre autoritario en su voz. Resabios del viejo policía. Elena, que se ha quedado en el umbral un instante, entra con decisión.

—Hola, Salvador.

—Sea breve, por favor —ruega Ascensión antes de salir.

Elena barre el salón con la mirada en busca de un asiento que le permita hablar cara a cara con el enfermo. Le parece que el taburete del piano es el más adecuado. Lo coge con desenvoltura y se sienta frente a Salvador.

—Soy Elena Blanco, estoy investigando la muerte de Susana Macaya.

—La novia gitana.

—¿Cómo dice? —se extraña la inspectora.

Salvador sonríe ante su reacción.

—Así llamábamos a su hermana. ¿Esta también estaba a punto de casarse?

—Sí. Son dos asesinatos prácticamente idénticos.

—¿También con gusanos?

—Veo que sigue las noticias.

—Leo cada vez menos, me canso mucho. Pero conservo la imaginación.

—Tengo entendido que ese homicidio fue su último gran caso.

—Tuve otros después, creo recordar. Pero me empezó a fallar la salud y me fui haciendo a un lado. Usted, que es joven, aproveche la vida.

—Lo intento a diario.

—Hace bien. Aunque con un asesino suelto no se puede disfrutar de nada si eres tú el que le tiene que atrapar. Eso le quita el sueño a cualquiera. ¿A usted le quita el sueño?

—Sí. Duermo muy mal.

—Entonces es usted una buena policía.

—No me llame de usted, por favor. Somos compañeros.

—Entonces tú a mí tampoco.

Elena sonríe con desgana. Quiere disimular la impaciencia y nota que al anciano no le desagrada un rato de charla. Cruza por su cabeza la impresión de que su mujer lo tiene secuestrado, que disfruta al tener por fin bajo control al viejo policía.

—Salvador, tú llevaste en persona la investigación de la muerte de Lara.

—En persona no. El trabajo policial se hace en equipo.

—Lo sé, pero tú eras el jefe, como lo soy yo ahora. Necesito saber algo importante.

—A ver si te puedo ayudar. Los recuerdos vienen y van a su antojo, nunca se sabe lo que florece en el camposanto de mi memoria.

Sonríe complacido ante la figura que ha creado. Elena se inclina hacia él, con la esperanza de que en ese acercamiento haya más calidez que vehemencia.

—¿Por qué sospechabas del padre de las niñas?

—¿Del padre? No, de quien yo sospechaba era del fotógrafo de la familia. Estaba seguro de que era el asesino.

—Pero al padre se le sometió a una prueba de ADN. Y eso no se hace si no hay sospechas fundadas de que ha tenido algo que ver con el crimen.

—Mmm...

Salvador se frota el mentón, como si estuviera buscando el hilo del que tirar para descolgar un recuerdo concreto.

—Se encontró algo en el cadáver —dice de pronto.

—¿Un pelo?

—Puede ser. Pero era del fotógrafo, claro. La mató ese chico.

—Pero todo apunta a que a Susana la ha tenido que matar el mismo asesino. Y Miguel Vistas está en la cárcel.

—Yo hablo de Lara. A esa chica la mató Miguel Vistas. A Susana no la conozco. Pero la ha podido matar un imitador.

—Esa línea de investigación está abierta, pero eso me parece un poco raro, dadas las circunstancias del caso.

—Yo nunca me he encontrado con ningún imitador, si te digo la verdad.

—¿Por qué pediste una orden judicial para extraer el ADN del padre?

—Para despejar dudas, supongo.

—En el informe del caso Lara no consta una declaración del padre. ¿No hubo un interrogatorio formal?

—Supongo que sí.

—No está en el informe.

—Se habrá perdido. Te sorprendería saber la cantidad de papeles importantes que desaparecen cada año en la policía.

—Salvador, hay una orden de busca y captura contra Moisés Macaya. Y yo creo que es inocente.

—¿Por qué lo crees?

—Porque un padre no puede matar a sus hijas con esa crueldad.

—Un padre normal puede que no. Pero nosotros tratamos con asesinos, no con gente normal. Y Moisés Macaya era gitano.

—¿Cómo dices?

El tono de incredulidad de Elena no es fingido. Salvador la mira un instante a los ojos y ella ve el miedo adensado en sus pupilas. Es solo un segundo lo que tarda el anciano en alejar la vista de la inspectora y en distraerse mirando el limonero, el lilo, el jazmín. Por la puerta abierta entran fragancias embriagadoras.

—¿Se sospechó de Moisés por el solo hecho de que es gitano?

La inspectora pone firmeza en su entonación, pero trata de acolchar el acoso con un gesto suave. No le sirve de nada. Salvador Santos se ha puesto tenso y ahora está muy incómodo. La papada, partida en dos montículos, como dos pequeñas amígdalas, tiembla de forma llamativa.

—La policía no es racista, señorita. Nunca lo ha sido.

—¿Y usted? ¿Es racista a título personal?

—Ahora me llamas de usted para que el insulto quede más fino.

—¿Por qué sospechó de Moisés Macaya?

—Al principio de la investigación yo sospechaba hasta de mi sombra. Pedí el ADN para ir acotando el número de sospechosos.

—¿Por qué no consta su declaración en el informe policial?

—No me acuerdo.

—Cuando le conviene se escuda en la falta de memoria.

—Márchate de mi casa.

—¿Qué pasó en ese interrogatorio? ¿Le dio de hostias a Moisés? ¿Le insultó por ser gitano?

—¿Para qué preguntas si ya tienes las respuestas?

—¿Extravió el informe de la declaración porque usted quedaba como un racista?

—¡Ascensión! —se pone a gritar el viejo—. ¡Ascensión!

Mueve las manos con paroxismo. A Elena le parece que está buscando una campanilla para hacerla sonar. Entra Ascensión, alarmada.

—¿Qué pasa? ¿Estás bien, cariño?

—Me encuentro mal. Esta mujer me está torturando con sus preguntas.

Elena coge el taburete y lo coloca en su sitio. Intenta no acusar la mirada de censura de Ascensión.

—¿Qué le ha hecho? ¿No le dije que fuera delicada?

—He sido muy delicada, se lo aseguro.

Elena se marcha sin despedirse del policía. Nadie la acompaña a la puerta. Por eso tiene tiempo de detenerse en el recibidor y fijarse en un detalle que llama su atención. Sobre un mueble hay una serie de fotografías enmarcadas y en una de ellas aparece Salvador Santos, sonriente, señalando el pecho de un joven policía que posa junto a él. Ese policía es Ángel Zárate.

CAPÍTULO 43

Se había imaginado aceptando la invitación de Salvador para quedarse a comer, a esas horas podría estar relajándose con una charla trufada de anécdotas policiales y de cotilleos sobre tal o cual comisario. Pero la entrevista con el inspector jubilado ha sido un desastre y Elena Blanco no tiene más remedio que conformarse con un bocadillo en el bar de todos los días y con una conversación con Juanito, el camarero rumano, que casi siempre gira en torno al fútbol.

—La veo muy distraída, inspectora.

Ella asiente mientras mastica con indolencia su bocadillo de calamares, una exquisitez en ese bar popular, al lado de la plaza Mayor, que se nutre de turistas y parroquianos fieles.

—Otras veces me da algo de conversación, pero hoy ni mu. ¿Qué le pasa? ¿Problemas en la comisaría?

—Siempre hay problemas en la comisaría, Juanito.

—Mantener el vestuario unido es difícil, ¿eh?

—Sobre todo con los últimos fichajes.

Juanito la apunta con el índice y sonríe. Le gusta mucho que ella se sume a sus metáforas futbolísticas.

—Pues un partidito fuera de la convocatoria y se les bajan los humos. Se lo digo yo, que algo sé de esto.

—Tú que eres un filósofo, contéstame a una pregunta:

¿qué pasa cuando tienes que hacer algo que no te apetece y buscas excusas para retrasar el momento?

—Error infantil, inspectora. Retrasar las cosas es mantener los nervios dentro del estómago más tiempo del necesario.

—Así que debería lanzarme.

—Antes de un partido importante, los futbolistas pasan una semana de muchos nervios. Pero cuando suena el silbato inicial se les van todos los males y se ponen a jugar. Esto es lo mismo. En cuanto esté haciendo eso que tanto le disgusta, se sentirá mejor. Hay que coger el toro por los cuernos.

—No me mezcles las metáforas de fútbol con las taurinas, que eso ya no hay quien lo aguante. Y los rumanos no sabéis de toros.

—Pero ¿entiende lo que quiero decir o no?

Claro que lo entiende. Y Juanito, a su manera tosca, la ayuda muchas veces a ver las cosas con más claridad. Algo tiene la sabiduría popular que simplifica los problemas y los muestra en su justa proporción. Con estas reflexiones, Elena se dirige al barrio de la Piovera, donde viven los Macaya.

Sonia la recibe con el rostro demacrado. Está pálida, despeinada, flaca como un cadáver. Pero no tuerce el gesto al ver a la inspectora al otro lado de la puerta. Ningún asomo de hastío. Casi parece que agradece la visita.

—¿Hay alguna novedad? —pregunta al tiempo que se hace a un lado para franquear el paso a la recién llegada.

—Me temo que no. Pero esa es la pregunta que debería hacerte yo, Sonia. ¿Has sabido algo de Moisés?

—No.

—¿Dónde crees que puede haberse escondido?

—No lo sé, la verdad. Está visto que mi marido tenía

una vida oculta, así que puede estar en cualquier parte. Es increíble lo poco que conocemos a la gente que tenemos más cerca.

—Sonia, ¿por qué crees que Moisés huyó de la policía?

Sonia se encoge de hombros, parece que la pregunta la supera por su amplitud inabarcable.

—¿Crees que tiene algo que ocultar?

—Si andaba en tratos con su primo y con el Clan del Sordo, tenía mucho que ocultar, eso seguro.

—¿Crees que hacía algo delictivo con su primo?

—No quiero hablar de Capi, no quiero decir algo para luego arrepentirme. Discúlpame, pero ya no puedo más. Ni siquiera me tengo en pie.

Sonia se sienta en una butaca que hay en la entrada, junto a la mesita del teléfono fijo. Parece un buen lugar para hablar dos horas con un pariente lejano en los tiempos anteriores al móvil. Elena la observa unos segundos y se muerde el labio inferior.

—Sonia, me gustaría que me acompañaras a un sitio.

—¿A la comisaría? ¿Me vas a tomar declaración a mí también?

—No es nada relacionado con la investigación. Solo quiero ayudarte.

—¿Qué sitio?

—Acompáñame, confía en mí.

Sonia la mira con los ojos secos de haber llorado tanto. Se pregunta si puede confiar en ella.

El Centro de Atención al Duelo está ubicado en el primer piso de un inmueble del barrio de Chamberí, muy cerca de Moncloa. Es un lugar austero, de paredes blancas decoradas con cuadros sencillos. Paisajes costeros, frondosos, estampas con flores. Amplios ventanales dan a un patio de manzana. La inspectora Blanco sabe que Sonia no tiene fuerzas para fijarse en nada, pero confía en el poder relajante de ese espacio.

Una recepcionista alegre, que roza los sesenta años, sonríe al ver entrar a la pareja.

—¡Cuánto tiempo, Elena! Dichosos los ojos.

—Hola, Maite. ¿Qué tal todo por aquí?

—Muy bien. ¿Ya te has olvidado de nosotros o es que has andado muy liada?

—Liada, como siempre. Vengo con una amiga.

La recepcionista saluda con calidez a Sonia, que responde con una voz casi inaudible. Poco a poco empieza a captar detalles del lugar y descubre que nace dentro de ella algo parecido a la curiosidad. ¿Por qué saludan a la inspectora con esa campechanía?

Un hombre orondo viene de un pasillo con un vaso de plástico en el que humea un café.

—Me alegro de verte, Elena. Va a empezar la reunión, ¿te apuntas?

—Hoy no, Ramón. Otro día.

—Últimamente vienes poco.

—Bueno, ya estoy mejor. Pero vendré a alguna reunión para veros a todos.

—No lo dejes, Elena.

Ramón se mete en un aula y mantiene la puerta abierta. Sonia inclina un poco la cabeza y consigue ver a doce personas sentadas en círculo. Elena le explica que todos han perdido a algún ser querido y necesitan compartir su dolor con gente que esté en el mismo trance. Es como una terapia de grupo que a ella le ayudó a sentirse acompañada en el mundo.

—¿Y tú por qué venías? —pregunta Sonia.

—Es una historia muy larga. Pero yo ya estoy bien, no te preocupes por mí.

A Elena Blanco no le gusta mentir, pero ¿qué puede hacer? Si tuviera valor, se plantaría en medio de la reunión para confesar la realidad. Que cuando llega a casa no se mete en la cama, se pone a ver fotografías de gente pasando por el arco de la plaza Mayor y llora sola, consciente de que es una búsqueda sin fin. Solo pensar en esto le produce un agobio inmenso y, de pronto, necesita salir de allí. Habla con Maite, le pide que se ocupe de Sonia, a ella le promete que la deja en buenas manos y escapa a la calle después de bajar los escalones de dos en dos.

Una vez en el exterior, aspira fuertes bocanadas de aire. Camina sin rumbo, sintiendo que la ciudad quiere devorarla. La imagen de un niño de cinco años se distingue entre los paseantes, junto al escaparate de una zapatería. Con un pestañeo, el niño desaparece. Elena aplaca las ganas de llorar, frunce los labios en un gesto de orgullo y decide encaminar sus pasos hacia el parque del Oeste. Allí se tumba entre los árboles a mirar el cielo de Madrid. Se queda tendida, sin mover un músculo, hasta que anochece.

CAPÍTULO 44

—

Cuando Zárate se presenta en la Colonia de los Carteros, se encuentra a Ascensión abrumada, incapaz de controlar el arrebato de ira de Salvador. En el suelo hay cristales y platos rotos, un jarrón volcado que milagrosamente se mantiene entero y cojines aquí y allá que el anciano ha hecho volar en un tramo menos destructivo de su episodio nervioso.

—Ha venido una inspectora y le ha hecho un montón de preguntas. Lleva toda la tarde muy intranquilo, no ha querido tomarse la medicación. Y de pronto se ha puesto a tirar cosas.

—Déjame hablar con él.

Zárate entra en el salón. Antes de que pueda abrir la boca, Salvador se dirige a él con pasos inseguros.

—¿Vienes a detenerme?

—Nadie va a detenerte, no tienes nada que temer —intenta tranquilizar al anciano.

—Fuera de mi casa, no quiero policías, estoy harto de policías...

Se tropieza con uno de los cojines que él mismo ha tirado por el suelo y se cae con estrépito.

—¡Salvador! —Ascensión se acerca a él con apremio—. ¿Te has hecho daño?

—No me toques. Dile que se vaya.

—Viene a ayudarte, tienes que intentar tranquilizarte. Levanta, cariño.

—No me pienso levantar.

Ascensión le pone un cojín debajo de la nuca, a modo de almohada. Zárate se sienta en el suelo junto a él.

—Cuéntame qué ha pasado, por favor.

—No le hagas revivirlo, Ángel, te lo suplico —lo defiende Ascensión.

—Necesito saber qué preguntas le ha hecho la inspectora Blanco. —Ha tenido que ser ella.

—Vienen a por mí, lo noto —protesta Salvador.

—¿Quién viene a por ti?

—Rentero. Ese hombre me odia, no pasaba un día sin ponerme una zancadilla. Y ahora ha visto el cielo abierto con las gitanas.

Zárate cruza una mirada con Ascensión, que se santigua antes de hablar.

—No pueden reabrir ese caso, Ángel —suplica—. No lo soportaría.

—¡El caso de Lara Macaya está cerrado! —grita Salvador—. Y el asesino está en la cárcel.

—Nadie va a reabrir el caso de Lara, te lo aseguro.

—Entonces, ¿por qué me hacen preguntas?

—Porque hay una relación entre los dos asesinatos y el primero lo investigaste tú, es normal. No te preocupes.

—Soy viejo, estoy perdiendo la memoria y puede que me fallen las piernas, pero no el instinto. Sé que Rentero y esa inspectora vienen a por mí.

—Escucha, Salvador. Yo también estoy investigando el caso de Susana Macaya. Y no voy a permitir que reabran el de Lara.

—¿Puedes conseguir parar eso? —pregunta Ascensión, esperanzada.

—No puede —brama Salvador—. Es muy joven, es el último mono.

—No van a revisar tu investigación, ¿me oyes? Por encima de mi cadáver.

Zárate se esfuerza en sonar convincente, pero sabe que su mentor tiene razón. Es el último mono en la brigada.

—Gracias, hijo —claudica—. Ayúdame con esto. Yo ya no tengo fuerzas.

—Anda, levántate. Vamos al sofá. Seguro que Ascensión nos pone una bebida fresquita.

—Te ayudo a levantarlo. Hay que hacerlo con cuidado.

—No hace falta, Ascensión. Déjame con él unos minutos.

A Ascensión no le gusta delegar el cuidado de su marido en nadie, pero transige. Se va a la cocina y, mientras Zárate ayuda al anciano a levantarse, maniobra que se alarga penosamente, se oye el tintineo de unos hielos. Caminan a pasos cortos hasta el sofá y se sientan.

—¿Recuerdas lo que me decías cuando entré a trabajar en la comisaría?

—Te diría cualquier tontería que se me pasara por la cabeza.

—Me dijiste que un policía tiene que estar activo. Que no me quedara sentado mucho tiempo, que me moviera. Así que tú no puedes quedarte ahí tumbado, hay que moverse un poco.

—Yo ya no estoy para moverme.

—Yo no paro de hacerlo, ¿y sabes por qué? Porque sigo a rajatabla cada uno de los consejos que me diste.

—¿Qué otros consejos te di? Ya no me acuerdo.

—Me dijiste que no me fiara de nadie dentro de la comisaría, que cada uno va a lo suyo y que los cuchillos vuelan por todas partes.

—Algunos los llevan entre los dientes.

—También me dijiste que al asesino hay que ponerlo entre rejas como sea. Que la justicia va muchas veces por detrás del trabajo policial.

—Ahora que no nos oye nadie, eso es una verdad como un templo.

—¿Te acuerdas de mi primer caso? Un alijo de drogas en un piso de Usera. Yo quería una orden judicial para entrar en el piso y el juez tardó mucho en concederla. Cuando entré, la casa del cabecilla parecía el hogar de una monja carmelita. Les había dado tiempo a sacar todo de ahí dentro, a los muy cabrones. Mis compañeros en la comisaría se estuvieron riendo de mí dos meses.

—Tenías que haber entrado sin la orden.

—Eso me dijiste entonces. Que primero se entra. Y, si hay algo interesante, se pide la orden. Así no metemos la pata.

—¿De verdad te dije eso? Menuda manera de educarte.

—Hiciste algo más, Salvador. Yo me peleé a puñetazos con un imbécil que se burlaba de mí. Y tú me invitaste a cenar en una marisquería de la plaza de España. Y después me llevaste a jugar al billar. No sé quién te había contado que me gustaban el marisco y el billar, pero esa noche me acosté feliz cuando podría haber sido una de las peores de mi vida.

La mirada de Salvador vaga por la habitación sin detenerse en ningún punto.

—No me digas que no te acuerdas.

—Me acuerdo de que eras una calamidad jugando al billar. Está claro que me informaron mal.

—Pues no he mejorado mucho.

—¿Como policía tampoco?

—Todo lo que sé del oficio me lo has enseñado tú. Desde el primer día, cuando me tendiste la mano. Todo.

Ascensión entra con dos bebidas en una bandeja y un cuenco con aceitunas. Respira con alivio al ver a su marido tranquilo, casi plácido. Y dedica a Zárate una mirada de gratitud.

CAPÍTULO 45

El camarero del karaoke Cheer's anuncia por el micrófono el nombre de Elena y ella sube al escenario. Suenan los acordes de *Tintarella di luna*, quizá la más famosa de las canciones de Mina.

—*Tintarella di luna, tintarella color latte, tutta notte sopra al tetto, sopra al tetto come i gatti, e se c'è la luna piena, tu diventi candida.*

Al intentar concentrarse en la canción, se da cuenta de que está algo borracha, pero no lo suficiente como para no sacar lo mejor de sí misma. Solo se ha tomado dos copas, de la tercera apenas ha dado un par de tragos y ha cantado en condiciones muchísimo peores.

Le gusta cantar con sentimiento, alargar las vocales finales, notar caliente el timbre de su voz, como una cuerda impregnada de cerveza. Un treintañero rubio, con pinta de extranjero, la mira extasiado. Ella lo advierte y le dedica algún estribillo, sonríe con chulería tras una inflexión y se inclina hacia él en un gesto provocador. Cuando acaba la canción hay bravos y todo el mundo aplaude menos el extranjero. Elena se acerca a él.

—¿Tú no aplaudes o qué?

—Yo me he quedado sin habla.

—Para aplaudir no hace falta hablar.

—También me he quedado inmóvil.

—¿Tienes un coche grande?

—Un todoterreno —se extraña el rubio—, ¿por?

El extranjero no es extranjero, solo es un español rubio que viene a ligar a un karaoke. Parece haber venido solo, no hay amigos, no hay una novia que se acerque zumbona al notar un indicio de coqueteo. Con el sonido metálico de los micrófonos se oye al camarero pronunciar el nombre de Luis. El rubio sube al escenario y canta una de Rosana. Lo hace mirando a Elena todo el rato, como si se la estuviera dedicando. Ella sorbe su copa a tragos cortos al principio y más largos según avanza la canción, pues sabe que al terminar se va a llevar al rubio al parking de Didí. De nuevo hay aplausos y bravos, la actuación ha sido buena, el rubio saluda muy ufano y se acerca a Elena.

—¿Te ha gustado?

—Sin palabras —elogia ella.

Le da un beso en los labios, le coge de la mano y lo arrastra a la calle. Allí se encuentra con Zárate.

—¿Ya te vas? —pregunta él.

La inspectora lo mira con una mueca burlona.

—¿Tú qué crees?

—He venido por si acaso estabas aquí. Solo quería tomar una copa contigo.

—Una pena que no hayas venido diez minutos antes. Pero entra, tómate una copa de mi botella, a nombre de Mina. Y pide una canción, esta noche hay buen público.

Zárate asiente y se mete en el bar. Lo hace por orgullo, para no parecer un idiota al que le han robado la novia y se marcha con el rabo entre las piernas. Dos mujeres se desgañitan en el escenario cantando una canción de Pimpinela. El garito está lleno de gente. Se acerca a la barra y pide un tercio de Mahou. No le apetece beber solo, pero quiere dejar correr el tiempo antes de volver a casa. No ha dado dos tragos a la cerveza cuando ve a Elena mirándolo.

—¿Nos vamos?

—¿Los tres?

—¿Qué tres?

Elena abre los brazos para señalar la incongruencia de la pregunta. No hay rastro del rubio, ni en el bar, ni en la calle. Ella lo ha despachado porque prefiere pasar la noche con él. A Zárate le cuesta recuperar la gallardía, se dirige a casa de la inspectora manteniendo un aire suspicaz, como a la espera de que ella revele la broma cruel, la inocentada que le está preparando; pero no es así. Elena tiene ganas de sexo, se muestra briosa y él se deja hacer. Se quedan abrazados un buen rato, hasta que él se arriesga a romper el silencio.

—¿Por qué bebes tanto?

—¿Tú qué sabes lo que yo bebo?

—Me basta con lo que veo. Estás en medio de una investigación importante, ¿no deberías dedicar toda tu energía al caso?

Ella no responde. Él sabe que tiene que acostumbrarse a esos silencios si quiere estar con ella. Tiene ganas de preguntarle por la cicatriz de la cesárea que ha vuelto a ver en la penumbra; de preguntarle dónde está su hijo, qué ha pasado con él. Pero intuye que eso sería traspasar una línea roja. Quiere saber sobre su pasado, sobre la extraña fijación por las canciones de Mina. Con mucho gusto le pediría que le contase por qué conduce un Lada, un coche antiguo que no se ve por las calles. Ella le acaricia el pene y cuando nota la erección se sienta encima de él y follan por segunda vez. Después del polvo, no tarda en quedarse dormida.

Él se levanta. Repara en el expediente de Lara Macaya, que ella tiene extendido en la mesa del salón. En un sobre hay un anexo acerca de Salvador Santos, su mentor. Lo lee deprisa, conteniendo la respiración, como temiendo que ella se despierte. Localiza un informe con los resultados de la prueba de ADN del pelo que se encontró entre los dedos de Lara. Una prueba firmada por un agente de la Científica.

Zárate vuelve al dormitorio. Se viste con sigilo, acompasando los ruidos inevitables al ponerse los pantalones y la camisa con la respiración de Elena. Ella duerme profundamente. Tiene ganas de darle un beso en los labios, pero no lo hace. Sale del dormitorio de puntillas, guarda la hoja con la prueba de ADN en el bolsillo y se marcha.

CAPÍTULO 46

A la mañana siguiente, Elena presenta un aspecto impecable. Vestida con un pantalón azul marino de seda y una camiseta blanca, se pasea por la sala de reuniones de la brigada con aire seguro y despierto. Zárate no deja de admirar el efecto de una ducha y un par de tazas de café. Nadie diría que esa mujer ha pasado una noche de alcohol y sexo.

—He hablado con Rentero y quiere que os transmita a todos su preocupación.

—¿Alguien recuerda algún momento de la vida en que Rentero no esté preocupado? —ironiza Mariajo.

—Le preocupa que no estemos haciendo bien nuestro trabajo, que dejemos cabos sueltos, que no seamos capaces de encontrar a Moisés Macaya.

Chesca se rebulle en la silla en señal de impaciencia. Orduño, que la conoce bien, se adelanta para dar las explicaciones.

—Hemos pasado la tarde y la noche siguiendo a la Fiat Fiorino. Os aseguro que no es un trabajo muy divertido. Nos hemos ido hasta Toledo y hemos presenciado un remate de una tienda de muebles en un polígono. Los gitanos han comprado un taquillón, un aparador y una mecedora.

Por supuesto, ni rastro de Moisés.

—Cuenta lo de esta noche —le pide Chesca—. Esa furgoneta no para. Recorre toda la ciudad en busca de muebles viejos abandonados en los contenedores. Se llevan sillas que descartaría hasta el hurón más cutre de Madrid.

—Esos muebles los arreglan en el taller de la Ribera de Curtidores. Unas tachuelas por aquí, unos listones por allá, los barnizan y los ponen en el escaparate. Y todavía la gente se cree que les ha comprado un chollo.

—Seguid vigilando —ordena Elena—. Es la única pista que tenemos para dar con el paradero de Moisés. ¿Qué más hay?

Buendía consulta sus notas.

—Yo me pasé el sábado comparando las autopsias de las dos hermanas. Hay diferencias sutiles.

—¿Cuáles?

—A Lara le raparon el cráneo entero antes de hacer las incisiones. Solo le dejaron la melena que le caía a la altura de las orejas. A Susana le raparon solo las zonas en las que le hicieron los agujeros.

—Parece que el asesino se ha hecho más experto con los años —dice Orduño.

—O más vago —añade Chesca.

—O más piadoso.

Todos miran a Buendía para que explique esta opinión.

—Puede que le diera pena dejarla calva por completo. Como si hubiera querido causar el menor destrozo posible.

—Tres agujeros con un taladro para inyectar gusanos voraces en el cerebro no me parece muy piadoso —dice Mariajo.

—Es atroz, eso ya lo sé. Pero hay detalles que diferencian un asesinato de otro. Lara apareció desnuda, Susana, con su ropa de la despedida. Lara no tenía restos de diazepam en la sangre, Susana, sí. Y luego está el detalle de la bolsa de plástico. Estoy seguro de que el asesino le puso la bolsa en la cara a Susana para no verla sufrir.

—¿Por qué no hizo eso con Lara?

—Puede que la tapara con el velo del vestido o con una bolsa que no dejó restos. O puede que la Científica recogiera mal las pruebas en el primer asesinato.

Zárate nota una punzada de inquietud.

—¿Qué te hace pensar eso? —pregunta—. Tú eres científico, siempre he creído que está muy mal visto lanzar acusaciones entre compañeros.

—Yo me limito a dar mi parecer, no estoy acusando a nadie.

—Pues cualquiera lo diría.

La actitud de Zárate es demasiado hostil, se le nota que está a la defensiva. Él mismo se percata y lamenta no ser capaz de disimular mejor, pero es que la conversación ronda el tema que más le preocupa: la posible implicación de Salvador Santos en un caso de negligencia.

—Calma, Zárate —interviene la inspectora Blanco—. Estamos llegando a un punto clave, que es el que más interesa a Rentero.

—¿Estamos llegando a algún punto? —dice Chesca—. Me sorprende que digas eso, yo más bien creo que estamos en punto muerto desde el principio.

—Rentero no lo cree así. Él piensa que la prueba de ADN señala a Moisés como el asesino de Susana. Y está convencido de que va a confesar que también mató a Lara.

—¿Por qué cree que ha sido él? —pregunta Zárate.

—No lo cree, quiere creerlo. Prefiere liberar a Miguel Vistas y entregar a la vez al asesino.

—Nadie piensa que Moisés haya matado a sus dos hijas de ese modo.

A Elena le gusta ver que Zárate comparte su opinión.

Pero algo le dice que la comparte por motivos muy distintos de los suyos.

—¿Por qué dices eso?

—He revisado el caso de Lara Macaya y las pruebas contra Miguel Vistas eran abrumadoras. Yo estoy seguro de que la mató él.

—Yo también he revisado el caso y discrepo.

Todos se giran hacia Mariajo, que ha pronunciado esas palabras con gran seguridad.

—¿Tú has revisado el caso de Lara? —se extraña Elena—. ¿Por qué?

—Porque me aburría rastrear mensajes de móviles y redes sociales. Me sé la vida entera del novio de Susana y de su amante, de Cintia, y os aseguro que son las vidas más aburridas que os podáis imaginar. He pedido una transcripción del juicio oral contra Miguel Vistas.

—¿Para qué cojones has hecho eso? —pregunta Zárate, que no puede ocultar su incredulidad.

—Para ver si se celebró con normalidad, quería ver si había pasado algo raro.

—¿Y pasó algo raro? —pregunta Buendía.

—En mi opinión, sí.

Mariajo guarda silencio y la pausa le queda muy teatral.

—¿Qué has encontrado, Mariajo? —se interesa Elena.

—A Miguel lo acusan por indicios. Era solitario, conocía a Lara, la joven estuvo en su estudio de fotografía el día en que la mataron, no tenía coartada.

—Y hallaron un pelo suyo en el cadáver —recuerda Zárate—. Y las huellas de un trípode al lado de la víctima que coincidían con uno de Miguel Vistas.

Su tono de voz es ligeramente acusatorio. Pero Mariajo se mantiene tranquila.

—No es eso lo que me extraña del juicio. Yo creo que se puede explicar que haya un pelo del fotógrafo en el cuerpo de la chica, si esa tarde tuvieron una sesión de fotos.

—El jurado no lo creyó así.

—Pero lo más extraño es que el abogado de Miguel no interrogó a Moisés. Estuvo en el estrado, el fiscal le preguntó por la actitud del fotógrafo y él declaró que no le gustaba nada cómo miraba a sus hijas. Y, cuando llegó el turno de la defensa, el abogado dijo que no tenía preguntas para ese testigo.

—No le parecería un testigo relevante —dice Zárate.

—Eso es lo que no entiendo. En la investigación se sospechó del padre, se le hizo una prueba de ADN para cotejarla con el pelo encontrado en el cadáver.

—Y el resultado del cotejo fue negativo.

—Pero debería haberle hecho alguna pregunta. Su obligación como abogado de la defensa es desviar las sospechas hacia otras personas, y el padre era una buena diana. ¿Por qué no le preguntó nada?

—¿Cuál es tu conjetura? —pregunta Buendía.

—No tengo ninguna explicación.

—Tampoco figura en el expediente del caso Lara la declaración policial de Moisés, y eso sí que me extraña —dice Elena.

—Demasiadas coincidencias —dice Orduño.

—O demasiadas chapuzas.

Es Chesca quien dice eso al tiempo que pone las piernas sobre la mesa.

—Creo que ha llegado el momento de hablar con Jáuregui, el abogado que tuvo Miguel Vistas —dice Elena—. Hay muchas cosas que no entiendo de ese juicio.

Zárate se levanta de un impulso, pasea por la habitación, pensativo. Su actitud resulta tan llamativa que todos le miran aguardando que diga algo.

—¿Qué te pasa, Zárate? —pregunta Elena.

—Que no entiendo nada.

—A este hay que explicarle las cosas despacito, que se pierde.

Zárate evita la provocación de Chesca. Centra su mirada en Elena.

—No entiendo qué hacemos investigando el asesinato de Lara, que ya lleva siete años cerrado.

—Porque hay puntos oscuros que nos pueden ayudar en este caso.

—No, inspectora. Tenemos que centrarnos en Susana, en su entorno, en el novio, en Cintia, en los gitanos, en el Clan del Sordo. No podemos perder el tiempo enredándonos con un caso del pasado.

—Solo quiero que hablemos con el abogado. Nada más. No vamos a perder mucho tiempo.

Zárate siente la tentación de forcejear más, sabe que es el momento de ofrecer razones incontestables; pero no se le ocurren. Nota que el cerco se estrecha sobre su mentor y no está seguro de si será capaz de protegerlo.

CAPÍTULO 47

La inspectora Blanco y Zárate aparcan el coche de la brigada cerca de la glorieta de Cuatro Caminos. Van a pie por la calle Bravo Murillo y buscan la dirección de Jáuregui en una zona en donde las casas humildes se alternan con bloques de nueva construcción, de no más de tres alturas. Es un barrio de contrastes, en el que conviven varias nacionalidades, sobre todo de latinoamericanos, y junto a un bar español de toda la vida se puede ver una tienda novísima de cuidado de uñas regentada por los chinos.

Una voz ronca responde al telefonillo. Blanco se presenta como policía, quieren hablar de Miguel Vistas. Enseguida suena el timbre que abre la puerta. Suben las escaleras hasta el tercer piso. Las paredes están llenas de desconchones y en el ambiente flota un olor a col hervida. Jáuregui los espera en el umbral. Es un hombre gordo y de expresión afable que suda a mares. Los hace pasar y, según se adentran en el piso, tanto Blanco como Zárate comprenden por qué. Hace mucho calor allí, no hay aire acondicionado, ni tampoco un miserable ventilador. Por la ventana abierta que da a un patio trasero no entra mucha corriente.

—¿Cómo se les ha dado la subida? A mí me mata. Llevan años prometiéndonos un ascensor, pero nada. No sé para qué cojones se aprueban las cosas en las reuniones de la comunidad.

Jáuregui se mueve con lentitud y torpeza, como un hipopótamo cojo. De cuando en cuando se echa las manos a los riñones para darse un pequeño masaje. Zárate y Blanco no dejan de advertir el desorden de la casa. En la cocina, que se ve desde el salón, hay una pila de platos sucios. La mesa está llena de papeles, alguno de ellos, en el suelo. También hay una servilleta manchada de tomate que se le caería algún día al recoger los platos. La estantería es un batiburrillo de libros apretados que ya no puede hacerle hueco a un solo tomo más. De hecho, hay dos columnas de libros al pie del mueble. Elena se fija en que hay muchos de derecho y otros que parecen de autoayuda. También de historia. Muchas novelas, no todas comerciales. Jáuregui compone la imagen de un hombre acabado, pero tal vez alguna noche se consuele leyendo a Flaubert o a Calvino.

—Estamos investigando la muerte de Susana Macaya, la hermana de Lara. Tenemos entendido que usted fue el abogado de Miguel Vistas.

—Sí, pobrecillo, le tocó lidiar conmigo. Supongo que la vida es una cuestión de suerte, y ese hombre no la tuvo.

—¿Por qué dice eso?

—No hice bien mi trabajo, no estaba en mi mejor momento personal. Ya sé que no es excusa, pero he tenido problemas con el alcohol.

En la estantería, y también en el mueble del recibidor, hay varias fotos de una mujer mayor, de aspecto severo. Tal vez su madre.

—¿De verdad admite que no fue un buen abogado? —pregunta Zárate.

—Digamos que he tenido días más gloriosos a lo largo de mi carrera.

—No es muy habitual que un abogado reconozca sus propios errores.

—Dejo esas vanidades para los letrados jóvenes. Yo ya soy un dinosaurio.

—¿En qué se equivocó? —pregunta Elena.

—En todo.

—No, en todo no se equivoca nadie. ¿En qué momentos del juicio cree que no estuvo a la altura?

—Mire, Miguel era un fotógrafo solitario que adoraba su trabajo. Ya está. No había nada definitivo contra él. Solo indicios. Lara se hizo fotos en su estudio el día en que la mataron, no se llevó su vestido de novia, lo dejó allí. Eso para el fiscal era un indicio brutal. Y yo no supe desmontar su estrategia. Lo presentó como un loco enfermo de lujuria por la belleza de la gitana. Que era muy guapa, eso no se puede negar.

—Creo que también se sospechó del padre de la niña.

—Tonterías. El padre era gitano, se sospechó de él por puro racismo, la policía reculó enseguida y eligieron al culpable. Eso sí, al padre lo adiestraron para que declarase en contra de Miguel.

—Señor Jáuregui, está insinuando algo muy grave —dice Zárate.

—Déjale hablar, Zárate. ¿Por qué afirma que le adiestraron?

—Porque desde la declaración policial cambió de actitud y empezó a decir que Miguel se comportaba de forma extraña con sus hijas. Sobre todo con Lara. Y eso es mentira. Miguel era tímido, eso sí, pero ser tímido no es ser raro. Y amaba su profesión. Estaba encantado de trabajar para Moisés. Y ¿saben qué? El sentimiento era recíproco. Moisés acababa de renovarle el contrato en la empresa.

—¿Está diciendo que la policía hizo un trato con Moisés? —salta Zárate—. ¿Que le dejaron libre de cargos y de sospechas a cambio de que apuntara con el dedo a Miguel?

—Eso es exactamente lo que estoy diciendo.

—¿Tiene alguna prueba de que se produjo esa coacción?

—Ninguna —reconoce Jáuregui con sencillez.

Zárate se está sulfurando. No le gusta el aire grotesco de ese hombre, que suda profusamente y jadea al hablar, como si necesitara tomar aire entre una frase y otra. Elena le hace un gesto a su compañero para que se tranquilice. Prefiere tomar ella las riendas de la conversación.

—Hay una cosa que no entiendo. Ha dicho que Moisés acababa de renovar el contrato de Miguel en la empresa de eventos. Y eso podía desmontar la ficción del fiscal de que le había cogido ojeriza.

—Eso es.

—¿Por qué no se lo preguntó en el juicio a Moisés?

—Porque no valía la pena.

—¿No valía la pena? A mí me parece un buen modo de atacar la estrategia de la acusación.

—Ya le he dicho que no estaba en mi mejor momento y reconozco que me pude equivocar. Pero no soporto a los testigos manipulados. No me hacía ningún bien interrogar al padre de la niña cuando sabía que iba a señalar con el dedo a mi defendido en cada una de sus respuestas. Así que opté por no darle esa oportunidad. Creí que mi renuncia a interrogarle dejaba claro que no me parecía un testigo fiable.

Zárate piensa que esa actitud es cobarde e injusta. No se debe acusar a la policía de coaccionar a un testigo sin pruebas y mucho menos renunciar a exponer las sospechas en el único marco donde pueden ser escuchadas: delante de un tribunal. Pero se muerde la lengua porque nota el nacimiento del mal humor y no quiere perder los estribos delante de la inspectora. Está incómodo, tiene calor, la casa se halla desordenada y huele mal. Una mosca revolotea alrededor de su cara y ya está harto de espantarla.

—¿Sigue las noticias del caso de Susana Macaya? —pregunta Elena.

—Las sigo a media distancia, pero con interés. Trato de mantenerme al margen, el corazón no me funciona del todo bien.

—¿No cree que este segundo asesinato prueba la inocencia de Miguel?

—Creo que sí. Espero que su nuevo abogado solicite su inmediata excarcelación. Yo ya no puedo hacer nada.

—Más allá de su desempeño como abogado defensor, ¿qué cree que condenó a Miguel? ¿Fue el ADN del pelo?

—A Miguel le condenó no ser normal. Eso la sociedad no lo soporta. Era un hombre introvertido, solitario, que no tenía amigos. Su única relación con la gente era a través de su cámara de fotos. Yo sé que sentía verdadero aprecio por esas niñas. Le hizo fotos a Lara el día en que murió, por eso apareció un pelo en el cadáver. El fiscal hablaba también de las marcas de un trípode. Por Dios, estamos hablando de un trípode muy habitual en el mercado. Cualquier fotógrafo aficionado tiene uno. Lara salió viva de ese estudio.

—¿Por qué está tan seguro?

—Hablé muchas veces con él.

—Pero él es muy reservado, le debió de costar sacar algo en claro.

—Yo creo en su inocencia. Creía entonces y creo ahora con más razón, a la luz de lo que está pasando. Es evidente que el asesino está suelto.

—¿Para qué fue a la cárcel de Estremera el otro día?

—Para ver a Miguel y desearle suerte. Y, de paso, para darle a su nuevo abogado toda la documentación del caso. Es una cortesía elemental entre colegas.

Elena ha empezado a sudar también. Ha llegado la hora de terminar la visita. Antes de salir del piso se fija con más detalle en la estantería y repara en una foto de Jáuregui de joven, mucho más delgado y con una mujer joven en lo que parece una excursión campestre. Piensa en lo efímeros que son los momentos de placer en esta vida.

CAPÍTULO 48

En la sala de visitas, Damián Masegosa, el nuevo abogado de Miguel Vistas, tiene en las manos la documentación que le entregó Jáuregui. Miguel ha adelgazado y está sin fuerzas. El médico dice que ha tenido suerte, pues la puñalada no ha tocado ningún órgano vital, pero él no se siente bien. Su tratamiento consiste en un cóctel de antibióticos y analgésicos que le da mucho sueño. Por las noches le sube la fiebre y ha perdido el apetito. La herida cicatriza muy despacio. Tiene la sensación de que se le van a abrir los puntos si cambia de postura, si respira hondo, si tose.

—He estado con el juez de asuntos penitenciarios y la cosa pinta bien —informa Masegosa.

—¿Cuándo me van a sacar de aquí?

—Pronto. Pero debes tener paciencia. Hay una orden de busca y captura contra el padre de las niñas. Lo mejor que nos puede pasar es que lo encuentren cuanto antes, que le aprieten y que confiese que mató a sus dos hijas.

—¿Y si no lo hace?

—Tenemos más armas, tú no te preocupes. Es evidente que las dos muertes son obra del mismo asesino, eso lo entiende cualquiera. Ningún juez se va a negar a revisar el juicio.

Miguel mira a su abogado con desgana, le ha visto tantas veces en la tele que sabe que es el mejor para convertir su caso en un espectáculo. Es un hombre de mediana edad y repeinado que habla con un tono redicho que le desagrada.

—He estudiado toda la documentación del caso y debo decirte que no tuviste una buena defensa.

—Eso ya lo sé. Mi abogado era un desastre.

—Estoy de acuerdo. Y te aseguro que arremeter contra un compañero no es agradable.

—¿Qué es lo que hizo mal, exactamente?

—La presunción de inocencia que a ti te asistía por derecho fue vulnerada por las bravas, a base de indicios insustanciales. Y eso se hizo bajo la mirada impávida de tu abogado. Su comportamiento en la vista oral es inexplicable. Renunció a interrogar a testigos esenciales, admitió la prueba de ADN del pelo cuando podía haber sido anulada por defecto de forma.

—¿Qué defectos?

—Ese pelo apareció tarde y como por arte de magia. Muy conveniente para el fiscal, claro. No hay quien se lo crea. Tu abogado debería haber pedido la nulidad de la prueba y no lo hizo.

—Si esto que dice es tan claro, ¿por qué cree que no lo hizo?

—Pregúntaselo a él, yo no lo sé. A lo mejor no le interesaba el caso o pensaba que eras culpable. Conozco a abogados que no preparan bien sus casos, si les coincide con un torneo de golf.

Miguel se rasca la mano en un gesto nervioso.

—Solo con este dosier que tengo en las manos podríamos alegar indefensión y el juez podría ordenar que se repita el juicio.

—¿Y por qué no lo hace?

Masegosa sonríe con malicia.

—Porque es mejor ir contra el Estado.

—Yo quiero salir de aquí. Haga lo que sea más rápido para que me saquen, porque ya no aguanto más.

—Esa no es la actitud, Miguel —dice el abogado levantando el índice—. Aquí hay mucho en juego.

—Ya no tengo fuerzas.

—Esto que te voy a decir te las devolverá. Si se demuestra que el Estado ha enviado a prisión a un inocente, va a tocarle aflojar una indemnización millonaria. Hay unas tablas para calcular la cuantía y depende de cuánto tiempo hayas pasado en la cárcel. Y tú llevas siete años, Miguel. Podrías vivir toda la vida sin dar un palo al agua.

—A mí el dinero me da igual.

—Recuerda que la mitad es para mí, es nuestro acuerdo. El dinero no nos da igual, es lo único que hace que estemos aquí, que seas culpable, inocente o que aparezcan más gitanas muertas no me interesa, solo mi parte, el cincuenta por ciento.

Miguel nota un aguijonazo en el estómago. Sufre muchos desde la puñalada, como si algo en su interior se estuviera desgarrando poco a poco. No le gusta dar muestras de debilidad, pero se le escapa una mueca de dolor. El abogado demuestra su escaso compromiso con la justicia en cada frase.

—Tenemos que hacer responsable al Estado. Esa es nuestra mejor baza. Y lo tenemos a huevo. Pero, cuidado, a la Administración no le gusta nada admitir errores, así que compórtate de forma ejemplar, no te metas en líos, no entres en provocaciones. Ahora hay que andar con mucho ojo.

Ni siquiera una palabra para interesarse por lo que le pasa, por qué ese lamento. Miguel advierte que Masegosa no le ha preguntado cómo se encuentra, qué pastillas le están dando o si tiene que hacer alguna clase de rehabilitación. Solo piensa en la tajada que puede sacar de su caso.

—Como usted lo vea —dice con aire sumiso.

—La próxima vez que venga a verte vamos a tener novedades, estoy seguro. Así que aguanta, que ya queda poco. Confía en mí.

Un funcionario anuncia el fin de la visita y Miguel siente alivio. Vuelve a su celda mirando al suelo, con la postura cabizbaja que le enseñó a evitar a toda costa al Caracas para no parecer presa fácil de los matones.

CAPÍTULO 49

—

La Fiat Fiorino está aparcada en la Ribera de Curtidores. Para una mujer de acción como Chesca, no hay nada más aburrido que una vigilancia. A ella le gustan los deportes extremos. Practica el salto base para sentir cómo vuela un pájaro, participa en ultramaratones para explorar los límites de la resistencia humana. Se metió en la policía porque quería descargar adrenalina. Lo que más le gusta del trabajo es perseguir a un delincuente, hacer una redada, irrumpir en un local con el arma firmemente apretada en sus manos. Pasar el día entero dentro del coche esperando a que una furgoneta se mueva es lo más parecido a la muerte.

Un gitano sale de la tienda, las llaves del vehículo tintinean entre sus dedos. Abre la portezuela y la cierra con decisión. La furgoneta arranca. Ni siquiera esta novedad anima a Chesca. Se dirige a la avenida de Arcentales, se detiene frente a un portal y el gitano se las apaña para descargar él solo un escritorio y un sillón, con ayuda de una carretilla. Una mera entrega de muebles.

La ruta incluye un par de direcciones más. Nuevas entregas a domicilio. Después, vuelta a la Ribera de Curtidores. Ya es mediodía, la tienda cierra tres horas, los gitanos salen a comer, tal vez alguno se quede dentro durmiendo la siesta.

Sería el momento de descabezar un sueñecito, de turnarse con Orduño para que uno de los dos siga vigilando y el otro pueda descansar un poco. Pero Chesca nunca duerme la siesta, le parece una pérdida de tiempo. La siesta es para ella algo así como la inacción elevada al cubo, cristalizada en un intervalo del día que el ser humano decide tirar a la basura.

Orduño soporta mejor la vigilancia. En su adolescencia y juventud ha sido un gimnasta de élite, ha sudado la gota gorda en centros de alto rendimiento, ha vivido lejos de sus padres, bajo las órdenes de monitores durísimos. Hasta que un día decidió dejar el deporte profesional y se convirtió en policía. Esa experiencia ha forjado un carácter paciente. Le gusta la tranquilidad, vivir sin exigencias ni apremios, charlar con calma de cualquier asunto con el interlocutor que tenga delante. Pero Chesca, cuando tiene el demonio en el cuerpo, no es buena compañera para una conversación distendida. Está de un humor de perros, habla con sarcasmos y latigazos de amargura. No quiere seguir vigilando a los gitanos y se le nota mucho.

A las siete de la tarde, se pone en marcha la Fiat Fiorino. Desde la Puerta de Toledo baja hasta la M-30, después coge la nacional IV y se desvía para entrar en un polígono industrial cerca de Parla. Hay un desguace de coches, un enorme bazar chino, varias tiendas de muebles... La furgoneta se detiene junto a una nave sin rótulos. El gitano se baja, abre el cierre metálico de la nave y de allí saca muebles que mete en la furgoneta. Hay uno que no puede acarrear sin ayuda, un aparador que tiene pinta de pesar mucho. El hombre se seca el sudor de la frente, trata de encontrarle el truco al volumen, el mejor modo de subir ese bulto a la carretilla. Un segundo tipo, alto, corpulento, sale de la nave y le ayuda a hacerlo.

Es Chesca la primera en darse cuenta. Le da un codazo

a su compañero, que sale de su sopor y se pone en guardia.

—¡Es él! —avisa la policía.

Orduño achina los ojos para verle mejor. Sí, es él. Es Moisés Macaya, el padre de las gitanas muertas, el hombre más buscado de la ciudad. El agente aplaca los deseos de Chesca de actuar, saca su móvil y marca un número.

La inspectora Blanco está en la sede de la BAC hablando con Mariajo cuando recibe la llamada. Orduño quiere saber si deben detener a Moisés en ese mismo instante.

—¿Estás seguro de que es él?

—Completamente seguro.

—Si intenta huir, le detenéis; si no lo hace, esperad a que llegue yo. Quiero hablar con él.

Las últimas palabras las pronuncia mientras coge las llaves del coche y sale del edificio. Mariajo se queda con la palabra en la boca, pero ha entendido por la conversación que la cacería está llegando a su fin. Se pregunta cuál va a ser la actitud de Elena al verse frente a frente con Moisés. Han estado hablando de él. Ella ha investigado rituales y maldiciones ancestrales de gitanos por si acaso aparecía algo relacionado con los gusanos en el cerebro; pero no hay nada. Los asesinatos, al menos en su *modus operandi,* no tienen vinculación con la cultura gitana en ninguna de sus vertientes. «No es él». Las últimas palabras que ha pronunciado Elena antes de recibir la llamada resuenan ahora en la cabeza de Mariajo. «No es él». Moisés Macaya no ha matado a sus hijas. Pero hay una orden de busca y captura y Elena corre ahora en su coche con la misión inevitable de detener a ese hombre y entregarlo a la justicia.

Orduño y Chesca salen a su encuentro cuando ella llega al polígono. La Fiat Fiorino se ha ido con su carga de muebles. El cierre metálico de la nave está echado. Han recorrido el perímetro del edificio y hay una puerta trasera que se puede tumbar de una patada.

Elena prefiere aporrear la puerta, llamar a Moisés, decirle que quiere hablar con él; pero nada sucede. No hay pasos al otro lado, tampoco voces. Lo vuelve a intentar, con el mismo resultado. Suspira en un gesto de resignación y mira a Chesca, que aguarda la señal para intervenir. La puerta, una simple lámina de chapa, resulta ser más resistente de lo previsto. A la tercera patada cede y Orduño y Chesca entran con las pistolas desenfundadas.

—¡Policía!

Ese es el grito de aviso para que Moisés se entregue o bien se lance a una huida desesperada. Pero tampoco hay respuesta a la irrupción policial en la nave. El lugar es húmedo y oscuro. Los últimos rayos de sol se filtran por un tragaluz pequeño. Elena saca su linterna, ilumina los rincones del almacén, que está lleno de muebles, quincalla y cachivaches. Algunos tapados por sábanas, otros arrumbados de cualquier manera. Gana presencia un ruido metálico, como un resorte limpio que alguien acciona. Entre dos columnas de cajas está Moisés, jugando a abrir y cerrar una navaja automática. Chesca y Orduño se tensan. Elena les pide calma con un gesto.

—Moisés... Quiero hablar contigo.

El filo de la navaja surge de la empuñadura con un chasquido. Brilla la hoja en la oscuridad del almacén. El gitano parece hipnotizado por la blancura del arma, por el latigazo con el que asoma para mostrar su amenaza.

—Sé que no has hecho nada malo y quiero ayudarte.

—¿Nada malo?

La voz de Moisés suena amarga y gutural.

—Nada malo. Aunque tú creas que sí, no es verdad. Discutir con tu hija es normal. Lo hacen todos los padres.

—¿Todos los padres contratan a un detective privado?

—Más de los que crees, te lo aseguro.

—¿Todos los padres intentan evitar la boda de su hija?

—Nada de eso es grave, Moisés. No hay razón para que te escondas.

—Le crucé la cara. El día de su despedida de soltera fui a verla y le crucé la cara. Le dije que ya se había terminado la tontería, los coqueteos con mujeres, lo de ser más chula que nadie. La golpeé. Y ella me arañó como una gata rabiosa. Y me dijo que me odiaba.

El chasquido de la navaja ha cesado de pronto, como si el acto de rememorar la pelea le hubiera dejado sin fuerzas o demasiado melancólico.

—Esas palabras se dicen sin pensar, no tienes que preocuparte por eso —intenta mediar Blanco.

—Están muertas por mi culpa, las dos, algo me dice que es así.

Hay un brillo blanquecino en la piel oscura de Moisés. Tal vez han brotado dos lágrimas.

—¿Por qué escapaste de la policía?

—Porque no puedo más. No quiero que me detengan delante de mi mujer. Es humillante. Ella ni siquiera está segura de si no las he matado.

—Sonia no duda de ti, Moisés, no lo ha hecho en ningún momento.

—Se nota que usted no ha visto su mirada de reproche. Se enteró de que andaba en tratos con mi primo y me miró con desprecio. No le deseo a nadie que su mujer le mire así.

—Sonia te necesita a su lado. Lo sé porque me lo ha dicho.

—No estaría a mi lado. A mí me van a colgar los asesinatos y me van a mandar al trullo.

—No. No hay ninguna prueba contra ti, solo el ADN, y acabas de explicar que tu hija te arañó el día de su muerte.

—Le tiene que decir a mi esposa que la he querido de verdad, que me enamoré de ella como un loco.

—Eso se lo vas a decir tú en persona.

—He sido un mal padre y lo reconozco. Caí en manos de Capi cuando yo siempre quise separar al gitano de la delincuencia... Ese quizá es mi mayor fracaso, no haber conseguido eso.

—Venga, Moisés, levanta. Ahora vamos a ir a la comisaría, vas a prestar declaración y yo te aseguro que mañana duermes en tu casa.

—Pero mi otro fracaso es no haber sabido cuidar de las niñas. Las cosas como son.

—Yo te voy a ayudar. No os voy a dejar solos ni a Sonia, ni a ti. Y vamos a encontrar al asesino de Susana.

—Prométame que no va a parar hasta encontrarlo.

—Te lo prometo.

—Gracias. Hágalo. Y métale un tiro en la frente de mi parte.

—Yo me conformo con atraparlo. Y ahora tenemos que irnos.

Moisés no responde. Suena el chasquido de la navaja y enseguida un borboteo. Después un ruido espantoso, un grumo de barro empieza a hervir, el ronquido de un monstruo. Elena, que no quería apuntar a su rostro directamente, dirige ahora la linterna a la cara del gitano, que se ha cortado el cuello y se está ahogando con su propia sangre.

—¡Una ambulancia, deprisa!

Elena saca un pañuelo del bolsillo y lo coloca sobre la raja del cuello para intentar detener la hemorragia. En un segundo, el pañuelo está empapado y se demuestra su ineficacia. Chesca ha salido de la nave para pedir ayuda. Orduño encuentra entre la quincalla un trapo mugriento que puede servir de tapón en la herida. Se lo tiende a Elena.

Ella se queda varios minutos haciendo compresión en el cuello de Moisés. Orduño ya no busca más trapos porque se da cuenta de que ha muerto. Pero comprende que Elena necesita más tiempo para encajar esa realidad y la deja manejarse en los esfuerzos inútiles para salvarle la vida al gitano.

CAPÍTULO 50

No se oye un alma en el barrio de la Piovera, como si el luto se hubiese extendido de casa en casa con un susurro. Ni siquiera hay vecinos asomados a las ventanas por las que debe entrar al menos el resplandor azul del coche de policía. Hay una luz macilenta en la cocina del chalet de los Macaya. Es tarde, pero puede que Sonia esté desvelada y necesite un whisky para dormir. Esa noche, en un programa de televisión, han hablado del asesinato de Susana. Algunos tertulianos han acusado a Moisés de haber matado a su hija. ¿Habrá visto ese programa? ¿Había un televisor en el almacén?

La inspectora Blanco está paralizada en el asiento del copiloto, la mirada perdida. Le cuesta bajar del coche.

—¿Quieres que hable yo con ella? —se ofrece Orduño.

Elena no contesta, hablar con Sonia es su obligación. Abre la puerta y sale. También lo hace Chesca, que prefiere esperar al aire libre. Se queda apoyada en el vehículo y sigue con la mirada los pasos lentos de la inspectora hasta la puerta de Sonia.

Hay estrellas en el cielo, la noche de verano es cálida y embriagadora. La vida continúa ajena al drama de los Macaya. Los tertulianos de la televisión vuelven a sus casas como si nada, como si sus palabras fueran asépticas o irreales y no tuvieran ningún efecto sobre los destinos de los seres humanos. Pero hay cadáveres que esperan ser enterrados y la seguridad de que en esas calles se esconde un asesino.

CUARTA PARTE

—

CIUDAD VACÍA

Las calles llenas, la gente alrededor de mí
habla y ríe y no sabe nada de ti.
Veo quién pasa, pero sé que la ciudad
me parecerá vacía si tú no vuelves.

El niño corre por el campo, se sube a un árbol y desde una rama alta contempla el horizonte. Después busca un prado agradable para tumbarse un rato y mirar las nubes. Se queda dormido con el aire fresco de la tarde.

Cuando abre los ojos ve una cañería que recorre el techo de la nave. Le parece que en una de las juntas hay una gota de agua. Se levanta como un sonámbulo, se sube a la lavadora, se sube a la torre de libros y lame la tubería. Un regusto a óxido le baja por la garganta. De pronto le parece imposible saltar de la lavadora al suelo. No tiene fuerzas. Lo único que ha comido en los últimos días es su propio vómito. Esa gota metálica le tiene que permitir resistir un poco más.

Los primeros días se subía a pulso hasta la ventana y gritaba pidiendo ayuda. Ya no lo hace. Tampoco intenta ya abrir la puerta a base de palazos. Simplemente se dedica a esperar.

Ha inspeccionado el lugar de arriba abajo y no hay más latas de comida. Los únicos que comen allí son los gusanos. El cadáver del perro está cubierto de ellos.

Al principio le daba mucho asco, pero ahora ha descubierto un juego hipnótico en el acto de observar el proceso de descomposición del cadáver. Es capaz de determinar el adelgazamiento progresivo del lomo, de las orejas, de la lengua del perro.

Un cosquilleo en el pie le sobresalta. Hay gusanos hurgando en su herida, diminutas larvas en movimiento que entran y salen como por turnos, como si estuvieran horadando un túnel. Considera la posibilidad de comerse los gusanos. Pone un dedo en su herida y lo deja allí unos segundos. Después se lo acerca a los ojos. Cuatro o cinco gusanos se mueven despistados en la yema de su dedo. Los observa. Se desplazan alocadamente en todas las direcciones. De vez en cuando se chocan entre sí y hay un instante de confusión hasta que cada uno recupera su camino. Se los quita del dedo de un soplido.

Se queda apoyado en la pared, sin fuerzas. Decide que va a permitir a los gusanos hacer lo que quieran con su pie. Solo va a actuar contra ellos si se aventuran más allá de la rodilla. Su instinto infantil le dice que son una especie avanzada, que no necesitan buscar latas de conserva para alimentarse. Entonces se fija en el cadáver del perro. Se acerca a la ventana y coge un cristal afilado que encuentra en el suelo.

Lo utiliza a modo de cuchillo para separar un trozo de carne de una de las patas del perro. Se lo lleva a la boca. Mastica con asco. Escupe el trozo de carne y sufre una arcada. A continuación, desgaja una loncha de carne algo más fina. La mastica despacio. Se concentra en el acto de encontrar el jugo a la carroña que tiene dentro de la boca.

CAPÍTULO 51

Las cuatro torres del paseo de la Castellana se van haciendo más pequeñas a medida que el Lada rojo se aleja de la ciudad. En el coche suena *Città vuota*, de Mina. Elena intenta cantarla para sobreponerse al cansancio, pero no se ve con ánimo. Comprende que toca conducir en silencio, con la tristeza pegada a la piel. No le disgusta ese paréntesis de dos horas y pico de paz, el tiempo que va a tardar en llegar a Urueña, el pueblo de Valladolid al que su exmarido se mudó hace unos años.

La casa está a las afueras del pueblo, pero para llegar a ella hay que recorrer sus calles empedradas, sus murallas, las casonas impecables. A Elena le ofende que Abel haya elegido un lugar bonito para empezar una nueva vida. Piensa que hay algo sacrílego en rodearse de belleza después de lo que les ha pasado, pero reconoce que la plaza Mayor de Madrid también es bella, lo que ocurre es que no lo ve así, allí ocurrió lo que marcó su vida. No va a decirle nada a su marido, el tiempo de los reproches quedó atrás.

No ha anunciado su visita, pero Abel la recibe como si la estuviera esperando. La conoce bien, sabe que un impulso puede llevar a Elena a donde sea y que las normas elementales de la cortesía nunca han casado con su temperamento. Abre la puerta con sorpresa y con una alegría que no parece fingida y le pregunta qué la trae por esos andurriales.

—Me apetecía verte —contesta ella.

Encaja la respuesta con naturalidad. Sabe que Elena es así, que no hay propósitos concretos que motiven sus actos, que se mueve por instinto o por capricho. Siempre le ha gustado esa parte irreflexiva de su carácter.

—Pasa, pasa. Gabriella está preparando la comida. ¿Quieres tomar algo?

Gabriella es su novia brasileña, quince años más joven que él. Sale a saludar a Elena, se acerca con una sonrisa, la abraza con calidez. Ella se ve envuelta en un pelazo negro y fragante. Gabriella está descalza, es bajita y musculosa. Trabaja en una de las muchas librerías del pueblo.

—¿Te gusta el fricasé? —pregunta con un fuerte acento.

Abel explica en qué consiste el plato. Pollo con nata, arroz y palmito. Huele muy bien. Elena no muestra un gran entusiasmo, pero se deja agasajar. A eso ha venido, a descansar un rato, a que la cuiden un poco, aunque solo sea por unas horas. Nadie mejor que su exmarido para eso.

La comida está rica, la conversación es agradable. Hablan de cosas livianas y la risa de Gabriella suena como un cascabeleo. Beben el vino que hace Abel. Se ha agenciado unos viñedos y produce un caldo del que se siente muy orgulloso. A Elena le parece áspero y desagradable, como suelen ser los vinos de un aficionado que se lanza a la arena por su cuenta, pero se bebe cuatro vasos sin rechistar.

Después de la comida, Gabriella se despide de Elena. Tiene que ir a trabajar. Puede que no sea verdad, puede que se quite de en medio para dejarles hablar a solas. Le pregunta si se va a quedar a dormir. Elena dice que no lo sabe todavía.

Dan un paseo por los viñedos, Abel le enseña la bodega. Habla con entusiasmo de su nueva afición y, de nuevo, ella piensa en que hay algo antinatural en esa manera de reconducir su vida como si nada hubiera sucedido.

—¿Te acuerdas de tu hijo?

La pregunta es tan brusca que él se detiene y la mira un instante.

—Claro que me acuerdo —exclama con vehemencia.

—No sé, pareces tan feliz que me da la sensación de que te has olvidado.

—Pienso en él todo el rato. Pero no me he quedado atascado en el día de su desaparición.

—No lo llames «desaparición». El día en que lo secuestraron, en que nos lo robaron.

—El día en que desapareció, Elena. El día en que dejó de estar con nosotros. Pero la vida tiene que seguir...

Ya está. Ya lo ha dicho. No quería discutir con ella, estaba preparado para resistir las pullas y las provocaciones. Él es feliz y se siente orgulloso de serlo, de haber aprovechado los rasgos positivos de su naturaleza para seguir adelante. Ella no es capaz de mirar la vida de frente. La felicidad se ha convertido en una quimera. No hay descanso, no hay tregua, no hay posible disimulo. La vida es una mierda desde que secuestraron a su hijo Lucas. Han pasado ya ocho años.

—¿Y yo? ¿Yo me he quedado atascada?

Era Navidad, estaban en la plaza Mayor —debajo de casa— eligiendo los adornos del árbol. Lucas se soltó de su mano y ella se acercó a mirar un Papá Noel tallado en madera. Fueron apenas unos segundos. Se giró hacia su hijo y de pronto no estaba. Lo buscó entre la multitud. La plaza estaba abarrotada. Le pareció verle saliendo por el arco con un hombre que tenía la cara picada de viruela; pero ni siquiera está segura de eso. No está segura de nada. Todavía hoy es incapaz de comprender qué pasó. ¿Puede un niño de cinco años alejarse de su madre sin protestar, arrastrado por un desconocido? ¿Puede darle la mano a un hombre cualquiera y salir para siempre de su vida? ¿Así, sin un pataleo, sin un berrinche, sin el menor drama?

—A veces me parece que sí, que te has quedado atascada.

A Elena no le parece justo que diga eso. Ella sigue con su trabajo. Él dejó su carrera de periodista para empezar una nueva vida en un pueblo pequeño con unos ridículos viñedos que producen un vino pésimo.

—Yo no me escondo ni me he jubilado a los cincuenta, como tú.

—No estoy jubilado, solo he cambiado de vida.

—Por mucho que cambies de vida, por muy lejos que te vayas, tu hijo está secuestrado.

—Eso no lo sabemos.

—Yo sí lo sé. Está vivo. Y está esperando a que lo encontremos.

—Han pasado ocho años, cariño. ¡Ocho!

Ese es el gran abismo que los separó. Él desistió de buscar al niño al cabo de un año. Ella siguió buscando. Pero era una búsqueda desesperada, sus propios compañeros se lo decían una y otra vez. Ella cargó contra el protocolo policial. Avisó a la comisaría a los cinco minutos de perder al niño de vista. No le hicieron mucho caso. El niño podía aparecer en cualquier parte, todos los días hay uno que se extravía en un centro comercial o en el Parque de Atracciones. Llamó más de diez veces pidiendo un cordón policial en las inmediaciones de la plaza Mayor. Navidad, riadas de gente bajando por la calle Mayor, por Arenal. Era una locura acotar ese perímetro. Encargó un retrato robot del hombre que había visto: estatura mediana, corpulento, moreno, la cara picada de viruela, cejas pobladas, una cazadora de ante con el cuello de piel de borrego. Repartió el retrato por todos los distritos. Se encolerizó al enterarse de que no se estaban organizando los operativos policiales necesarios. La miraban con paciencia y compasión, le decían que se había denunciado el secuestro, que se estaba haciendo todo lo posible. Ella se enfadaba. Le sugerían que se fuera a casa a descansar. Ella bufaba de rabia.

Una policía y un periodista pierden a su hijo y no son capaces de dar con él, inaudito. Abel aguantó un año y medio y dejó el periódico. Dos años después, la abandonó. Al año siguiente encontró una casa en Urueña y a Gabriella y cambió de aires. Elena no ha parado de buscar a Lucas ni un solo día. Ha instalado una cámara en su piso para fotografiar a la gente que pasa bajo el arco de la plaza Mayor. Está segura de que el hombre con la cara picada de viruela volverá a ese lugar para llevarse a otro niño. Ella se agarra a ese cabo porque no tiene otro. Es la única posibilidad de hallar una pista sobre su hijo.

—Hay un sospechoso —miente Elena.

Él la mira haciendo acopio de paciencia. No le gusta que haya montado una cámara en su casa, que en lugar de dormir se pase las noches buscando en las fotos. Sabe que lo hace por mantenerse unida al dolor, que le horroriza rehacer su vida, como ha hecho él, pasar página y seguir adelante, con la herida cicatrizada, con la herida sangrando de vez en cuando, como mucho. Elena ha elegido sufrir. Y no va a aceptar ningún pacto que la pueda conducir a la felicidad hasta que no encuentre a su hijo.

—Pues entonces investígalo. Y me cuentas las novedades. ¿Vale?

—Vale.

Ya está. Ya está tranquila. Él no le reprocha que siga investigando. No le restriega por la cara la obsesión en la que ha caído. Pasean un buen rato en silencio y a ella le parece que el aire de la tarde empieza a ser fresco. Puede que no se esté tan bien allí, después de todo. Decide no quedarse a dormir, tiene mucho trabajo pendiente. Abel le regala una botella de su vino y ella la guarda en la guantera del Lada. Tardan varios segundos en deshacer el abrazo de despedida.

Mientras conduce de vuelta a Madrid, piensa en el día que ha pasado en Urueña. Se pregunta por qué necesita de vez en cuando estar con su exmarido. Ya no le quiere, aunque le gusta notar el viejo olor conocido de su piel y ese aire huraño con el que se mueve por el mundo. Tal vez necesite ver con sus propios ojos la estampa del hombre que ha superado la tragedia. Tal vez quiera dejarse tentar por esa vida fácil y autónoma, alejada del ruido, un hombre en paz a pesar de todas las desgracias del mundo. Es verdad que Abel parece feliz. Pero ella no puede. Siempre que va a verle le pasa lo mismo. Empieza envidiándole y termina convencida de que es él quien está equivocado. No se puede vivir con esa cobardía. Ha tirado la toalla antes de tiempo. Afortunadamente, ella no lo ha hecho. Ella se mantiene en guardia y no va a aflojar la tensión jamás. Lucas ha perdido a su padre, pero la tiene a ella.

CAPÍTULO 52

Hay tanta gente en el entierro de los Macaya que cuesta creer que todos conocieran a los muertos. La prensa se está cebando con el caso y el morbo lleva a muchos a pasar la mañana en el cementerio para situarse al menos por una o dos horas en el centro de la tragedia. Ni siquiera el calor los disuade.

No hay mucho que ver, en realidad. Una viuda y madre desolada que apenas se tiene en pie. Un hombre la sujeta y otro está pendiente de cada paso que da. Elena no los conoce. Parientes de Sonia, quizá, o esos amigos especiales que nunca fallan en las ocasiones luctuosas. La inspectora se ha situado en un discreto segundo plano, junto a Zárate, que se ha puesto una camisa negra y una americana que le debe de estar haciendo sudar a mares. A Elena le parece que está muy guapo.

Chesca y Orduño aguardan algo más alejados. No les quitan ojo a los familiares de Moisés, que están situados casi al borde de la sepultura. Reconocen a Capi. Está hablando con un hombre que lleva los dedos llenos de sortijas. Es el Sordo. Su actitud comunica una extraña campechanía, podrían estar haciendo esos mismos gestos en una conversación de taberna.

Elena también mira de cuando en cuando a esa pareja. Le sorprende la desfachatez del Sordo. La policía ha investigado sus pasos por si aparecía alguna prueba de la agresión que Miguel Vistas sufrió en la cárcel. Nunca aparece nada. Los gitanos se protegen entre sí con una fidelidad admirable. Encontrar un soplón que testifique contra ellos es casi imposible. Y ahí está el patriarca, con una chaqueta azul oscuro de solapas disparatadamente grandes. Exponiéndose a la acción de la policía como si supiera que tiene bula, que nadie puede tocarle.

Entre los asistentes se encuentran también Cintia, Marta y otras amigas de Susana. Al reconocer a Raúl, camuflado entre la muchedumbre, Elena no deja de admirar la fuerza que tienen los rituales. No ha querido faltar al último adiós a pesar de las cuentas pendientes que arrastra con el Clan del Sordo.

Un cura gana posiciones y, después de unos carraspeos más ruidosos de lo que impone el decoro, recita unas palabras como de memoria, sin la menor emoción. Unos operarios bajan los ataúdes. Unos cuantos hombres comienzan a echar paletadas de tierra sobre el de Moisés. También echan dinero, billetes y monedas que rebotan y tintinean en la tumba. Cuando van a hacer lo mismo en la de Susana, Sonia llega hasta ellos y los aparta de allí. Se le oye decir que no quiere que lo hagan, que no se les ocurra enterrar a su hija bajo ningún rito. La tensión se corta por momentos. Los hombres buscan con la mirada al Sordo, que susurra algo al oído de Capi. Este asiente, se queda unos segundos inmóvil hasta que por fin se acerca a Sonia. Ella trata de oponer resistencia, recibirle con hostilidad al menos, pero se siente tan débil que su reacción se queda en un conato muy breve, un gesto del brazo que el otro aplaca sin esfuerzo. Capi le dice algo al oído y ella se echa a llorar.

—¿Qué le habrá dicho? —pregunta Zárate.

—Le está diciendo que se van a ocupar de ella —dice

Blanco—. Que no va a pasar por ningún problema económico.

Zárate la mira, admirado de la seguridad con que lo dice. Sobre el ataúd de Susana solo caen paletadas de tierra. Nadie echa dinero. Los cuerpos quedan enterrados y la comitiva se va dirigiendo a la salida lentamente. Junto a las lápidas quedan los centros florales y ramos que convierten el pequeño panteón en un vergel.

Elena se aparta del grupo al ver que Rentero la está llamando al móvil.

—¿Ha terminado el entierro? —pregunta el comisario, sin tiempo para saludarla.

—Ahora mismo.

—Me habría gustado estar, pero tenía mucho lío. ¿Has leído la prensa?

—Yo también tengo mucho lío, no me da el día para leer periódicos.

—Mejor no lo hagas. Nos ponen a caldo. Hablan de una investigación llena de errores, de un falso culpable en la cárcel, de un asesino que se suicida antes de la confesión...

—¿Un asesino?

—Eso dicen. La prensa ha señalado al culpable. Y quizá nosotros debamos hacer lo mismo.

—Los dos sabemos que Moisés no es el asesino.

—Eso lo sabes tú, yo, no. Se quita de en medio porque no soporta los remordimientos de conciencia después de haber matado a sus hijas —simplifica la situación el comisario a su antojo—. Es razonable.

—Ojalá fuera así, Rentero. Dejaríamos el caso cerrado y le podría dedicar un rato a la lectura. Pero me parece que estamos lejos todavía.

—He hablado con el juez de vigilancia penitenciaria. Va a redactar el auto de libertad de Miguel Vistas.

—Perfecto, ¿no? —comenta con ironía la inspectora—. Tú detestas la sola idea de tener a un inocente en la cárcel.

—Así es. Pero no me gusta que los plazos los marquen los titulares de prensa.

—Si hubo errores en la instrucción del caso lo van a tener que soltar, y tú lo sabes.

—Gracias por los ánimos. Voy a hablar con Laureano, el director de la cárcel. Quiero saber qué opinan él y su gente.

Cuelga sin despedirse, igual que empezó a hablar sin saludar. Hasta Rentero siente la presión. Los asistentes al entierro están marchándose y Elena mira alrededor: le gustan los cementerios, la ayudan a pensar. Si Zárate no estuviera allí, esperándola, se perdería por las tumbas, leyendo los epitafios de las lápidas.

—Creo que van a soltar a Miguel Vistas —dice a Zárate.

—¿No podemos hacer nada?

—Resolver el caso, es nuestro trabajo.

CAPÍTULO 53

Miguel Vistas se contempla en el pequeño espejo de su celda y le parece que cada vez está más delgado, él, que siempre ha sido un hombre regordete. Ni siquiera dejándose crecer la barba consigue disimular los nuevos filos cortantes del mentón, la palidez de la piel. Con movimientos lentos, se levanta el apósito del abdomen para ver el aspecto de la herida. Está cicatrizando, pero todavía le duele cuando camina, cuando se agacha, cuando cambia de postura en la cama. Le duele casi todo el día.

Un funcionario abre la celda de un fuerte embate.

—Inspección. Fuera.

Miguel se coloca el apósito de nuevo, exagerando la lentitud en el proceso para irritar al funcionario.

—Eso lo puedes hacer fuera. Vamos.

Lo saca a empujones, suaves pero firmes. Miguel se termina de colocar el apósito. Ahora, sin la mirada del otro, lo hace con destreza. Se queda en el pasillo, observando cómo el funcionario revuelve la habitación. Por un momento ha pensado que el juez había dictado el auto de libertad, que había llegado al fin la hora de recuperar las riendas de su vida. Y al pensarlo se ha visto invadido por una oleada de vértigo. El miedo a volver a la calle, a abandonar la vida regulada, la pereza infinita y el privilegio de pasar los días sin tener que tomar decisiones sobre nada. Quiere salir y nota que le hierve la sangre. Por encima de las cautelas iniciales se impone la euforia, la urgencia de ser libre.

Una inspección rutinaria. Es raro, hace mucho que no las hacen. Puede que no sea un simple registro. Hay algo raro en el celo que pone el funcionario. Ya ha palpado el colchón en busca de una raja que pueda albergar un escondite de droga. Ya ha recorrido con los dedos las junturas de los azulejos por si hay alguno suelto. Ahora está mirando los libros, los dibujos, está despegando las fotografías de la pared para ver si hay algo detrás.

Esto no es una inspección rutinaria. Conoce casos de funcionarios que colocan un saquito de droga en la celda para perjudicar al recluso; para que le caiga algún castigo. Pequeñas rencillas que se zanjan a base de marrullerías así. Más vale vigilar al funcionario, su abogado le ha advertido claramente sobre este particular. Te van a mirar con lupa. Compórtate, que estás a punto de salir a la calle. Van a ir a por ti. Al Estado no le gusta nada reconocer un error judicial.

Pero ¿qué puede hacer él? ¿Qué puede hacer un pobre preso si el sistema se confabula para mantenerlo entre rejas? Solo puede poner su mejor cara, mostrar buena conducta en las entrevistas, componer la imagen de un hombre civilizado que quiere hacer algo útil en esta sociedad, aunque por dentro desearía partirle la cara al psicólogo que le lanza las estúpidas preguntas. Pero no, mejor cruzar los dedos para que el mecanismo de la rueda no se atranque justo con su expediente.

El funcionario está revisando ahora la litera superior, que está vacía desde que se marchó el último preso con el que ha compartido celda, el colombiano. Día tras día ha esperado la llegada de un nuevo compañero, pero nadie viene. ¿No estaban masificadas las cárceles? ¿Están cayendo los índices de delincuencia hasta el punto de poder disfrutar de una celda para él solo?

Basta con plantearse estas cuestiones para sufrir una aprensión violenta. No es casualidad que nadie venga a compartir la celda con él. Quieren que esté solo para que no haya ninguna duda cuando encuentren droga escondida en alguna parte. Ya está. Le van a colocar unos gramos de cocaína, le van a abrir un expediente y él no podrá esgrimir la excusa que todos tienen siempre a mano: la droga no es mía, será de mi compañero de celda. Por eso está solo. Obsesionado por esta idea, se mete en la celda.

—Te he dicho que esperes fuera —dice el funcionario.

—Tengo derecho a presenciar el registro.

El funcionario pone una mano en la porra.

—Fuera.

Miguel se queda mirándolo unos segundos. Sabe que tiene derecho, su abogado se lo ha advertido con claridad. Pero no quiere meterse en una discusión. No quiere líos. Opta por salir. Cuando quiere girarse para decir algo más, la puerta se cierra en sus narices. Ya no sabe lo que está pasando ahí dentro. Oye ruidos, oye al funcionario resoplando, oye un aullido de dolor. Se ha debido de tropezar con la pata de la cama. Le está bien empleado, piensa.

Cuando por fin se abre la puerta, el funcionario sale con una caja de cartón. Dentro lleva los libros de Miguel, las fotos que ha revelado en el taller y una carta, la única que ha recibido en estos siete años.

El funcionario se aleja por el pasillo y Miguel entra en la celda, que parece muy desangelada con las paredes y la estantería desnudas. Se sienta en la cama, convencido de que esto no ha sido una inspección de rutina.

CAPÍTULO 54

—

La inspectora Blanco recorre a grandes zancadas los pasillos de la Brigada de Homicidios y Desaparecidos. No le gusta presentarse en ese edificio, sabe que no está bien vista allí, que la consideran una ladrona de casos policiales. Pero el enfado que tiene está muy por encima de esas consideraciones. Alguien le dice que el comisario Rentero está reunido, pero ella desoye la advertencia y abre con ímpetu la puerta del despacho.

En efecto, Rentero está hablando con un hombre trajeado, de pelo cano, con toda la pinta de ser un jerarca del ministerio.

—Inspectora Blanco, no es el momento —la recibe Rentero con seriedad.

—¿Quién ha encargado un registro en la celda de Miguel Vistas?

El comisario toma aire, mira al hombre de pelo cano como disculpándose por la intromisión. El hombre se levanta.

—Luego hablamos —se despide—. Estoy en el despacho hasta las dos.

El hombre se va. Rentero abandona el aire sumiso que había mostrado y señala con el índice a Elena.

—¿Sabes quién era ese?

—Me ha llamado Masegosa, el abogado de Vistas. Está

indignado, quiere saber por qué retienen a Miguel Vistas en la cárcel, por qué le registran la celda. Dímelo tú, Rentero. ¿No querías soltarlo?

—¿Por qué no te tranquilizas?

—Estoy muy tranquila.

—Acabas de expulsar de mi despacho al futuro delegado de Seguridad del Gobierno.

—¿No es un poco mayor para el cargo?

—Basta, Elena. Ya está bien. No puedes ir por la vida pisando callos y creándote enemigos.

—¿Quién ha mandado hacer ese registro en la celda de Miguel?

Rentero se echa hacia atrás en la silla. Mira a la inspectora con algo parecido a la compasión.

—En todas las cárceles del mundo se practican registros de vez en cuando.

—Me parece mucha casualidad que se lo hagan a Miguel Vistas justo antes de soltarlo.

—Puede. Pero resulta que lo que han encontrado no tiene desperdicio.

La mira de un modo intrigante, con una media sonrisa de suficiencia. Por un momento la seguridad de Elena flaquea. Rentero abre un armario y saca una caja, que pone sobre la mesa.

—¿Esas son las cosas de Miguel? ¿Por qué las tienes tú?

—Me las ha mandado Laureano. Todavía no había decidido si dárselas a mis chicos o mandaros la caja a la BAC.

—¿No confías en nosotros?

—Esa pregunta la tienes que contestar tú. ¿Puedo confiar en vosotros?

Elena aprieta los labios, se traga su indignación, se reserva para otras batallas que pueden ser más importantes, al revisar el contenido de la caja.

—Si encuentro una bolita de droga ahí dentro, me

descojono, Rentero. Los dos sabemos cómo actúan los funcionarios de prisiones en los registros.

—No hay una bolita de droga.

Elena se queda en silencio, a la espera de que el otro le revele algo sobre el contenido de la caja. Como si le diera miedo ponerse a hurgar entre las pertenencias del preso. Rentero la anima a hacerlo con un gesto. Elena mete la mano en la caja y saca una fotografía. No sabe lo que representa. Un círculo iluminado por un halo. Es Rentero quien da las explicaciones.

—Hace dos años, Miguel Vistas pidió permiso para fotografiar el eclipse de sol. Y se lo dieron, para que luego arremetas contra la política de rehabilitación de prisiones.

Elena saca ahora otra fotografía que resulta ser una ristra de imágenes unidas. Fotografías de flores y motivos vegetales.

—Esas son del taller de fotografía. Le dio por formar los aros olímpicos con flores, espigas y cosas así. Es tan ingenuo que resulta conmovedor.

Elena sigue buscando en la caja. Hay fotos de varios reclusos. Saca un par de libros. Una biografía de Gengis Kan, el conquistador de Mongolia. Una sobre Alejandro Magno. Tomos viejos, con el papel amarillo y arrugado.

—Lecturas apasionantes —ironiza Rentero.

—Todavía no entiendo dónde está el gran hallazgo de este registro.

—Sigue mirando.

Elena saca una carta.

—¿La tengo que leer?

Rentero ni siquiera pestañea. Es su forma de animarla a hacerlo. Elena toma asiento. Lee la carta. La envía un tal Camilo Cardona. Antes de terminar el segundo párrafo, le empieza a faltar el aire.

—Camilo Cardona, varios años junto a Miguel Vistas

en la cárcel, el candidato idóneo para copiar sus métodos y vosotros ni siquiera habéis hablado con él.

—Nos dijeron que había vuelto a Colombia.

—Y tú lo creíste, sin comprobarlo. ¿De verdad funciona tu brigada, Elena?

CAPÍTULO 55

Mariajo está eufórica porque ha conseguido colocar un bulo en la edición digital de *El País*. «Expulsan a un hombre de un teatro por ser muy feo». Ese es el titular que ha circulado desde una de sus cuentas de Twitter, con un link a un servidor de noticias creado por ella misma para darle más verosimilitud a la historia. En la noticia se explica que el espectador padecía una malformación congénita que le abombaba la frente de forma grotesca y que una actriz paró la representación porque no podía actuar con ese hombre sentado en la primera fila. Tras un revuelo, según el texto urdido por Mariajo, un responsable del teatro invitó al hombre a abandonar la sala. El tuit se hizo viral antes de saltar a *El País*.

—Lo más gracioso es que el título de la obra también me lo he inventado. No existe *La macabra ascensión a los cielos de Lady Macbeth*. Me lo he inventado yo. Ni siquiera comprueban eso.

Buendía la mira por encima de sus gafas. Está enfrascado en la contemplación de unas fotografías y no quiere que le interrumpan. Además, no entiende esa fijación de su compañera por extender noticias falsas por la red.

—Es la primera vez que me publican en un periódico nacional. Tenemos que celebrarlo.

Mariajo detesta la frivolidad en la que ha caído la información periodística. Pero su manera de denunciarlo es demostrar con sus bulos hasta qué punto llega la falta de rigor.

—Me parece que la falta de rigor está más extendida de lo que parece —dice Buendía sin apartar la vista de las fotografías.

Mariajo le mira en silencio, esperando que añada algo que aclare la cuestión.

—Estas fotos son del cadáver de Lara Macaya. Están tomadas el día en que encontraron el cadáver, en la misma escena del crimen.

—Las he visto mil veces, no hace falta que me las enseñes.

—Lo interesante no es lo que se ve en la foto, sino lo que no se ve.

Ahora sí, levanta la mirada y empuja el puente de sus gafas hacia el entrecejo.

—El pelo. No está. No aparece en ninguna fotografía.

—¿El pelo de Miguel Vistas?

—Exacto —confirma Buendía—. El pelo que se convirtió en la prueba definitiva. Se supone que estaba entre los dedos de Lara, pero no se ve.

—Es un pelo, puede que sea un problema de resolución de la imagen.

Buendía saca de un sobre cinco fotografías. Las extiende sobre la mesa.

—Eso mismo pensaba yo. Pero he pedido fotografías de casos en los que se haya encontrado un pelo en el cadáver. Pensé que era como buscar hielo en el desierto y resulta que hay cinco casos en los últimos tres años.

—Eso demuestra que la caída de cabello es un problema de salud nacional.

—Mira esta fotografía. Se encontró un pelo en el pecho del muerto. ¿Lo ves?

Mariajo se inclina sobre la fotografía.

—Sí, un pelo rubio. Ahí está.

—Un pelo rubio sobre una camiseta marrón claro. Y se ve perfectamente. Mira las otras fotografías. ¿Encuentras el pelo?

—Aquí hay uno, en la mejilla del muerto —dice Mariajo señalando una de las fotografías.

—Te quedan tres.

Mariajo empieza a encontrar el juego divertido. No tarda en localizar los otros pelos en distintas partes de los cadáveres.

—Bingo, has pasado a la siguiente fase. Ahora te pregunto: ¿dónde está el pelo de Miguel Vistas?

Pone en la mesa la fotografía de Lara Macaya. Mariajo busca y busca. No está.

—Podrías pasarte el día entero buscando. Y te quedarías atrancada en esta pantalla. Porque no hay pelo.

—Puede que estas fotos se hayan hecho con una cámara peor.

—Se han hecho con la misma cámara, lo he preguntado.

—¿Estás diciendo que la policía se ha inventado una prueba falsa?

—Ya lo ves, Mariajo, algunos se inventan noticias y otros, pruebas.

—No compares, Buendía —se defiende ella—, lo mío es inofensivo.

—Hay algo muy sospechoso en todo esto. He repasado la cadena de custodia de las pruebas de ese caso, ¿y sabes qué me he encontrado?

—Que se saltaron la cadena todo el rato.

—Al contrario. La respetaron escrupulosamente. Lees el informe y parece la investigación más ejemplar de toda la historia. Incluso señala que el pelo hallado en el cuerpo nunca estuvo en contacto con el vestido de novia de la muerta.

—Esa precisión tiene sentido. Miguel Vistas tocó el vestido y el ADN puede migrar de una prueba a otra.

—Exacto. Pero no tiene sentido hacer esa precisión cuando todavía no se sospechaba de Miguel.

—Fue el último que la vio con vida. Supongo que sospecharon de él desde el principio.

—No era un sospechoso oficial.

—¿Insinúas que el informe está redactado *a posteriori*?

—En lugar de insinuar, voy a salir de dudas.

Buendía coge su móvil, busca en su agenda, marca un número.

—¿A quién llamas?

—Al agente Rivero. Ya estaba en la Científica en esos años y no sé si le tocó la investigación de la muerte de Lara.

—Esperemos que no, no creo que le apetezca sacar cadáveres del armario.

Buendía le pide silencio con un dedo en los labios.

—¿Ismael? ¿Qué pasa, compañero? Soy Buendía.

Se levanta, le hace un gesto ambiguo a Mariajo, como dando a entender que le da vergüenza decir lo que dice a continuación.

—Oye, estoy investigando el caso Macaya y, al revisar el informe policial del primer asesinato, me han surgido algunas dudas. ¿Tú estuviste en esa investigación?

Buendía separa, sorprendido, el móvil de la oreja y mira a su compañera.

—Ha colgado.

—¿Qué esperabas, que te pusiera una alfombra roja?

—¡El muy hijo de puta me ha colgado! —se indigna.

—A ver, puede que él fuese quien se inventó la prueba del pelo para incriminar a Vistas.

Zárate está en la puerta de la sala, pálido. No le gusta lo que ha escuchado.

—¿Qué estáis haciendo?

—Tenemos indicios de mala praxis en la investigación de la muerte de Lara.

Buendía habla con voz profesoral, para darle más autoridad a sus palabras.

—Indicios...

—Más bien pruebas, Zárate. Esa investigación no se hizo bien.

—¿Qué pruebas?

Mariajo y Buendía cruzan una mirada de estupor. Ninguno de los dos entiende a qué viene el tono de voz cortante de Zárate.

—El pelo del que sacaron el ADN de Vistas no está en el cadáver. Mira estas fotos.

—¿Te fías más de unas fotos que del trabajo presencial de la Policía Científica?

—Mira las fotos, Zárate. El pelo no está.

—No necesito mirar las fotos. Me basta con leer el informe de la Científica. Son mis compañeros y confío ciegamente en ellos.

—Ojalá yo pudiera decir lo mismo.

—Me das asco, Buendía —insulta Zárate.

—Perdón, ¿cómo dices?

—Tú eres forense, has trabajado años en la Científica y ahora te dedicas a esparcir mierda en el departamento que te ha dado de comer.

—Ten cuidado con lo que dices.

—Deja de jugar a los detectives, si no quieres tener un problema —lo amenaza.

—¿Me vas a pegar? —se ríe de él Buendía, lo provoca.

—Voy a pasar un informe a Rentero sobre tu actitud desleal hacia el trabajo de la policía.

Buendía se acerca a él, lo mira fijamente.

—Pero ¿tú ya has aprendido a escribir?

Zárate lo agarra de la pechera, arruga con el puño un pellizco de la camisa de Buendía.

—¡Suéltalo! —grita Mariajo.

Zárate lo suelta. Buendía se estira la camisa, coge su chaqueta y se dirige a la salida.

—Voy a hablar con Ismael Rivero en persona, a ver si todos los policías son tan leales como tú dices.

Se marcha y enseguida se oye un portazo. Zárate se queda mirando a ninguna parte, resoplando de rabia.

CAPÍTULO 56

—

Cuando Elena llega a la cárcel de Estremera, Masegosa está esperándola en la puerta. No hablan del contenido de la carta, se limitan a saludarse con frialdad. Masegosa parece querer incluir a la inspectora en su bando, pero ella, a estas alturas, ya no sabe en cuál situarse.

Pasan el arco detector de metales, pasan los controles y todavía han de esperar quince minutos antes de tener a Miguel frente a frente. Elena no ha traído la carta porque Rentero no se lo ha permitido. Pero la ha repasado varias veces y se la sabe de memoria. Lo más llamativo son los recortes de prensa que Camilo Cardona incluye en el sobre. Son noticias publicadas sobre la muerte de Susana Macaya.

—Miguel, es muy importante que me explique con claridad por qué este preso le envió estos recortes.

Elena habla con gravedad, para que quede claro desde el principio que la situación es muy delicada. Por eso no ha puesto pegas a la presencia del abogado en esa entrevista.

—Eso se lo tendría que preguntar a él.

—Pero se lo estoy preguntando a usted.

—Él sabía por qué estoy dentro. Por el asesinato de Lara Macaya. Supongo que pensó que me podía interesar esta noticia, que habían matado a una chica de una forma muy parecida.

Masegosa carraspea.

—Perdone, inspectora, ¿adónde quiere ir a parar?

—Quiero saber si Camilo Cardona pudo matar a la hermana de Lara por imitar a un asesino al que admiraba.

—A un presunto asesino, querrá decir —puntualiza el abogado.

—A un asesino con una sentencia firme —insiste Blanco.

—Yo no maté a Lara Macaya, inspectora.

—Se lo voy a preguntar directamente, Miguel: ¿es posible que Camilo Cardona haya matado a la hermana de Lara solo por seguir sus pasos?

Miguel se rebulle en su asiento. Busca con la mirada a Masegosa, que le hace un gesto de asentimiento, como animándole a darle la razón a la inspectora. Pero Miguel no le hace caso, se diría que el ascendente que tiene su abogado sobre él es casi nulo.

—Yo no lo conozco hasta ese punto.

—Fue su compañero de celda durante tres años —dice Elena.

—Un compañero de celda no es un amigo.

—¿No hablaban? Aquí no hay mucho que hacer, alguna clase de relación tiene que surgir.

—Mire, Camilo no era muy listo. Yo le conté por qué estaba dentro y eso le interesó.

—¿Le habló de los gusanos en el cerebro de Lara?

—Le hablé de todo. Puede que en parte sea culpa mía... Bueno, no sé.

—Continúe, ¿qué quiere decir?

—Es difícil de explicar. Yo no maté a Lara Macaya. Pero, una vez condenado, una vez aquí dentro, me di cuenta de que me venía mejor actuar como si fuera culpable.

—¿Por qué?

—Porque este tipo de homicidios da prestigio. Seguro

que para usted es una tontería, pero la vida en la cárcel no tiene nada que ver con la vida de fuera. Hay normas distintas, el estatus te lo ganas de otra forma.

—Así que su compañero de celda pensaba que usted era el asesino de Lara.

—Puede ser.

—Y eso reforzó su amistad.

—Ya le he dicho que no éramos amigos.

—«Echo de menos nuestras charlas, compadre. Eres el único amigo que he tenido en toda mi vida». Es la despedida de Camilo en su carta.

Elena se queda mirando a Miguel después de rememorar esta frase.

—Puede que él me tuviera por un amigo.

—Eso parece. ¿Es habitual que un expresidiario escriba cartas a su antiguo compañero de celda?

—No tengo ni idea.

—Yo tampoco la tenía, pero lo he preguntado —dice Elena—. Ya sabe que las cartas que llegan a la cárcel se supervisan antes de entregárselas a los reclusos.

—Se «censuran», inspectora —dice Masegosa—. Vamos a emplear el término correcto.

—Muy bien, se censuran. El caso es que gracias a eso se puede llevar un recuento fiable de quién escribe a quién y con qué frecuencia lo hace. Y resulta que es muy raro que un preso se acuerde de sus compañeros de encierro una vez que obtiene la libertad.

—Lo que demuestra que Camilo es un pesado —dice Miguel.

—No parece tenerle mucho cariño.

—Era muy corto de luces. Y estaba un poco loco.

—Pero conservaba la carta que le mandó.

Miguel baja la mirada, como cogido en falta. Masegosa decide intervenir.

—¿Hay algún indicio criminal en conservar una carta?

—Solo quiero entenderlo, letrado.

—Me interesaban los recortes. Yo conocía a esas hermanas, les tenía cariño, eran guapas y simpáticas. Que la pequeña apareciera muerta me daba esperanzas de salir de aquí. Así que me gustaron las noticias que me mandó Camilo.

—Eso tiene todo el sentido del mundo, inspectora, no se puede negar —dice Masegosa.

—Que le interesen tiene sentido; que las conserve, no —dice Elena.

—¿Y se puede saber por qué?

Elena se gira hacia Masegosa, dispuesta a darle una lección. No le cae bien ese abogado.

—Porque su defendido está a punto de salir en libertad. Y lo último que le interesa es que le encuentren unos recortes de prensa sobre el asesinato de Susana Macaya.

—Eso demuestra que actúa con total inocencia.

—Después de siete años encerrado sabe perfectamente que se ordenan registros con frecuencia. ¿Por qué no se deshizo de esa carta, Miguel?

Lo mira, abre las manos como invitándole a que rellene ese hueco con una explicación sólida y comprensible.

—Yo solo guardaba la carta, no sé por qué. Quizá porque aquí no tenemos nada, quizá porque es la única que he recibido. Nos gusta acumular pertenencias, aunque no tengan valor. No lo sé, inspectora, le juro que no lo sé.

Elena asiente despacio. Comprende que no va a sacar nada por ahí.

—¿Cree que Camilo Cardona ha podido matar a Susana Macaya?

—Yo creo que no. Camilo pasó tres años aquí por estampar un coche contra el escaparate de una joyería. Era un alunicero, no un homicida.

—¿Dónde puedo encontrarle?

—Si le digo la verdad, yo pensé que se iba a volver a Colombia al salir de la cárcel. Pero, por el matasellos de la carta, está claro que sigue por aquí.

—Parece ser que no tiene dirección conocida.

—Suele ocurrir con los delincuentes. Pero, si quiere hablar con él, le puedo dar una pista. Le gustan las carreras de coches. Ilegales. Parece increíble que consiga conducir, es manco.

Sonríe con malicia.

Cuando Elena recupera su móvil en el control de salida ve que tiene varias llamadas perdidas. Buendía le dice en un mensaje que tiene problemas con Zárate. En otro, Zárate le comenta que tiene problemas con Buendía. En otro, Mariajo le comunica que hay problemas entre Zárate y Buendía.

Elena habla con Buendía, se entera de todo lo que ha pasado y llama después a Mariajo para pedirle un pequeño favor. Es esencial conseguir una entrevista con Ismael Rivero, el policía de la Científica que investigó la muerte de Lara Macaya. Después telefonea a la BAC y pide a Orduño que pongan en marcha la detención de un exconvicto: Camilo Cardona. Deben incluir en el operativo a Zárate. Les enviará toda la información desde el coche.

CAPÍTULO 57

Chesca conduce por la M-30 a toda velocidad. Adelanta a otros coches por la izquierda y por la derecha, se acerca a ellos hasta casi tocarlos, toma las curvas sin reducir la marcha y, cuando el vehículo derrapa, deja escapar un aullido de euforia. Está soltando adrenalina. Sentado junto a ella, Orduño la deja hacer, pero se nota que lo está pasando mal. Zárate, que viaja en el asiento de atrás, no entiende a qué viene esa demostración de pericia al volante.

—¿Podrías conducir más despacio?

—¿Te estás cagando o qué? —se ríe Chesca.

—Eres más infantil de lo que yo pensaba.

Chesca responde con un acelerón y un nuevo grito de felicidad.

—Dile algo, Orduño.

Orduño se gira hacia Zárate.

—Es inútil, pero míralo por el lado positivo. La siguiente salida es la nuestra.

—Si queréis damos otra vuelta —se jacta Chesca.

—Estamos en un operativo policial, deja de hacer tonterías —dice Zárate.

Chesca sale de la autovía por el Ensanche de Vallecas. Aparca en un cruce.

—Aquí hacen carreras ilegales y dentro de una hora

empieza una. Puede que encontremos a alguien que conozca a este pájaro.

—¿Cómo sabes que hoy hay una carrera ilegal aquí? —pregunta Orduño.

—Tengo mis contactos. Y conozco al manco que buscamos. Se pone un gancho en el muñón para manejar el volante y con su única mano cambia las marchas. Alucinas con él.

Chesca mira a un lado y otro de la calle, como si estuviera buscando a alguien. Zárate se impacienta.

—¿Qué hacemos aquí parados? Canta mucho que somos policías.

Un coche tuneado con la imagen de una bola de fuego sobre un fondo morado se detiene junto a ellos. Un hombre con gafas de sol y una camiseta negra saluda a Chesca. Está sentado en el asiento del copiloto.

—¿Qué pasa, tía? Hace tiempo que no te vemos por aquí.

—Mucho lío —dice Chesca con camaradería—. ¿Cómo va todo?

—Bien. ¿Hoy te apuntas?

—No puedo, estoy currando.

—A ver si nos vas a joder la carrera.

—No, ni loca. Estoy buscando a Camilo Cardona.

—Camilo Cardona...

—El manco, el colombiano, ha salido de la trena hace poco más de un año.

—Últimamente está todo el día en el parque de las Siete Tetas con sus colegas. Seguro que por allí lo encuentras —responde el conductor.

—Gracias. Y suerte esta noche.

—¿El parque de las Siete Tetas? —pregunta Zárate.

—Es un sitio estupendo para ver la puesta de sol. Si nos damos prisa, llegamos.

Chesca sale quemando ruedas. Conduce en dirección al parque. Zárate, molesto con Chesca, está decidido a mantenerse en silencio. Pero le puede la curiosidad.

—¿Tú participas en carreras ilegales?

—Sí, pero no se lo digas a nadie. Es un secreto.

Chesca contesta en tono de burla. Da la sensación de que le importan muy poco las consecuencias de sus actos. Ya no hay más preguntas. Zárate comprende que es mejor así, no se puede hablar con ella de una manera normal. Además, no le apetece. No entiende qué está haciendo allí con ellos, él no debería formar parte de ese operativo policial.

El parque de las Siete Tetas es un magnífico mirador sobre la ciudad. Está cayendo el sol y el cielo se rompe en mil colores. El crepúsculo atrae a mucha gente que viene a disfrutar del espectáculo. También hay deportistas corriendo y montando en bici y parejas de novios esparcidas por la hierba. Los tres policías bajan del coche y curiosean aquí y allá. Bajo un árbol hay un grupo de latinos que están bebiendo una litrona.

Orduño les pregunta si conocen a Camilo Cardona. No le conocen, dicen. Un hombre colombiano, salido hace no mucho de la cárcel. No les suena esa descripción, pero en cuanto dice que es el manco miran hacia un sitio. Alguien sale corriendo de un grupo de jóvenes que hay al lado. Orduño es quien inicia la persecución. No tarda en dar caza al fugitivo y ruedan los dos por un terraplén.

—¿Camilo? ¿Adónde vas con esas prisas?

—Yo no he hecho nada.

—Entonces, ¿por qué corres?

Camilo no sabe contestar a esa pregunta. La costumbre del delincuente habitual, correr cuando viene la policía, por lo que pueda pasar. Ahora que lo tiene reducido, Orduño comprueba que el exconvicto es un hombre bajito, delgado y lleno de tatuajes. Pero el brazo izquierdo termina en un muñón a la altura del codo. Es muy meritorio que un hombre en esas condiciones pueda conducir un coche en una carrera ilegal. Y es muy dudoso que pueda matar a una joven del modo en que mataron a Susana Macaya. Deja que sea Zárate quien lo interrogue.

—¿Conoces a Miguel Vistas?

—De la cárcel, sí. Fuimos compañeros de celda.

—¿Por qué le mandas recortes de prensa?

—Porque le podían interesar. El caso de los Macaya, ¿usted me entiende o no?

—¿Cómo sabías que esa muerte tenía relación con la de Lara Macaya?

—Porque lo leí.

—¿En dónde? No se había publicado ningún detalle cuando mandaste la primera carta.

—Yo leí que había gusanos en la cabeza. Y supe que era un caso igual. Suélteme, por favor, que me está haciendo daño.

—Déjalo marchar —le pide Orduño.

—Ya sabemos de él todo lo que queremos —apoya Chesca.

Zárate no entiende nada, no entiende cómo quieren dejar marchar al hombre al que han ido a buscar sin detenerlo, sin trasladarlo a la brigada. Le pide su dirección, por si necesitan hablar con él en otro momento, y lo suelta.

—¿Por qué no nos lo hemos llevado? —pregunta con extrañeza.

—Es manco. ¿Cómo va a matar un manco a Susana Macaya? Hemos terminado por hoy.

—¿Para esto hemos venido? —pregunta Zárate.

—No me digas que la puesta de sol no es preciosa —contesta Chesca.

Zárate la mira con estupor. Comprende que ha sido víctima de una celada. Que su inclusión en el operativo era un modo de mantenerle alejado de la BAC.

—¿Dónde está la inspectora Blanco en estos momentos? —pregunta.

Orduño y Chesca se encogen de hombros.

CAPÍTULO 58

Ismael Rivero es un hombre alto y de complexión fuerte. Mientras camina hacia la sala, se va fijando en las dependencias de la calle Barquillo.

—Así que esta es la famosa sede de la BAC —dice—. Yo creía que era un mito, que esta brigada no existía de verdad.

—Le aseguro que somos reales, señor Rivero —zanja Elena.

Lo invita a sentarse. Mariajo está frente a su ordenador y no pierde ripio de la conversación, pero no se suma a ella. Sí lo hace Buendía, que entra cuando los otros ya están sentados y le tiende la mano a Rivero. Con algo de vergüenza, dados los últimos desplantes, Rivero se presta a un apretón de manos de lo más flácido.

—¿Cómo van las cosas en Homicidios? —pregunta Elena—. ¿Tienen muy atascado el laboratorio?

—Yo le rogaría que fuéramos al grano, inspectora. He dejado una tarea a medias y ya conocen a Rentero. Puede ponerse muy nervioso si los resultados no llegan a tiempo.

—Podríamos haber resuelto todo esto por teléfono o cuando he ido a buscarte a tu casa —dice Buendía.

—Te pido disculpas, pero no estoy acostumbrado a que me interpelen de una forma tan directa, como si fuera un criminal al que acaban de detener en una redada.

—Si soy demasiado directa me lo dice, pero nosotros también tenemos una investigación a medias y el tiempo corre en contra.

—Adelante, por favor.

Elena saca las fotografías del cadáver de Lara.

—Estas son las fotos de la escena del crimen, el día en que encontraron el cuerpo de la víctima.

Rivero las mira con displicencia, sin prestar atención a los detalles.

—Las conozco, estuve en ese caso.

—¿Recuerda haber recogido un pelo del cadáver de Lara Macaya?

—No lo recuerdo.

—¿Recuerda si alguien lo recogió?

—Yo no vi a nadie recogerlo, pero había un pelo.

—Un pelo del que se extrajo una muestra de ADN y que resultó encajar con el de Miguel Vistas.

—Así es.

—¿No debería apreciarse el pelo en alguna de estas fotografías?

—Eso no lo sé. A veces no se aprecia por un efecto de la luz o por la calidad de la imagen.

—Hay muchas fotografías tomadas desde diversos ángulos. ¿Es normal que no se aprecie el pelo en ninguna de ellas?

—Yo no soy especialista en fotografía, inspectora.

—Veo que no quiere colaborar.

—Estoy contestando a todo lo que me pregunta —responde altivo.

Buendía recoge las fotografías y las va pasando una por una.

—Ismael, nos conocemos desde hace años. Te he visto hacer la escena del crimen varias veces. Eres pulcro y metódico. Para mí, uno de los mejores.

—Gracias.

—¿No es posible que hubiera un pelo en ese cadáver y que tú no lo vieras?

—Hubo otro equipo que volvió a la escena del crimen al día siguiente. Supongo que lo recogieron ellos.

—Pero entonces el pelo no estaba en el cadáver.

—Podía haberse desprendido del cadáver cuando se procedió a su levantamiento.

—¿Y en esos casos se redacta un informe diciendo que se encontró un pelo entre los dedos de la muerta?

—Puede que el informe fuera un poco exagerado.

—¿Quién redactó el informe? —pregunta Elena.

—No lo sé.

—Siempre vienen firmados, el informe científico de Lara Macaya solo viene con un sello del departamento. ¿Por qué razón se esconde detrás de un sello el autor del informe?

—No tengo la menor idea.

Rivero se seca el sudor de la frente con un pañuelo.

—¿Más preguntas?

—Mariajo...

Esa es la señal de Elena que estaba esperando la informática. Se sienta ahora a la mesa con su portátil en la mano. Introduce un USB y muestra el contenido.

—Como me aburría, he estado navegando un rato por sus redes sociales. Lo hago siempre, no se moleste; soy una enferma. Y me he encontrado con esto.

Muestra en su monitor varios pantallazos de una página de contactos, una web para ligar por internet. Chats de Rivero con varias mujeres. Algunos diálogos son tan explícitos que no dejan lugar a la duda.

—¿Esto qué es? ¿Un chantaje?

—Nosotros lo llamamos una «negociación» —dice Mariajo—. Colabora con nosotros y a cambio se lleva este pincho para que su mujer no monte en cólera.

Rivero asiente y mira a Buendía.

—¿En esto te has convertido, Buendía? ¿Viniste a esta brigada a enterrar tu prestigio?

—Estamos persiguiendo a un asesino. Esto no es un juego, Ismael.

—Me habían contado muchas historias sobre la BAC. Atrocidades que cometéis con la ley. Y yo siempre pensaba que eran exageraciones, pero veo que se quedaban cortos.

—¿Por qué llegó un pelo de Miguel Vistas al expediente del caso? —corta Elena, la opinión de Rivero sobre sus métodos no le interesa.

—No lo sé. A mí me lo dieron y yo hice el cotejo del ADN.

—¿Quién se lo dio?

—No sé qué importancia puede tener eso para su investigación.

—Nos acusa de ser muy flexibles en el manejo de la ley, pero usted está cubriendo las espaldas de un policía corrupto.

—Mire, yo soy un mandado. A mí me piden que haga una prueba en el laboratorio y yo la hago.

—Pero le tuvo que extrañar que apareciera un pelo que usted no había visto.

—Claro que me extrañó. Pero mi cometido es científico. Yo aporto resultados objetivos, no tengo que hacerme preguntas, ni andarme con conjeturas que solo retrasan el trabajo y no llevan a ninguna parte.

—¿Quién le pidió que hiciera la prueba de ADN de ese pelo?

Ismael toma aire. Menea la cabeza para dejar clara su indignación; pero contesta.

—Salvador Santos. Está enfermo, ¿qué van a hacer con él? ¿Arruinarle lo que le quede de vida?

—¿No se da cuenta de que un hombre lleva siete años en la cárcel por culpa de esa prueba de ADN?

—Insisto, yo me limito a hacer mi trabajo. Las condenas que las dicten otros.

—Pero tendrá una opinión sobre el caso. ¿O es que los científicos actúan como robots?

—¿Quiere saber mi opinión? Pues se la doy. Salvador siempre sospechó del padre, pero le acusaron de racista y tuvo que recular. Se vio obligado a entregar a otro culpable, y sí, puede que se excediera al fabricar una prueba. Pero su caso está cerrado, ya tienen al asesino. Había una orden de busca y captura contra el gitano y el hombre se quitó la vida. Perfecto. Se carga a sus hijas y, cuando le acorralan, se quita de en medio. Caso cerrado. Dejen de dar vueltas como un perro persiguiendo su cola. Saquen al fotógrafo de la cárcel y dejen al viejo en paz. ¿Me da el pincho, por favor?

Mariajo se lo tiende. Rivero se lo guarda en el bolsillo, se levanta, se estira los faldones de la chaqueta y se marcha sin despedirse de nadie.

CAPÍTULO 59

Es noche cerrada en la Colonia de los Carteros cuando Elena Blanco aparca el coche junto a un vehículo policial en el que aguardan dos agentes. Ella lleva en el bolsillo la orden de detención contra Salvador Santos. Antes de entrar en la casa la aborda Zárate. No le extraña encontrarlo allí.

—¿Esto era lo que querías? —acusa. Parece agotado, como sin fuerzas—. ¿Me quitas de en medio para poder actuar a tus anchas?

—Zárate, esto no es agradable para nadie. Debiste decirme que erais amigos.

—Está enfermo, por lo menos podrías haber esperado a mañana.

—¿Qué diferencia hay? No puedo esperar ni un minuto. Tengo que tomarle declaración y lo voy a hacer en sede policial; se han terminado las contemplaciones.

—Pero si no sabe dónde tiene la cabeza. ¿Qué clase de confesión crees que le vas a arrancar?

—Eso ya lo veremos. De momento me lo tengo que llevar. ¿Me dejas pasar?

—Sabes de sobra que Rentero se la tiene jurada a Salvador desde hace años.

—Yo no me meto en intrigas de despacho. Me aburren soberanamente.

—Todo el mundo conoce las ambiciones políticas de Rentero. Quiere un cabeza de turco para salvar el culo por una investigación que se hizo mal.

—¿Se hizo mal? —se limita a sonreír la inspectora.

Elena hace un gesto a los agentes, que llaman al timbre de la casa. Sale Ascensión. Lleva puesta una bata y está desencajada por lo que se le viene encima.

—Ángel, no dejes que se lo lleven, por favor.

—No puedo hacer nada. Te aseguro que lo he intentado todo.

—Un poco de compasión —se vuelve a la inspectora—. Está enfermo.

—Lo siento —dice Elena—. Tengo que tomarle declaración. Espero que todo se aclare cuanto antes.

—Usted no lo siente, no sea hipócrita —solloza Ascensión—. Le enfiló desde el primer día. Cómo se nota para quién trabaja.

A un gesto de Elena, los agentes entran en la casa. Ascensión los sigue. Se oyen sus gritos de súplica, el ruido de una silla que se cae al suelo en algún forcejeo con ella. Elena y Zárate se miran en silencio. Es una mirada cargada de tristeza.

Con el rostro adelgazado y la mirada vagabunda, Salvador Santos parece mucho más enfermo que la última vez que habló con Elena. La inspectora se pregunta si esa actitud es real o fingida. Mariajo está junto al ordenador y se dispone a teclear la declaración del detenido.

—¿Cómo se encuentra, Salvador? ¿Quiere tomar algo?

—La pastilla. Me toca la pastilla.

—Le puedo ofrecer un vaso de agua.

Salvador se gira hacia Mariajo.

—Ascensión, ¿me he tomado la pastilla?

—Yo no soy Ascensión, pero le voy a dar un vaso de agua.

Mariajo se levanta y se lo sirve. Salvador mira hacia un lado y otro sin fijar la vista en ninguna parte. Elena le observa en silencio.

—¿Sabe dónde está?

—En el cuartito de la música, pero no suena. Se debe de haber quedado sin pilas el aparato.

Elena y Mariajo cruzan una mirada. Mariajo levanta una ceja, un gesto de escepticismo que la inspectora conoce muy bien.

—¿Se acuerda de Lara Macaya?

—Lara Macaya... Me suena mucho. Ascensión, ¿no se llamaba así la asistenta que tuvimos un tiempo?

Lo dice girándose de nuevo hacia Mariajo.

—No, esa se llamaba Svetlana. Era rusa.

—Ah...

El viejo asiente.

—Salvador, ¿a qué se dedica? —retoma la inspectora.

—Policía. De toda la vida.

Contesta como si la cosa cayera por su propio peso.

—¿Recuerda haber investigado la muerte de una gitana?

—La novia gitana, claro que me acuerdo. Eso no se olvida fácilmente.

—Perfecto. ¿Recuerda quién la mató?

—El padre, estaba clarísimo desde el principio.

—¿El padre?

—No, espere. No era el padre. Era el fotógrafo. Había un joven que hacía fotos en la empresa de la familia. Ese es el que la mató.

—Pero ¿había pruebas contra él?

—Muchas. Muchísimas pruebas. Un caso de libro. Lo recuerdo como si fuera ayer.

Elena asiente en silencio. Estudia la conducta del hombre que tiene ante ella. Piensa que no es posible que haya avanzado tanto la enfermedad en unos pocos días. Aunque también ha leído en algún sitio que el estrés perjudica la estabilidad de estos pacientes.

—¿Recuerda si se encontró un pelo en el cadáver?

—¿Un pelo? No, no... Ah, sí, bueno... Lo del pelo fue una cosa mía. Lo pusimos para darle más entidad a la acusación. Estas trampitas que hacemos los policías.

Lo justifica como si se tratara de una travesura inocente. Sonríe complacido de revelar sus trucos.

—Yo no hago esa clase de trampas y también soy policía.

—¿No las hace? Bueno, es muy joven, ya irá aprendiendo.

Mariajo teclea en su ordenador la declaración. El ruido de las teclas es apenas un murmullo.

—Así que no había pruebas tan sólidas contra el fotógrafo. Lo digo porque tuvo usted que añadir el pelo.

—Los jueces son como son; si no hay una prueba de las gordas, son capaces de soltar al procesado. Por eso la puse.

—Salvador, ¿se da cuenta de que al hacer eso pudo mandar a la cárcel a un inocente?

—¿Inocente? De ninguna de las maneras, lo hizo ese chico, no hay ninguna duda. Lo que pasa es que las cosas hay que probarlas. No basta con tener la convicción. Eso a un jurado le da exactamente igual.

—¿Y usted tenía la convicción de que había sido Miguel Vistas?

—Claro. Una convicción absoluta.

—Si me permite, Salvador, ¿por qué estaba tan seguro?

—Porque me lo dijo él.

Elena lo mira con asombro. El diálogo está siendo fluido y le parece que el viejo habla en una tregua de su desmemoria; pero esto no le encaja.

—¿Cómo?

—Eso —confirma—. Me dijo que la había matado.

—¿Confesó el crimen?

—Sí. Y con una chulería tal que me dieron ganas de partirle la cara.

—¿Y por qué no figura esa confesión en la declaración?

—Ah, bueno, porque el muy ladino me la hizo cuando yo apagué la cámara y me quedé a solas con él.

—¿Por qué apagó la cámara?

—Bueno, ya sabe. Estrategias del oficio. El interrogatorio se puede alargar mucho y, si no estás sacando nada, está bien quedarte un rato a solas con el detenido, sin cámaras, ni testigos, para meterle un poco de miedo.

—Ya. O sea que usted le está interrogando y, de pronto, apaga la cámara, le pide al oficial que está anotando la declaración que salga y se queda a solas con él. Y se remanga, como si le fuera a dar de hostias.

—Algo así —reconoce el anciano.

—¿Y qué pasó?

—Que cambió de actitud. El corderito se convirtió en el demonio. Y me dijo que la había matado él.

—¿Con esas palabras?

—Más o menos. —Hace un esfuerzo por recordar y parece dar con algo—. No, lo dijo de una forma muy rara.

—¿Recuerda las palabras que empleó?

Salvador se inclina hacia delante. Sus pupilas se mueven muy deprisa. Y entonces se detienen, el hombre alza la barbilla y habla recitando, como si fuera un actor en un monólogo teatral.

—Yo no he matado a Lara. La he ayudado a renacer.

—¿A renacer?

—Eso dijo.

—Parece la frase de un mesías o del gurú de una secta.

—O del demonio —reitera—. Ese chico era el demonio. Encendí la cámara y le pedí que repitiera la frase. Pero el demonio se había ido. Otra vez era un angelito que no había roto un plato en su vida.

—Salvador, ¿está seguro de esto que me está contando?

—Completamente; dijo esa frase. Y yo supe que era él. Por eso puse el pelo, para que no se me escapara. ¿Eso qué es?

Señala al techo. La moldura de escayola, la pared más sucia de lo debido.

—Nada, la pared.

—No digo la pared, digo los hombrecitos que están andando por ahí.

—Mariajo, ¿tú ves hombrecitos en la pared?

—Yo no.

—No hay hombrecitos, Salvador.

—¡Ascensión! ¡Ascensión!

—Ascensión está en su casa, tranquilo.

—Esta es mi casa. Quiero que venga mi mujer.

—Mañana podrá hablar con ella, ¿de acuerdo?

Salvador mira hacia la puerta, con llamativa inquietud; pero se va sosegando.

—De acuerdo.

—Nos ha ayudado mucho al recordar el interrogatorio a Miguel Vistas. ¿Sabe que igual lo sacan de la cárcel?

—¿Cómo?, ¿a Miguel Vistas? No, lo que le he contado fue con el gitano, con el padre.

—¿El gitano? ¿Fue Moisés el que dijo que Lara había renacido?

—Sí, fue el gitano. Dijo esa frase. Por eso me quedó tan claro que había sido él.

—Vamos a ver, Salvador. Me acaba de contar que el asesino era Miguel Vistas y que usted estaba convencido.

—¿Miguel Vistas? No lo sé, puede ser. Ya no me acuerdo. Uno de los dos me dijo esa frase. Pero, si me deja consultar mis notas...

—No se preocupe. —Elena se desespera—. Intente descansar un poco. De momento es suficiente.

CAPÍTULO 60

La botella de grappa está casi vacía. Las imágenes de gente pasando por el arco de la plaza Mayor empiezan a dar vueltas en la cabeza de Elena. Está agotada. Le gustaría meterse en la cama, pero tiene la sensación de que no es capaz de llegar hasta el dormitorio por su propio pie. Si sigue visionando las fotos de la cámara, podría aparecer el hombre con la cara picada de viruela. Siempre que deja de mirar le parece que el siguiente paseante va a ser él. Entonces decide seguir mirando un poco más. Y así el bucle va tejiendo su red de conexiones hasta el infinito.

Ya está acostumbrada al desfile de rostros en su duermevela. Los hombrecitos que veía Salvador en la sala de interrogatorios de la BAC. Ella no necesita padecer alucinaciones, los hombrecitos están dentro de ella desde hace muchos años. En el carrusel de todas las noches, con el regusto del alcohol en la boca, ahora cobran forma las facciones familiares de personas que conoce. La mirada vagabunda de Salvador Santos, los gestos amables de su exmarido en Urueña, tan beatíficos que solo pueden ser irreales, el orgullo mancillado de Ismael Rivero, la ansiedad expectante de Miguel Vistas en la cárcel. Sobre todos esos gestos se va definiendo el más pegajoso de todos, la mirada triste y derrotada de Zárate por no haber conseguido defender a su maestro.

Suena el timbre de la puerta y Elena se pregunta cómo se las va a apañar para incorporarse, de dónde va a sacar las fuerzas para levantar el brazo y correr el pestillo. Está segura de que es Zárate el que llama a esas horas y algo le insinúa que no le viene mal recibirle con un aspecto tan desastrado. Eso igualará las fuerzas en la discusión que seguramente van a tener. Pero es Rentero quien entra.

—¿Es muy tarde? —dice a modo de saludo.

Elena se hace a un lado para dejarlo pasar. No se molesta en señalar lo obvio, que no son horas de visitar a nadie.

—Como no me llamas para informarme del interrogatorio a Santos, tengo que venir en persona para que me lo cuentes.

—¿Quieres beber algo?

—Yo no. Y tú ya has bebido suficiente.

—Tienes toda la razón.

—¿Qué ha pasado con él? ¿Confiesa sus pecados?

—Entre delirios, pero sí, los confiesa.

—¿Le has sacado algo más?

—¿Sabes por qué estoy borracha? Porque me da pena ese hombre. ¿Qué van a hacerle ahora?

—Falsificar pruebas es un delito, pero no te preocupes. Esa enfermedad que te da tanta pena es su mejor protección. No irá a la cárcel.

—Aun así, no está en condiciones de enfrentarse a un tribunal.

—Si ha soportado tu interrogatorio, podrá soportarlo todo, te lo aseguro.

—No me hace gracia.

—Eso es porque estás borracha.

Elena se deja caer en el sofá. Rentero acerca una silla para sentarse frente a ella.

—He hablado con el juez de vigilancia penitenciaria. Mañana van a soltar a Miguel Vistas.

—¿Ya no vas a hacer nada por impedirlo? —sugiere, casi suplica Blanco—. ¿Alguna triquiñuela de última hora?

—Me conformo con el pacto al que hemos llegado. Saldrá en libertad vigilada. Es una buena forma de saber si tiene algún contacto con un posible imitador.

—¿No crees que ese acuerdo deberías haberlo consultado con la BAC?

—Creo que no. Pero me parece justo que lo sepas, por eso he venido.

—Has venido porque quieres saber si tu enemigo del alma ha firmado una confesión. Solo quieres un cabeza de turco.

—¿Ese es el concepto que tienes de mí?

—Si en algún momento te contesto con un ronquido, no te lo tomes a mal. Es muy tarde.

—Me voy. Hablamos mañana.

Se levanta, tropieza con un vaso que está tirado en la alfombra.

—¿Sabe tu madre que aún vives aquí?

Ella contesta con un ronquido.

—¿Cuándo te vas a mudar, Elena? No puedes vivir así, sin avanzar.

Un nuevo ronquido disuade al comisario de seguir preguntando. Cuando oye el portazo, Elena abre los ojos y se queda mirando al techo.

CAPÍTULO 61

Aparca el Lada rojo en la Piovera, frente al chalet de Sonia Macaya. Quiere comunicarle en persona la liberación inminente de Miguel Vistas, antes de que se entere por la prensa. Se siente embotada por la resaca, con la tristeza pegada al cuerpo. Presiente que la conversación no va a resultar agradable.

Llama a la puerta y nota una sequedad en la garganta más llamativa de lo normal. Necesita un vaso de agua. Necesita un caramelo de menta. Necesita meterse en la cama y dormir varias horas seguidas. Nadie abre. No le cuesta nada imaginar a Sonia fuera de combate, tendida en el sofá o todavía en la cama, empastillada.

Vuelve a llamar al timbre y aguarda. Escucha pasos al otro lado. Oye el ruido de la llave en el cerrojo. A Elena le cuesta colocar en su mirada otro rostro que no sea el de Sonia, con las ojeras marcadas, con las mejillas hundidas. Pero es Capi el que abre y la mira con seriedad desde lo más profundo de sus ojos negros. Su silencio comunica mucha más hostilidad que cualquier frase desabrida que pudiera pronunciar como saludo.

—Quería hablar con Sonia. ¿Puedo pasar un minuto?

—Sonia no está.

Elena lo mira sin entender. No puede concebir la imagen de Sonia haciendo algún recado o volviendo con la compra de la semana. Tiene que estar en casa, arrastrando los pies por el pasillo, alcanzando una taza con movimientos lentos para prepararse una infusión, ovillada en la alfombra, con la espalda apoyada en el sofá y la mirada perdida en el infinito.

—¿Dónde está?

—¿Para qué lo quiere saber?

—Tengo que hablar con ella, es importante.

—Deje de molestarla, haga el favor.

—Dígame dónde está —insiste con autoridad Elena. Un brillo de impaciencia asoma en las pupilas de Capi. Elena puede sentir las notas acres de su aliento.

—En Moncloa. Allí la he dejado esta mañana. Dentro de una hora voy a recogerla. Puede venir más tarde.

Capi cierra la puerta. Elena conduce hasta el barrio de Moncloa, supone que Sonia está en el grupo de duelo. La presencia de Capi en el chalet ha empeorado su mal cuerpo. ¿Qué estaba haciendo allí, enseñoreado de la casa, la casa de una paya que él mismo había repudiado?

Cuando llega al edificio, ve a Sonia charlando con un grupo de participantes en las sesiones de terapia. Ella pone una mueca de disgusto cuando la ve acercarse.

—Inspectora...

Ahora sonríe con languidez, pero está muy pálida y la rodea un halo de tristeza imposible de disimular.

—Tengo algo que contarte, Sonia. ¿Podemos hablar a solas?

Se meten en una habitación vacía. Varias sillas forman un círculo amplio.

—¿Hay alguna novedad? —pregunta Sonia.

Elena se acuerda durante un segundo de Juanito, el camarero rumano, el hombre que le suelta consejos. A la hora de dar noticias malas, lo mejor es ir directa al grano. Sonia la mira con desolación.

—Van a liberar a Miguel Vistas.

—Pero ¿por qué?

—La prueba que sirvió para condenarlo ha resultado ser falsa. Lo van a soltar hoy, quería que lo supieras antes de que salga en los periódicos.

Sonia se queda en silencio.

—Va a estar vigilado en todo momento hasta que se celebre un nuevo juicio.

—¿Otra vez? ¿Otro juicio? No sé si voy a poder soportarlo.

—Sé que es difícil de asimilar, pero, si la justicia cree tener un inocente en la cárcel, su obligación es liberarlo.

—¿Tú crees que es inocente?

—Yo creo que se le condenó sin pruebas —admite la inspectora.

—Pero entonces todo el mundo va a pensar que el asesino de las niñas fue Moisés.

—Sonia, yo pongo la mano en el fuego por tu marido. Sé que Moisés no les hizo daño.

—Ayúdame con eso —suplica—. No permitas que acusen a Moisés de haberlas matado.

—Te prometo que voy a hacer todo lo que esté en mi mano para encontrar al asesino.

Sonia asiente muy despacio.

—Tengo que volver, va a empezar una reunión. Gracias por avisarme.

Se levanta. Es el momento de despedirse con educación y olvidar para siempre a esa pobre mujer. Pero Elena no puede evitar retenerla un instante más.

—Sonia... He ido a buscarte a tu casa y me ha abierto la puerta Capi.

—Sí, me está ayudando mucho.

—Pero tú no querías saber nada de ellos. Me extraña que ahora cambies de parecer.

—Me equivoqué. No debería haber apartado a Moisés de su familia. Creo que ese ha sido uno de los grandes errores de mi vida.

—Entonces, ¿está todo bien?

—Sí, sí, todo bien. Capi no me va a dejar tirada. Me va a cuidar. ¿Y qué puedo hacer yo? Es la única familia que tengo.

Mientras conduce hacia la BAC, Elena piensa en Sonia, en el rechazo visceral que sentía por Capi, en la oportunidad que tenía ahora de iniciar una nueva vida sin las miradas acusadoras del clan de su marido. Es imposible que no la culpen de toda la tragedia. ¿Por qué no sale corriendo? ¿Por qué no se desprende para siempre de esas ataduras? No lo entiende. Los seres humanos son complejos y frágiles, se dice. Sonia necesita un sostén para seguir avanzando y lo ha encontrado en Capi.

CAPÍTULO 62

Las diez de la mañana es la hora del paseo, cuarenta minutos dando vueltas al patio. Ha sido así casi desde que ingresó en la cárcel. Su único ejercicio, lejos de lo que hacen otros compañeros, que levantan pesas día y noche. La vida allí es aburrida, todo el mundo debería hacer una tabla de ejercicios diaria, apuntarse a un taller, leer un rato por las tardes y pasar tiempo en la biblioteca estudiando una disciplina nueva. Sin embargo, casi nadie lo hace. El gran enemigo del recluso es la apatía. Se va haciendo más y más grande hasta contaminarlo todo.

Miguel Vistas ha sido un recluso ejemplar. Sabe que está pasando las últimas horas de su vida en la cárcel, en cualquier instante va a aparecer un funcionario con la noticia de que el juez ha dictado por fin el auto de libertad. Le gustaría estar en el patio caminando, pero le tiran los puntos de la cuchillada y debe guardar reposo. La ansiedad que siente en esos momentos casa muy mal con la inactividad. Intenta suplir el ejercicio físico con la meditación.

Sabe cómo hacerlo. Lleva siete años reservando media hora cada día para meditar. No le resultó nada fácil al principio, los pensamientos volaban libremente y se posaban en cualquier rama. Ahora no. Ahora consigue poner la mente en blanco, descargarla de energía, de movimiento, de peso. Disfruta de esa levedad. También sabe elegir un detalle de su entorno y concentrarse en él por completo. Un desconchón en la pared. El ruido regular de una gota sobre el linóleo.

Pero es el último día de su reclusión y no logra concentrarse en nada. No es capaz de poner la mente en blanco. Si tuviera un profesor de yoga, le regañaría por haber olvidado tan pronto las enseñanzas. A lo largo de siete años de meditación se van destilando las esencias de la vida. Miguel tiene una nueva filosofía que podría animar sus pasos una vez recobrada la libertad; pero ahora se da cuenta de que no es lo mismo pensar en abstracto que hacerlo con intenciones prácticas. Él no pensaba que se le fuera a presentar una segunda oportunidad. Ahora que la tiene, siente un vértigo cercano al miedo.

Tal vez para ese último día deba ensayar una meditación más ligera. Un repaso de esos siete años. Tiene que despedirse de muchas cosas y dar gracias por todo lo que la providencia le ha permitido vivir. Uno se pasa la vida despidiéndose, haciendo el luto de una época, de una persona, de una afición que ya no queremos seguir cultivando. Miguel quiere repasar cada una de sus vivencias, quiere tener un recuerdo de cada rostro que ha conocido en su cautiverio, quiere despedirse de todo, quiere dar gracias.

El Caracas es el único de allí del que quiere despedirse. Cuando concluye su meditación, se dirige al taller de fotografía. Los reclusos han colgado un telón negro de dos postes y están haciendo retratos con ese fondo. A Miguel le conmueve comprobar que el Caracas, un hombre de escasa iniciativa, es el que lleva la voz cantante en esa sesión de fotos. ¿Cómo serán los otros para dejarse manejar de esa manera?

—Vengo a despedirme. Me sueltan hoy mismo.

El Caracas asiente, esboza una sonrisa rápida y se vuelve hacia los dos alumnos del taller para darles instrucciones. Como si Miguel, al entrar sin avisar, hubiera interrumpido algo muy importante.

—Hay que confiar en la justicia, o en el tiempo, como prefieras. Tarde o temprano te da la razón.

—Estás pisando el telón, ¡lo vas a tirar! —grita el Caracas a uno de los reclusos.

Miguel comprende que está de más allí. Se había imaginado una despedida muy emotiva, pero es evidente que el Caracas se ha olvidado de él, que ha buscado nuevas compañías por el puro instinto de supervivencia. Ya no le importa nada de lo que diga Miguel, ha dejado de ser su referente moral, ya no es el asidero que le mantiene a flote. Hasta parece otro, más seguro de sí mismo.

—Quiero que sepas que, si puedo salir hoy a la calle, es gracias a ti —le confiesa.

El Caracas lo mira un instante, sorprendido por esa declaración.

—Has sido un apoyo constante.

—Oviedo, vas a hacer tú las fotos. Encuadra, no coloques la figura en el centro, piensa antes.

Otra vez. El Caracas se ha girado hacia sus compañeros del taller porque está incómodo con la presencia de Miguel. Parece claro que quiere acortar la despedida lo máximo posible.

—Hazme una foto con mi amigo —le pide Vistas. Se acerca al telón—. Tú, fuera —dice al recluso que estaba buscando el mejor sitio para posar.

El recluso se quita de en medio. Miguel llama al Caracas, que está desconcertado.

—Quiero que te quedes una foto de recuerdo de tu gran amigo Miguel. Vamos, ven.

El Caracas se sitúa junto a Miguel. Le dice al fotógrafo

que dispare. Miguel le pasa el brazo por los hombros. El fogonazo los deslumbra.

Ya está, ya se ha despedido. En la celda, se quita el apósito y lo tira a la papelera. La herida sigue cicatrizando.

A las diez de la noche empieza a pensar que el juez se ha olvidado de él. Masegosa le ha asegurado que hoy se emite el auto de libertad, pero tampoco se fía mucho de su abogado; a él no le interesa su libertad, sino la demanda que pongan a continuación. O tal vez sea cosa del juez, puede que el magistrado le esté haciendo sufrir. El sadismo oculto de la gente sale a flote en el momento menos pensado. A las doce menos cuarto oye unos pasos acercándose. Collantes, el funcionario que le tiene menos simpatía, abre la puerta y lo mira muy serio.

—A la puta calle. Recoge tus cosas.

Se lo dice así, con esa fórmula tan basta. Podría ser una forma divertida de dar la información, pero lo cierto es que no ha sonreído.

Miguel no tiene nada que recoger. Lleva diez horas esperando con todas sus pertenencias preparadas.

Masegosa le está aguardando fuera. Le pregunta si tiene dónde alojarse.

—Sí, tengo un apartamento. Pero antes llévame al centro —dice Miguel—. Tengo ganas de ver gente normal.

CAPÍTULO 63

—Te he buscado en el karaoke y no estabas —dice Zárate.

—No tengo ganas de cantar.

Elena le deja en el umbral y se mete en el salón. No le ha invitado a pasar, pero tampoco le ha cerrado la puerta en las narices. Zárate se lo toma como un permiso. La sigue hasta el salón. La mesa está llena de fotos del caso. Los cadáveres de las hermanas gitanas, las imágenes confiscadas a Miguel Vistas en su celda, las declaraciones de los sospechosos, las pruebas. También hay una botella de grappa recién empezada y otra en el suelo, vacía.

Elena se sienta a la mesa, coge la fotografía de Lara, después la de Susana. Las compara. Actúa como si estuviera sola. Zárate nota cómo tiemblan las imágenes en sus manos. Puede que no sea el mejor momento para hablar con ella. Pero no siempre se puede elegir.

—¿No me vas a mirar a la cara? —la reta.

La inspectora deja las fotografías en la mesa y anota algo en un cuaderno.

—Cómo se nota que tienes cargo de conciencia —insiste Zárate.

Esta vez logra que Elena se fije en él.

—¿Estás seguro de que quieres tener esta conversación?

—¿Por qué te has prestado a los intereses de Rentero?

—Yo no he hecho tal cosa.

—Entonces, ¿por qué esa fijación por Salvador Santos, por cubrirle de mierda cuando ya solo es un viejo enfermo?

—Porque hizo mal su trabajo, porque falsificó una prueba, porque una investigación policial hay que hacerla bien si queremos que el sistema funcione.

—¿Qué ganas demostrando que cometió un error? Ahora que estás repasando las pruebas del caso a lo mejor me lo puedes decir. ¿Qué ganas? ¿Has avanzado algo?

—¿Por qué defiendes a ese hombre, Zárate?

—Porque fue como un padre para mí. Porque me lo ha enseñado todo.

—Incluso las malas prácticas.

—¿De qué estás hablando?

—De que me robaste un sobre con información del caso de Lara. ¿Te crees que no me di cuenta?

Zárate palidece. Su cruzada pierde fuelle en un segundo.

—Pensaba devolver el sobre al expediente.

—Lo que hiciste fue señalarme el camino. Yo sabía que algo se había hecho mal en la investigación de la muerte de Lara, pero no sabía el qué. Cuando vi que te habías llevado el informe de la Científica supe que me podía centrar en eso.

—Así que me tendiste una trampa.

—Eres más ingenuo de lo que yo creía. Pero no, yo no soy tan lista; fue casualidad.

—¿Y la seducción de esa noche formaba parte del juego? Tenías que acostarte conmigo para luego hacerte la dormida y dejarme vía libre. ¿Es eso?

Elena lo mira con frialdad.

—Creía que te gustaba un poco —dice Zárate con pena.

—No te fustigues, me lo pasé bien en la cama. No tuvieron que ver una cosa y la otra.

Él esboza una sonrisa sarcástica. La va conociendo, sabe que no intentará reconducir la relación entre ellos. Más bien al contrario, su humor autodestructivo añadirá unos pellizcos de sal a la herida.

—Por lo menos podrías haber sido sincera conmigo.

—Entonces no habría descubierto el agujero en la investigación del caso Lara.

—Me refiero a que podrías haberme contado tus dudas sobre Salvador. Podríamos haber pensado juntos la mejor forma de resolver eso.

—¿Me habrías entendido? Estabas obsesionado con proteger a Santos.

—Por lo menos me habría ahorrado participar en detenciones absurdas solo para alejarme de la brigada.

—Ninguna detención es absurda.

—¿La de Camilo no es absurda?

Coge una fotografía de la mesa. Muestra a Camilo Cardona en la cárcel. Zárate señala el muñón del brazo izquierdo.

—Tiene un brazo amputado, cojones. ¿Cómo va a matar a Susana del modo en que la mataron?

Elena se fija en la fotografía de Camilo luciendo sus tatuajes. Destaca el que tiene en el pecho.

—Si conduce coches de carreras, es capaz de matar.

—¿Haciendo agujeros en el cráneo? Es imposible hacer eso con una sola mano.

—De todas formas, eso a ti ya no te importa. Estás apartado del caso.

—¿Qué?

—Lo que oyes —se mantiene firme Elena—. Puedes volver a tu comisaría de Carabanchel. Estoy segura de que te echan de menos.

—No me vas a apartar del caso solo porque te resulta incómoda mi presencia.

Elena se levanta de un impulso y, al hacerlo, un mechón de pelo baila delante de su rostro.

—Fuera de aquí, no vuelvas a poner un pie en mi casa y tampoco en la brigada.

—No me voy a ir sin que me des una explicación de por qué me echas.

—Has robado un dosier de la investigación para proteger a un policía corrupto. Eso es una falta grave.

—Lo he hecho por razones personales, ya te lo he explicado.

—Hace ocho años se llevaron a mi hijo. La policía no activó el protocolo de búsqueda a tiempo, no difundió el retrato del sospechoso que yo misma les había suministrado, no hizo el barrido de pederastas que teníamos registrados. Y todo por desidia, por negligencia y por falta de profesionalidad. Desde entonces me he jurado a mí misma que no voy a tolerar ni una sola irregularidad en mi trabajo. Así que no me pidas que mire hacia otro lado y actúe como si nada tuviera importancia o como si todo fuera muy gracioso. Porque no lo es.

Zárate la mira en silencio. Elena está jadeando de rabia. El mechón oscila lentamente. Sin decir nada, él se da la vuelta y se va.

La inspectora se sirve un vaso de grappa y lo vacía de un trago. Se sienta. Se queda mirando la fotografía del preso. Hay algo que le ha llamado la atención. El tatuaje del pecho. Una serpiente que se enrosca sobre sí misma.

Coge ahora las fotografías de las autopsias. Mira las incisiones en el cráneo. Son muy parecidas. Son circulares, no tienen nada de particular. Los círculos siempre se parecen entre sí. O tal vez el parecido sí que tenga algo de particular.

Localiza las fotografías confiscadas en la celda de Miguel y las dispone una a una. Y, de pronto, ve lo que antes no había visto. Círculos. Círculos por todas partes. Miguel ha fotografiado el eclipse de sol, unas flores o ramas formando los aros olímpicos, el cerco de una taza de café en una mesa y el pecho de Camilo con una serpiente que se enrosca sobre sí misma.

Elena mira las incisiones en el cráneo de las gitanas. Círculos.

CAPÍTULO 64

Camilo Cardona vive en un piso del barrio de Vallecas junto con dos compatriotas. Las paredes están llenas de pósteres de Colombia y de automóviles deportivos. Recibe a Elena con desconfianza, pero se relaja al ver que ella conoce los modelos de los coches. Ella le pide que se acerque a la ventana y le señala el Lada Riva aparcado en la calle. Un coche soviético, de coleccionista, el que utiliza para moverse por Madrid.

—No lo conozco —dice Camilo—. No tiene pinta de andar mucho.

—No necesito que ande mucho, yo no participo en carreras ilegales.

Camilo vuelve a mirarla con recelo. Cuando ha llamado al timbre y se ha presentado como inspectora de policía ha pensado que venían a detenerle por su afición a las carreras. Después se ha relajado, al observar el entusiasmo de ella al ver sus pósteres. Y, de pronto, esta referencia al lado ilegal de su afición a la velocidad. ¿Está jugando con él? ¿Qué quiere?

Ella lo nota esquivo y trata de tranquilizarlo.

—Cuéntame por qué te has hecho ese tatuaje en el pecho.

—¿El de la serpiente? Eso fue una cosa de la cárcel, mi compañero de celda me convenció. Pero ahora me arrepiento, me lo quiero quitar.

—¿Por qué te lo quieres quitar?

—A mis amigos no les gusta. Dicen que me han lavado el cerebro.

—¿Por qué no les gusta tu tatuaje? A mí me parece muy bonito.

Camilo la mira unos segundos, pensativo.

—Le enseño una cosa.

La conduce por un pasillo estrecho que desemboca en una habitación de matrimonio. Tiene dos camas individuales separadas por un pequeño altar con imágenes de la Virgen. Hay una talla policromada, cuadros bíblicos por todas partes, sendos crucifijos sobre los cabeceros.

—En este cuarto duermen mis compadres, que no se enteren de que hemos entrado. Como puede ver, son muy religiosos.

—¿Y tú dónde duermes?

—Yo duermo aquí.

Abre una puerta que hay en el codo del pasillo. Elena disimula el impacto que le causa la habitación. Está decorada con dibujos y grabados que representan la forma del círculo. Hay un dibujo enmarcado que muestra a un hombre atado a una estaca con una rata saliéndole de la tripa.

—He cambiado de religión. Y a mis amigos no les gusta.

—¿Qué religión es esta?

—El mitraísmo. ¿No la conoce?

—No.

—Pues es anterior al cristianismo.

Elena nota una fricción en las piernas. Se queda paralizada por el terror al ver que una enorme serpiente se le está enroscando a la altura de la pantorrilla.

—No se preocupe, no hace nada; le hemos sacado el veneno.

—¿Es legal tener una serpiente como esa en un piso?

—Ni idea. —Camilo se agacha, coge la serpiente con su única mano y la mete en un terrario que hay en una esquina de la habitación—. La dejo suelta de vez en cuando, para que me limpie el cuarto de bichos.

Elena intenta sobreponerse al susto.

—¿La serpiente tiene algo que ver con esta religión?

—Es un símbolo. Igual que mis amigos tienen a la Virgen, yo tengo a la serpiente.

—Pero, entonces, ¿por qué dices que te arrepientes del tatuaje?

—Porque han dejado de hablarme. Dicen que se me ha ido la cabeza. Y ¿qué quiere que le diga? Entre esta mierda y mis amigos, me quedo con mis amigos.

—Bueno, entonces no eres un caso perdido. ¿Y quién te habló de esta religión?

—Mi compañero de celda. Era un fanático.

—¿Miguel Vistas?

—Sí. Todos los días se sentaba a meditar y a recitar unas frases en voz alta; le juro que se me ponía la carne de gallina.

—Creía que lo admirabas y que era tu mejor amigo.

—Y lo era, en la cárcel. Y después también, aunque fuera el tiempo pasa de otra forma, todo se olvida y tiene menos importancia. A Miguel Vistas lo admiraba y me enseñó mucho. Si no hubiera sido por él, quizá no habría sobrevivido. Pero, cuando empezaba con aquellas frases...

—¿Qué decía?

—No entendía nada, era una lengua extranjera.

—¿Y te habló de esa religión?

—Todo el rato. Que era la única religión que importaba. Me hablaba de símbolos, como el de la serpiente, y de no sé cuántas cosas más. Yo no me enteraba mucho, pero me convenció.

—¿Y te pidió que te tatuaras una serpiente?

—El tatuaje me lo hizo él. No sé de dónde sacó las agujas y el tinte, pero tampoco se lo pregunté.

Elena pasea por la habitación. Se sobresalta al oír el siseo de la serpiente, pero está encerrada en la urna de cristal. Se fija en un pergamino con los mandamientos del mitraísmo. No se muere, se renace. No hay esfuerzo inútil. Todo puede ser sacrificado. La muerte de un ser es el alimento de otro. La oscuridad es luz y la luz, oscuridad.

Se fija en el dibujo de la rata. Se queda un rato mirándolo, asqueada.

—Eso también le gustaba. Las torturas que se hacían en la antigüedad.

—Así que le gustaban las torturas —dice Elena para sí.

—Todavía tengo pesadillas recordando las que me contaba.

Elena asiente mientras mira el dibujo.

—Me tengo que ir. Me has ayudado mucho.

Mientras enfila el pasillo, saca su teléfono móvil. Marca un número. Responde Mariajo.

—Mariajo, es urgente. Quiero que investigues sobre una religión antigua que se llama mitraísmo. Y sobre la serpiente como símbolo.

—¿Qué te pasa? —suena la voz de Mariajo al otro lado—. Pareces muy agitada.

—Tengo razones, querida. Creo que hemos soltado al asesino.

CAPÍTULO 65

—El mitraísmo es una religión persa que rinde culto a un dios solar —explica Mariajo—. Es anterior al cristianismo, que toma algunos elementos prestados de ella.

—¿Como, por ejemplo?

—Como, por ejemplo, que habla de la salvación; o de celebrar el nacimiento de Cristo el 25 de diciembre. La Biblia no habla de ninguna fecha. En cambio, está documentado que el dios Mitra sí nació ese día.

—Documentado no hay nada, Mariajo, vamos a hablar con precisión.

Es Buendía quien introduce el matiz. Él también estaba en la sede de la BAC cuando Elena llamó con tanta urgencia y ha pasado la mañana buceando en internet.

—No hay textos escritos sobre esa religión, solo pruebas escultóricas y arqueológicas. Unas tablas que se encontraron en Turquía hace cien años.

—Estamos hablando del siglo v antes de Cristo —puntualiza Mariajo.

—¿Hay algo en esa religión que nos permita pensar en los asesinatos de las hermanas gitanas?

—Solo un loco puede hacer semejante asociación. El animal sagrado es el toro, al que Mitra captura y sacrifica para dar vida.

—¿El toro? Creía que era la serpiente.

—No es así, pero la serpiente que se muerde la cola simboliza bien la principal creencia de esa religión. La serpiente se come a sí misma para alimentarse, luego destruye la vida para regenerarla.

—No la he matado, ha renacido —murmura Elena para sí.

Mariajo asiente al reconocer la frase. Buendía se queda mirándolas.

—Salvador Santos me contó que esa frase la dijo un sospechoso en el caso Lara.

—¿Qué sospechoso?

—No se acuerda de si fue Vistas o Macaya.

—Tuvo que ser Vistas, esa frase encaja con su obsesión por el mitraísmo —dice el forense.

—Lo que no entiendo es cómo puede nadie predicar una religión que desapareció hace más de quince siglos —se asombra Mariajo.

—Más, ¿no dices que es anterior a Cristo?

—Pero penetró en el Imperio romano. Tuvo fieles hasta que el emperador Teodosio suprimió el culto de cualquier religión que no fuera la cristiana.

—Cualquiera puede predicar una religión muerta —dice Buendía—. Lo único que hace falta es haber perdido la cabeza por completo.

—Camilo, el último compañero de celda de Miguel Vistas, dice que estaba loco.

—Pero tú has hablado con él más de una vez y no te ha parecido que lo estuviera —apunta Buendía.

—No, pero los locos pueden ser muy inteligentes.

—Lo que no hemos encontrado es ninguna relación entre el mitraísmo y los gusanos.

—Los gusanos se alimentan de un cadáver, eso tiene que ver con lo que me habéis contado —dice Elena.

—Hay una posible relación —añade Buendía. Se pone

a teclear en el buscador hasta que encuentra algo—. «Escafismo»; es un método de tortura de la antigüedad. Lo usaban los persas. ¿Os suena una caja con cinco agujeros?

Mariajo y Elena niegan con cara de grima, como anticipando un relato repugnante.

—Al prisionero lo metían en esa caja. Por un agujero sale la cabeza y por los otros cuatro, los brazos y las piernas. Todo untado de miel para atraer a las moscas. Por una herida abierta se iban metiendo los bichos, ponían huevos y las larvas se comían vivo al pobre diablo.

—Qué maravilla —ironiza Mariajo.

—Pero eso es exactamente lo que ha hecho el asesino con los gusanos.

—Sí. Por eso creo que nuestro asesino sabe lo que es el escafismo.

—¿Y por qué no me has contado todo esto mucho antes?

—Lo he leído esta mañana, cuando nos has pedido que investigáramos al dios Mitra. Eso me ha llevado a Persia y al escafismo. Y yo diría que algo así le ha pasado al asesino. Ha ido de un sitio a otro y se ha creado una religión a su medida, con las torturas, la muerte como renacimiento y las serpientes que se muerden la cola.

—¿Por qué iba a hacer eso?

—No lo sé. Pero le gustan los círculos, ¿no? El uróboros. —Se da cuenta de que Elena se pierde—. La serpiente que se muerde la cola. Es un símbolo muy antiguo, ese círculo se llama «uróboros» —repite.

Muestra un dibujo en el ordenador. Elena ve un círculo grueso, de dos colores. Solo al fijarse mejor descubre que se trata de una serpiente enroscada sobre sí misma.

—Ese símbolo lo he visto en alguna parte.

—El tatuaje de Camilo —señala Mariajo.

—En casa de Jáuregui —se da cuenta Elena—. Había

un libro que tenía ese dibujo en el lomo. No le di importancia porque no sabía lo que era.

—¿Por qué iba a tener el abogado de Vistas un libro sobre el mitraísmo?

—No lo sé. A lo mejor se dio cuenta de que su defendido estaba obsesionado con esa religión y quiso documentarse por si la cosa salía en el juicio.

—Has visto ese símbolo en otro sitio —dice Buendía.

—¿En dónde?

—En los cadáveres. No sé cómo no me he dado cuenta antes. Para introducir una larva de mosca en el cerebro basta con practicar una pequeña incisión.

—Son incisiones circulares, uróboros —concluye Elena—. La marca del asesino.

CAPÍTULO 66

Chesca y Orduño son los primeros en llegar al barrio de Cuatro Caminos. Han recibido el aviso de la inspectora Blanco y de momento se limitan a montar una vigilancia en el portal. Elena llega veinte minutos después, acompañada de Buendía.

—Quedaos aquí de guardia, por si al abogado le da por escapar. Vamos a subir Buendía y yo.

Elena nota los jadeos del forense al subir los tres pisos de escaleras. Está menos en forma de lo que ella pensaba. Llaman al timbre y esperan. Nadie abre. No se oye nada al otro lado de la puerta. Elena intenta no pensar en Zárate. Él encontraría el modo de entrar en la casa sin una orden judicial y ya se encargaría más tarde de conseguirla, en el caso de que hallaran algo interesante en el registro. Pero ella no puede ceder a esos impulsos. Debe mantener un respeto escrupuloso de la ley.

Ya casi han desistido cuando Jáuregui abre la puerta. Está sudando a mares y presenta un aspecto horrible. El rostro, sin afeitar, la ropa, llena de manchas de comida, uno de los faldones de la camisa, por fuera del pantalón.

—Inspectora —dice como saludo.

Sonríe con aire nervioso. Elena se pone en guardia, conoce esos estados de ánimo muy próximos a la explosión emocional.

—¿Se encuentra bien?

—Perfectamente. Pasen, por favor.

El piso está más desordenado que la otra vez. El suelo del salón es un batiburrillo de papeles, libros, ropa, perchas y cojines. En un tendedero de mano hay colgados dos calzoncillos.

—No los esperaba —se excusa Jáuregui, que sigue arrastrando los pies descalzos, como si una cojera le incapacitara para caminar con normalidad.

Elena localiza el libro que le interesa. En efecto, el dibujo de un uróboros está en el lomo.

—¿Sabe que han soltado a Miguel Vistas?

—Me alegro mucho. Es una noticia extraordinaria.

—¿Puedo echar un vistazo a ese libro?

—¿Qué libro?

Elena lo señala. Es Buendía quien lo coge y se lo tiende. *Cultos mistéricos antiguos,* de Walter Burkert.

—¿Le interesan esos temas?

—Las religiones antiguas, en general —dice el abogado—. Es interesante.

—Creo que a Miguel Vistas también le interesaban.

—Alguna vez hablamos de eso, sí.

Buendía coge el libro, lo hojea. Se detiene en una ilustración de una serpiente mordiéndose la cola.

—Este dibujo me resulta muy familiar.

—Es un uróboros —explica Jáuregui—. Un símbolo misterioso, tiene tres mil años de vida.

Tres o cuatro moscas zumban por la habitación. Una de ellas se posa en el rostro de Jáuregui, pero él no la espanta.

—Si me permiten, voy a ponerme unos zapatos.

Se pierde por el pasillo y se mete en su habitación. La inspectora y el forense se miran y tragan saliva. Elena coge otro libro, *Las máscaras de Dios,* de Joseph Campbell. Observan una ilustración del dios Mitra sacrificando al toro. Por la herida del animal manan semillas de trigo. Buendía encuentra otro volumen interesante, un ensayo sobre el paganismo en Occidente.

—Nuestro abogado es un experto en el tema. Estos libros son raros. Supongo que ha tenido que hacer un buen rastreo para encontrarlos.

—O se los ha encargado alguien —duda Elena.

Jáuregui regresa al salón. Se ha calzado un par de zapatillas de deporte, seguramente lo primero que ha visto en el zapatero.

—Tengo que salir a hacer un recado. Pueden quedarse si quieren, echen un buen vistazo.

Elena disimula el estupor que le causa esta propuesta.

—Señor Jáuregui, antes de que se vaya queríamos hacerle unas preguntas. Solo van a ser unos minutos.

—En otro momento hablamos. Pero quédense aquí y revuelvan todo. En la cocina tienen cosas.

—¿Cómo nos vamos a quedar en su casa si usted se va?

—Considérense mis invitados.

Buendía se mantiene pensativo.

—¿Qué quiere decir con que en la cocina tenemos cosas? —pregunta.

—Que cojan lo que quieran.

Jáuregui se dirige a la puerta. Elena hace el amago de seguirle, pero Buendía la sujeta por la muñeca. Cuando el otro se ha ido, ella se encara con su compañero.

—¿Qué estás haciendo? No nos podemos quedar aquí sin una orden.

—Nos ha autorizado.

—Eso no se lo creería nadie.

—Nos ha dado una pista, Elena. Nos ha dicho que miremos en la cocina.

Elena coge su móvil y busca un contacto en la agenda mientras se acerca a la ventana del salón.

—Orduño, el sospechoso está saliendo por la puerta. No le quitéis ojo, quiero saber adónde va.

Cuelga. Oye a Buendía trastear en la cocina.

—¿Te vas a preparar un café?

—Voy a salir de dudas.

Buendía abre cajones y armarios. En uno de ellos encuentra lo que buscaba. Una caja redonda, de cristal, con una tapa. Dentro, restos de huevo y carne picada sobre una base de metal.

—Aquí está, Elena.

—¿Qué es eso?

—Es una placa de Petri. Una herramienta de laboratorio, se usa para analizar cultivos y también para la cría de hongos, bacterias y otros organismos.

—¿Como gusanos?

—Como gusanos. Mira.

Le señala una neverita con un regulador de temperatura.

—Es una estufa de incubación. Regulada a treinta y cinco grados de temperatura y a setenta de humedad relativa. Exactamente la temperatura que necesita el gusano «barrenador».

—¿Ese es el gusano que se encontró en los cadáveres? ¿Estás seguro?

—Completamente. Y estas moscas que están volando por todas partes son la evolución de esos gusanos.

—Joder...

Elena sale de la cocina, marca un número en su móvil.

—Te iba a llamar ahora, Elena.

—Cambio de planes, Orduño. Detenedlo. Detened a Jáuregui de inmediato.

—No podemos hacerlo.

—Es él, Orduño, hemos encontrado el criadero de gusanos. Detenedlo de inmediato.

—Se ha entregado.

—¿Cómo?

—Que ha entrado en una comisaría.

—¿Cómo sabes que se ha entregado?

—Chesca está dentro. Espera...

Elena aguarda, los segundos parecen horas, se impacienta.

—¿Orduño?

Nadie al otro lado.

—¿Qué está pasando? —brama.

Le dan ganas de estampar el móvil contra la pared, pero se contiene. Buendía sale de la cocina, alertado por los gritos de Elena.

—¿Elena?

—Dime, Orduño.

—Perdona, estaba hablando con Chesca. Confirmado. Jáuregui se acaba de entregar en la comisaría de Tetuán. Y dice que es el asesino de las dos hermanas Macaya.

QUINTA PARTE

—

¿Y SI MAÑANA…?

¿Y si mañana (y subrayo el si)
de repente te perdiera?
Habría perdido el mundo entero,
no solo a ti.

El niño se está muriendo. Su cuerpo se encuentra lleno de gusanos. Cuando nota que hay uno cerca de los labios, saca la lengua y se lo mete en la boca. Le gusta sentir el cosquilleo del gusano antes de tragárselo. De vez en cuando, aparta los gusanos que tiene en el pie para ver por dónde van en su trabajo de demolición. Ya se nota una hondonada justo antes del dedo gordo. En unos días más llegarán hasta el hueso.

Ha perdido interés en el perro, como el que se cansa de un amigo de toda la vida. Si aguza el oído, le parece escuchar un murmullo de bichos extasiados en ese cuerpo; pero le da igual. Ahora le fascina lo que están haciendo con su propio pie. Ha cogido cariño a los gusanos. Contemplarlos se ha convertido en su único pasatiempo.

La mente le falla y no distingue el sueño de la realidad. Está seguro de que ha dado una vuelta por el campo por la mañana, pero solo lo ha soñado. Le vienen recuerdos felices, como por ejemplo los cuatro días que pasó en la playa con sus padres, y de pronto se gira hacia un lado y otro buscando en la nave la línea del horizonte, el punto exacto en el que se confunde con el mar.

En una de las cajas de cartón ha encontrado un flotador deshinchado con una serpiente verde dibujada. Sueña a menudo con esa serpiente. Está convencido de que es la madre de todos los gusanos que le recorren el cuerpo. Una madre bondadosa que les ha pedido que vayan a hacer cosquillas al niño enfermo.

Se está muriendo, pero él no lo sabe. Todavía es capaz de evocar momentos alegres, de pensar en sus padres, de esbozar una sonrisa de felicidad; pero, a cada minuto que pasa, se va apagando.

La respiración es débil y cada vez más espaciada. Los párpados se le cierran. Los músculos se relajan y la poca energía que le queda se escapa por los poros de su piel. Se desmaya.

Ya está. Ha resistido todo lo que ha podido. Ha comido carne de perro, su propio vómito, gusanos. Ha lamido las cañerías en busca de agua.

Aún es muy niño.

Se agarra a la vida con la poca fuerza que le queda y convierte el desmayo en un duermevela, y a través de ese sueño ligero oye que alguien abre la puerta y también unos pasos que resuenan en la nave. Abre los ojos con inmenso esfuerzo. La tenue luz permite adivinar una sombra. Es la figura de un hombre corpulento.

El niño se desmaya antes de verle la cara.

¿Dónde está Victoria? ¿Dónde está Victoria?

Intenta decirlo, pero las palabras no salen de su boca. Ha estado inconsciente un día entero. Le han dado agua, infusiones, leche. Le han hidratado. Le han limpiado la herida.

¿Dónde está Victoria?

Mueve los labios, pero no puede hablar. Está muy débil. Distingue las siluetas de un hombre y una mujer de mediana edad. El hombre lleva una sotana negra.

¿Dónde está Victoria?

La mujer dice que hay una ambulancia en camino, le coge de la mano y se la cubre de besos, le promete que se va a poner bien. El niño quiere decirles que no deberían haberle limpiado la herida, que echa de menos el cosquilleo de los gusanos por todo su cuerpo.

CAPÍTULO 67

—

No les ha costado que Antonio Jáuregui confiese; la inspectora Blanco tiene la sensación de que deseaba hacerlo, de que, más que inculparse, se está liberando de la culpa gracias a su torrente de palabras. Está sola con él, aunque sabe que las cámaras registran lo que se dice y graban sus movimientos. Sus compañeros escuchan y observan en una pantalla el interrogatorio. Lo que cuenta Jáuregui, pero también sus gestos y sus dudas, sus miradas al frente o a sus propias manos. Lo analizan todo y son buenos haciéndolo. Si hubiera algo de lo que ella no se diera cuenta, ellos se lo señalarían al salir.

—Yo las maté, a las dos, también a Lara. Estaba obsesionado con ella, la había visto bailar flamenco en una academia por Antón Martín. ¿Saben lo bella que era? Desde el primer día en que la vi estuve obsesionado con ella, la seguía, la espiaba, cada día me atrevía a llegar más cerca de ella, alguna vez habría podido tocarla. Pero no me atrevía a hablarle, solo a mirarla. Más de una vez merodeé por su barrio, me ponía en la acera de enfrente y la veía desnudarse al trasluz por la ventana de su dormitorio... Hasta que la vi salir del estudio de Miguel Vistas... Llevaba el velo de novia en la mano. ¡Se casaba! No podía soportar que lo hiciera con otro hombre...

—¿Y a Susana? ¿La mató por lo mismo?

Elena se siente incómoda, está logrando una confesión, bastaría esta para archivar el expediente y ponerle una medalla más a la Brigada de Análisis de Casos, pero no se cree del todo lo que le cuenta el abogado. Está segura de que es el asesino de Susana, los datos son suficientes: la huella del zapato de la talla cuarenta y cinco, la declaración del Tuerto que hablaba de un hombre corpulento, el material que había en su casa y, desde luego, esta confesión. Todo cuadra y, sin embargo, no puede olvidar que entre la muerte de Lara y la de Susana hay ciertas diferencias, tantas como para pensar que quizá no las provocó la misma persona. Tiene que conseguir las pruebas que confirmen sus sensaciones y tiene, sobre todo, que descubrir el porqué, el porqué de las mentiras y el porqué de las muertes de las dos novias gitanas.

—Esperé a que se hiciera mayor, a que se pareciera a su hermana. Susana no era igual que Lara, pero era la única mujer del mundo que podía recordarme a ella, a la mujer a la que amaba. Y, cuando se fue a casar, pensé que era el momento de que siguiera los pasos de Lara. La espié en la despedida de soltera, la seguí cuando se separó de sus amigas y la metí en mi furgoneta. Después la llevé a la Quinta de Vista Alegre. Lo demás ya lo saben...

Elena se queda en silencio, estudia los papeles que tiene delante, todos los informes que le han dado sus colaboradores. Va a apretar a Jáuregui, va a hacerle repasar todos los pasos, punto por punto, hasta que cometa un error.

—Lo sabemos todo, pero queremos que nos lo corrobore. Las incisiones del cráneo... ¿Eran tres?

—Tres, en forma de un uróboros, una serpiente que se muerde la cola —contesta Jáuregui y la sensación de Elena es de que se lo ha aprendido.

—Tres pueden ser un simple triángulo, es todo cuestión de cómo mirarlo —le desprecia Blanco.

—Es un uróboros, un símbolo del mitraísmo.

—No sé mucho del mitraísmo. Ya hablaremos después, a ver si me ilustra, lo mismo me hago adepta. Pero volvamos a las incisiones. Las hizo con un torno de dentista, igual que las de Lara.

—No, las de Lara fueron con un berbiquí, no tenía taladro.

Jáuregui no ha caído en la primera de las trampas que Elena le ha tendido, tiene que seguir intentándolo.

—Hay algo que me llama la atención: ¿por qué les dio diazepam? Fue como si quisiera ahorrarles el dolor. Y yo me pregunto: si no quiere que les duela, ¿qué sentido tiene una muerte tan cruel?

—No era para que no les doliera, solo para que no se movieran.

«¿Se mueve mucho alguien mientras los gusanos "barrenadores" le comen el cerebro? Cualquiera sabe. ¿Habla a la vez que se va muriendo? ¿Se da cuenta de lo que le está pasando?», reflexiona Elena.

—Hay que reconocer que fue un detalle por su parte darle diazepam a las hermanas.

—Aprendí con Lara, se movía tanto...

—Un gran detalle, un detalle importante, en realidad... Quizá el que nos lleve a descubrir si usted dice o no la verdad.

Jáuregui se mantiene en silencio, mira para abajo, no se jacta, no parece orgulloso de haberles dado muerte. Blanco mira a la cámara, no dice nada, pero sus compañeros advierten que ha encontrado lo que quería.

—A Lara no le dio diazepam —se da cuenta de inmediato Buendía.

Todos asienten. Jáuregui no cayó en la primera de las

trampas, la del taladro, pero lo ha hecho en la segunda, la del diazepam.

—Bien por la inspectora, ya le ha pillado. No es el asesino de la mayor, solo el de la pequeña. De la muerte de Lara solo sabe lo que le han contado —se felicita Chesca.

—Sabe todo lo que se dijo en el juicio, aparte de lo que le hayan contado. ¿No se habló entonces del diazepam? —se extraña Orduño.

—En un juicio no se habla de lo que no se ha encontrado. Pero callad, conozco a Elena, seguro que le pregunta por la bolsa. —Buendía se centra en la pantalla de nuevo.

Elena no ha cambiado de expresión ante Jáuregui. Está dispuesta a seguir sacándole las incongruencias del discurso, una a una.

—En los dos casos le tapó la cara a la víctima con una bolsa de plástico. —Elena se la juega de farol ante Jáuregui, como si hubiera podido escuchar la corazonada de Buendía—. Eso era algo que solo podía saber el asesino, porque ni siquiera lo sabíamos nosotros. Cuando encontramos la bolsa, creímos que teníamos algo, una diferencia en la forma de matar a las dos chicas que nos hacía pensar en distintos asesinos. Pero, cuando analizamos las fotografías de la muerte de Lara, nos topamos con la bolsa medio escondida en una esquina. Los investigadores de entonces no le dieron importancia y no la recogieron, pero allí estaba la prueba: un solo asesino.

Jáuregui se queda callado, perdido, sin saber qué contestar. Elena sabe que, del otro lado de la cámara, sus compañeros saben qué pretende con esa mentira.

—¿No va a decirme por qué les tapó la cara?

—No quería ver cómo les cambiaba la expresión al sufrir, quería recordarlas bellas —desvela el abogado la verdad de la muerte de Susana, una demostración más de que no fue responsable de la de Lara.

Elena no necesita nada más, solo recabar indicios que apunten a la culpabilidad de Vistas.

—¿Y cómo consiguió que metieran en la cárcel a Miguel Vistas?

—Fue una cuestión de suerte. Yo estaba en la lista del turno de oficio, le iban a dar el caso a otro compañero y le pedí que me lo cediera. Fui organizando todo para que lo condenaran. Querían quitarse el caso de encima, aunque no tuvieran grandes pruebas. Un abogado decente habría logrado que quedara en libertad.

—Pobre hombre...

—Sí, no me siento orgulloso, pero era lo mejor para mí. Cada día que le visitaba en prisión iba apagándose. Los gitanos se lo hicieron pasar muy mal.

—Entonces usted lo conoció cuando ya lo habían detenido y acusado de la muerte de Lara.

—Sí, aunque de vista lo conocía del día en que le hizo las fotos vestida de novia. Quizá me había cruzado con él otras veces; cuando yo espiaba a Lara, él trabajaba con su padre, pero no lo recuerdo.

—Volvamos al mitraísmo, si no le importa. Fue usted quien introdujo a Miguel Vistas en sus creencias, ¿no?

—Para que le sirvieran de ayuda en su estancia en prisión. Me sentía culpable, yo sabía que él era inocente. Aunque usted no se lo crea, me daba pena ese hombre, no estaba hecho para la vida de la cárcel.

—Ya, al final me va usted a enternecer. Pero no me cambie de tema, ¿en qué consiste el mitraísmo?

—Es una religión antigua.

—Sí, eso ya lo sé, pero seguro que me puede decir algo más... ¿En qué creen?

—Mitra es el dios de la luz, el que ayuda a los justos a vencer sobre el mal —duda al hablar Jáuregui; no estaba preparado para tener que explicar la religión...

—Este sabe de mitraísmo lo que yo de críquet —observa Mariajo—. Tendría muchos libros, pero no ha leído ni media página.

Todos siguen las titubeantes explicaciones del acusado. Dice frases hechas, vacías, sin ningún interés. Chesca está de acuerdo con Mariajo.

—Es cierto, da la impresión de que sabe menos que Miguel Vistas de mitraísmo. No me creo que fuera él quien lo introdujera en esa creencia. Parece al revés.

—¿Cómo era la frase aquella que le dijo Vistas a Salvador Santos? —pregunta Orduño—. Algo de renacer.

—Que no había matado a Lara, solo la había ayudado a renacer, pero, según Elena, se lo soltó con la cámara apagada, no consta la frase exacta en las transcripciones —recuerda Buendía.

—Y Santos dudaba, no sabía si se lo dijo Moisés Macaya o Miguel Vistas. No sé si los recuerdos de ese hombre tienen valor.

—Solo pudo ser Vistas. Esa terminología mitraísta, renacer para ser perdonado y demás. Se supone que, cuando Salvador Santos le interrogó y dijo eso, aún no conocía a Jáuregui, no se le había asignado un abogado —explica Buendía—. ¿Quién introdujo a quién en el mitraísmo? Jáuregui miente.

—Entonces estamos igual que estábamos, a la primera hermana la mató Miguel Vistas y a la segunda, su abogado —resume Mariajo.

—Lo que hay que averiguar es por qué. Mirad, la inspectora sale.

Todos levantan la vista de la pantalla para verla entrar en la sala.

—Ya lo habéis visto, este hombre no mató a Lara. Hay que mandar detener de nuevo a Miguel Vistas ahora mismo. En un par de horas se tiene que presentar en los juzgados, no puede salir de allí en libertad.

CAPÍTULO 68

Miguel Vistas conoce a Elena de los interrogatorios en la cárcel de Estremera. Si la viera al entrar en la plaza de Castilla, se daría cuenta de que algo va mal en su plan y podría desaparecer antes de que le prendieran. Por eso, ella se queda en el coche, aparcado en doble fila en el final de la calle Bravo Murillo, con el teléfono listo para recibir la noticia de la detención del asesino de Lara Macaya. Van a corregir el error de haberle dejado en libertad.

Chesca es la que ha entrado en los juzgados, acompañada por otros dos agentes de paisano. En el coche, con Elena, se ha quedado Orduño. Con él puede abrirse, decirle lo que le preocupa del caso.

—¿Tú pensabas que Miguel Vistas era inocente? Dime la verdad sin tapujos, Orduño.

Lo mira a los ojos para animarlo a hablar, pero su compañero es un hombre de largos silencios. No le gusta contestar una pregunta sin meditar primero la respuesta.

—Todos pensábamos que era inocente —responde por fin—. El homicidio de Susana, en las mismas circunstancias que el de Lara... Es imposible pensar en un imitador. Eran demasiados los detalles que se respetaron y que nunca salieron publicados.

—Zárate pensaba lo contrario —defiende la inspectora—. Él sí creía que Vistas era el asesino de Lara.

—No, él quería defender la reputación de Salvador Santos, que es algo muy distinto. No te flageles, Elena.

—No debería haberlo apartado del caso —se arrepiente ella—. Fui muy dura con él.

—Por lo que yo sé, y por lo que nos dijiste, Zárate robó un informe del expediente de Lara Macaya. Y lo hizo para proteger una falta muy grave de su mentor. Había motivos para castigarlo.

—Puede —concede Blanco—; pero ahora resulta que Salvador Santos tenía razón. Él sabía que Miguel Vistas era el asesino de Lara.

—Pero no se pueden fabricar pruebas. Eso es cruzar una línea roja.

La inspectora asiente. Está de acuerdo con Orduño, comparte con él el respeto escrupuloso de las normas. Y, sin embargo, no deja de pensar en que Salvador Santos salvó alguna que otra vida al encarcelar a un asesino tan cruel como Miguel Vistas. ¿De parte de quién está la razón? La línea que separa el bien y el mal es más resbaladiza de lo que a ella le gustaría.

—Salvador estaba convencido de que Vistas era el asesino. Pero sabía que faltaban pruebas que le pudieran condenar en un juicio. Si tú hubieras tenido esa misma convicción, ¿habrías colocado ese pelo en el cadáver?

Esta vez Orduño no tarda en contestar.

—No. Una prueba falsa puede provocar la anulación de un juicio, puede dejar libre al asesino y puede cargarse tu carrera. Jamás habría fabricado una prueba para demostrar que tengo razón en mis sospechas.

—Pues a mí a veces me entran dudas. Las normas no sirven para todo. Quizá un buen policía se las tiene que saltar de vez en cuando.

—¿Por ejemplo?

—Por ejemplo, para encerrar a un culpable o para dejar en libertad a un inocente.

Los dos se quedan pensativos. Orduño es un buen policía, disciplinado, constante e implacable, aunque sea tan ordenancista. Por nada del mundo le gustaría a Elena perderlo.

—Tú vives aquí cerca, ¿no?

—Vivía, me mudé hace seis meses. Ahora vivo por Moratalaz.

Elena asiente, como si no tuviera importancia, pero se siente culpable de no saber que uno de sus compañeros se ha cambiado de casa. Ha estado demasiado centrada en sus propios problemas y en su propia vida: su karaoke, sus visitas al aparcamiento de Didí con propietarios de todoterrenos, sus fotografías de la plaza Mayor...

—¿Comprasteis por fin un piso Ana y tú? —intenta arreglar su despiste.

—No, rompí con ella. El contrato de alquiler estaba a su nombre y se quedó con el apartamento. Yo me tuve que marchar.

No solo no sabía que se había cambiado de piso, tampoco que había roto con su novia. La recuerda, guapa pero tímida. Poquita cosa, como diría su madre.

—Lo siento. No he estado pendiente de la vida de mis compañeros tanto como debía.

—No te hagas mala sangre —le quita importancia él—, sé que has andado muy ocupada. No tienes que preocuparte por nosotros. Estoy bien.

El teléfono suena, ella se precipita a contestar.

—Dime, Chesca. ¿Todo según lo previsto?

—Está todo preparado. Bueno, todo menos Miguel Vistas. Todavía no ha aparecido.

—Falta casi media hora. ¿Y su abogado?

—¿Masegosa? Sí, anda de un lado para otro sin dejar

de hablar por el móvil. Se ha puesto la toga, ¿sabes que viene con una asistente que le trae su propia toga?

—Así son los abogados ricos y famosos. Las togas que dan allí deben de oler que apestan, muchas veces se las ponen verdaderos buitres. Llámame en cuanto aparezca Vistas.

Cuelga, no necesita explicar a Orduño que todavía no han conseguido nada.

—¿Qué opinas de Zárate?

—Me cae bien, la que no lo soporta es Chesca. Pero es que a Chesca no le gusta conocer a gente nueva; si por ella fuera, seguiríamos siempre los mismos en la brigada.

—No podemos anclarnos en nada, dejaríamos de ser eficaces. Tal vez Zárate se debería incorporar definitivamente.

—Yo no tengo ningún problema, estoy para lo que tú mandes, inspectora. Sí, vaya elemento, se salta las normas, algo que al parecer es lo que hace de alguien un buen policía —añade pensativo y con un punto de sarcasmo.

Los dos se quedan en silencio, esperando, sin mucho que decirse, con los nervios propios del que quizá deba intervenir de un momento a otro. La inspectora Blanco ha tenido que venir muchas veces a los juzgados, pero nunca se había quedado fuera, viendo cómo se desarrolla la vida del barrio, una zona de Madrid que solo ha visitado por motivos profesionales, nunca personales. La presencia de los juzgados de la plaza de Castilla —insuficientes, a pesar de su gran tamaño— marca la vida de esta parte de la ciudad. A no mucha distancia todo cambia, por la Castellana se llega al estadio del Real Madrid y a los lujosos pisos que hay alrededor; pero si se va por la calle Bravo Murillo a Cuatro Caminos, se llega a los barrios que un día fueron de fábricas y casas bajas y hoy se han convertido en una especie de Caribe: es la zona en la que viven los dominicanos, llena de locutorios, de peluquerías que hacen alisado de cabello, de restaurantes que sirven frijoles, yuca, batata o chicharrones, de discotecas en las que solo se escucha salsa, merengue, bachata, reguetón...

—Tenemos la dirección en donde se supone que está Vistas, ¿no? —se activa de repente la inspectora Blanco.

—Sí, calle Purchena. Está por Manoteras. No muy lejos.

—¡Vamos!

—Todavía faltan veinte minutos —se extraña Orduño.

—Este cabrón no se va a presentar. Lo mismo todavía le pillamos antes de que desaparezca.

El teléfono vuelve a sonar cuando están llegando a la dirección que dejó Vistas al recibir la libertad provisional.

—¿Ha llegado Vistas, Chesca?

La cara de la inspectora cambia al escuchar a su agente. Orduño espera ansioso para enterarse de qué sucede.

—No ha venido y no va a hacerlo. Masegosa ha anunciado que abandona su defensa —resume Elena—. Vamos a subir.

El edificio al que llegan es humilde, de los que todavía tienen en la puerta el yugo y las flechas de los edificios construidos por el Ministerio de la Vivienda del franquismo. No hay ascensor, solo una escalera estrecha. Los policías no han visto que, desde la acera de enfrente, un hombre que ocultaba su cara con la visera de una gorra de la selección española de fútbol los veía entrar. Es Miguel Vistas, esperaba tener más tiempo, no imaginaba que fueran a buscarlo tan pronto, cuando todavía no se ha cumplido la hora.

Lleva en la mano una caja con agujeros. Una de esas en las que un niño guardaría sus gusanos de seda, a los que daría de comer morera y de los que se cansaría antes de que se convirtieran en mariposas.

—¡Abre la puerta, Orduño!

—No tenemos autorización, inspectora.

—Haz lo que te ordeno.

La puerta, como todo lo que se ve, es de mala calidad y Orduño solo necesita darle una patada junto a la cerradura. Dentro no hay nadie, apenas algunos papeles tirados por el suelo.

—Joder, hemos llegado tarde, se ha marchado.

La inspectora mira algo con terror. Son cajas iguales a las que vieron en casa de Antonio Jáuregui.

—Los gusanos, los putos gusanos...

Saca su móvil.

—Chesca, que lleven a Jáuregui a la oficina, que le voy a volver a interrogar. Y te paso con Orduño para que te dé la dirección de la casa en la que estamos. Quiero que vengas y que entre los dos saquéis toda la información que podáis de este piso...

CAPÍTULO 69

—Jáuregui espera en la sala de interrogatorios. Le tenemos esposado a la mesa, no le vaya a dar por hacer algo. Es el típico que se suicida y nos quedamos sin saber la verdad —informa Buendía.

—Bien hecho. ¿Vamos?

La inspectora Blanco está muy seria. Ha entrado en la BAC como un ciclón, ha recorrido las estancias a paso firme. Ahora clava la mirada en Mariajo.

—¿Podemos apagar las cámaras?

—¿Qué quieres hacer?

Elena tiene ganas de contestar a esa pregunta, decir sin más que solo quiere darse un paseo por el otro lado de la ley, cruzar la línea roja por una vez para ver cómo se siente uno. El respeto de las normas únicamente le ha traído disgustos: Miguel Vistas está en la calle, Zárate, apartado del caso, Salvador Santos ha sido detenido y tendrá que enfrentarse a una comisión disciplinaria durísima y, tal vez, a un juez de instrucción. Pero prefiere callar sus reflexiones.

—Nada —la tranquiliza—. Si quieres, que graben en audio lo que digamos, pero que no se vea.

Mariajo busca la aprobación de Buendía. Es una mirada rápida que él aprovecha para hacer un gesto de asentimiento.

La inspectora Blanco entra en la sala y observa al detenido. Se encuentra muy asustado. Sus manos están esposadas a una barra que forma parte de la mesa. Solo se usa cuando se sospecha que el interrogado pueda tener una reacción violenta. En este caso, como avanzó Buendía, temen que él mismo se haga daño, no que se lo intente hacer a los demás. No le dice nada. Se limita a mirarle en silencio.

—¿Para qué me traen otra vez? —dice Jáuregui—. Ya les he contado todo. Yo maté a las dos hermanas.

—Sabemos que mató a Susana, pero no nos creemos que matase a Lara.

—¿Por qué iba a mentir?

—Para eso estoy aquí, para averiguarlo.

Elena se quita la chaqueta y deja ver la sobaquera con la pistola, comprueba que las muñecas de Jáuregui están firmemente sujetas, le señala la cámara.

—¿Ve esa cámara? Normalmente graba todo lo que sucede en esta sala. Pero también puede ver que no tiene ningún pilotito rojo encendido. ¿Sabe qué significa? Que está desenchufada. Así que todo lo que pase en esta sala es asunto suyo y mío.

—No tiene derecho a amenazarme.

—¿Y usted tiene derecho a matar a una chica que está a punto de casarse? ¿Tiene derecho a meterle gusanos en la cabeza? Vamos, no me joda. A lo mejor piensa que alguien le va a creer.

—Soy abogado.

—Usted es un mierda. Hágase a la idea, nunca más le va a tratar nadie como otra cosa.

Jáuregui se queda callado; Elena quiere pensar que avergonzado, que él mismo se siente humillado por lo que ha hecho.

—Le voy a decir qué vamos a hacer cuando salgamos. He

estado mirando, ¿sabe cuál es la cárcel de España con más población gitana? La del Puerto de Santa María. Me va a suponer un montón de papeleo, pero voy a conseguir que espere allí a ser juzgado. Y no crea que no se van a enterar de su crimen, yo misma me voy a encargar de que todos sepan que mató a una preciosa joven gitana y cómo lo hizo. Va a soñar con Heredias y con Ayalas todas las noches de su vida.

Al otro lado de la mampara de cristal, Buendía y Mariajo no pierden detalle del interrogatorio. Los dos piensan que a Elena le pasa algo. Ese modo de tratar a un detenido no es el suyo, parece impostado, está actuando como lo haría Chesca. Les gustaría comentar sus impresiones con el otro, pero mantienen la mirada fija en la escena. Para sorpresa de los dos policías, el asesino de Susana empieza a gemir. Creían que sería más difícil, que habría que presionar mucho más.

—Yo no quería matar a esa chica.

—¿Y por qué lo hizo?

—Porque no me quedó más remedio. Si no moría esa chica, el que iba a morir era mi hijo.

—¿Su hijo? ¿Quién es su hijo? —se sorprende Blanco. No tiene que preguntar más para que Jáuregui lo cuente todo, sin dejarse ni un detalle.

—Mi hijo no lleva mis apellidos, lleva los de su madre. Ni siquiera pude reconocerlo. Aparece en los documentos como hijo de padre desconocido, pero es mío. Se llama Carlos Rodríguez Velasco, en la cárcel lo llaman el Caracas.

—¿El compañero de Vistas?

—Sí —asiente Jáuregui—. Mi hijo me desprecia, siempre lo ha hecho. Solo me llamó una vez, para que lo defendiera, le habían pillado con drogas en Barajas. Él decía que no tenía nada que ver con la coca que había en su maleta, que se la habían metido en el aeropuerto de Caracas, por eso le llaman así. Le defendí, pero todo lo hice mal, llegué borracho al juicio, lo condenaron. No me extraña que me odie, fue la única vez en que me pidió ayuda y yo volví a fallarle... Pero, cuando le mandaron a la cárcel de Estremera, en donde estaba Miguel Vistas, creí que tal vez podría protegerle dentro. Me fui a hablar con él, le pedí que cuidara de mi hijo...

—Y él no estaba dispuesto.

—Todo lo contrario —reconoce el abogado—. Me amenazó con hacerle la vida imposible. Me dijo que ni siquiera iba a necesitar matarlo, que conseguiría que la vida de mi hijo fuese tan perra que él mismo se la quitaría. No me quedaba más remedio.

—Y Vistas le puso una condición.

—Ya lo saben, matar a Susana, igual que él había matado a Lara. Para provocar dudas, que se reabriera su caso y que le soltaran. Tardamos medio año en prepararlo todo... No me importa que me condenen, ni que me mande a la cárcel esa para que los gitanos se venguen de mí. Ojalá hubiera silla eléctrica, es lo que merezco. Yo hice lo que debía, no hay nada más importante que un hijo. Hay que hacer lo que sea para ayudar a un hijo, para protegerlo, para encontrarlo cuando está perdido...

Ni Mariajo, ni Buendía comprenden al principio por qué Elena se queda callada justo en ese instante, por qué no aprovecha el desmoronamiento de Jáuregui para apretarle hasta el final, para hacerle vomitar la confesión entera de una vez por todas. Está pálida y le tiemblan las piernas. Entonces empiezan a vislumbrar lo que sucede. Mariajo susurra algo que Buendía puede entender.

—Lucas...

A pesar de su evidente turbación, la inspectora todavía acierta a formular una pregunta más.

—¿Dónde está Miguel Vistas?

—No lo sé, le juro que no lo sé. Tienen la dirección del piso que alquilé para él; si no está allí, quién sabe cuál será su próximo paso.

CAPÍTULO 70

La reunión de los componentes de la Brigada de Análisis de Casos podría ser feliz; al fin y al cabo, han descubierto lo ocurrido, que fueron dos los asesinos de las hermanas y sus nombres, lo que les pide el ministerio. Pero no están contentos y no lo estarán hasta que Miguel Vistas vuelva a prisión, sin posibilidad de meterle a nadie más sus gusanos en la cabeza.

Elena Blanco le ha sacado toda la información posible a Jáuregui —nada referente al paradero de Miguel Vistas— y Chesca y Orduño han examinado cada centímetro del piso de Manoteras, en el que se supone que estuvo tras salir de la prisión el autor del primer asesinato e inductor del segundo.

—El piso lo alquiló el abogado, Antonio Jáuregui, hace tres meses. Una vecina escuchó ruidos los últimos días, pero no le llamaron la atención. Ayer mismo había alguien en el piso, según nos ha dicho.

—Vistas sabía que no iríamos a buscarlo hasta comprobar que no se presentaba en los juzgados. Hemos sido unos pardillos, le hemos soltado y encima lo hemos perdido. ¿Habéis averiguado algo?

—Lo más importante, que se han criado gusanos. Tenía cajas como las que encontramos en casa del abogado. Pero estaban vacías.

—Ya sabemos para qué los usa. Si ha criado esas larvas, es que piensa volver a hacerlo. Debemos detenerlo antes de que aparezca otro cadáver con la cabeza llena de gusanos. ¿Dónde puede estar? ¿Alguna idea?

Orduño saca una vieja fotografía y la muestra a los demás. En ella se ve a un matrimonio con un niño de unos siete u ocho años y a una mujer joven. Es una fotografía anterior a las que se pueden hacer con cualquier teléfono, de esas que había que mandar a revelar, quizá de los años ochenta; al fondo se ve una iglesia.

—Es lo único personal que hemos encontrado en la casa. Quizá llegamos antes de lo que él esperaba y tuvo que salir precipitadamente, por eso la olvidó. No sé si será Miguel Vistas de niño.

Buendía la mira con interés. Solo se ve el torreón de una vieja iglesia con dos huecos para las campanas. En uno de los lados hay un gran nido de cigüeña.

—Es una foto muy mala. ¿Tú crees que puedes sacar algo? —le dice a Mariajo.

—Puedo intentarlo.

Mariajo escanea la foto y la mete en un programa de reconocimiento facial que no da coincidencias. Luego la pasa por un software de reconocimiento de entorno. Por suerte se trata de una iglesia peculiar, con espadaña muy alta y dos vanos gemelos para las campanas. No tarda en obtener siete resultados. Después comprueba los datos de filiación de Miguel Vistas. Sus padres, ya fallecidos, nacieron en La Serna del Monte. Uno de los siete pueblos que menciona el rastreador.

La Serna del Monte solo está a ochenta kilómetros de Madrid, pero parece que hay cincuenta años de diferencia desde que se abandona la ciudad por la carretera de Burgos hasta que se entra en las primeras casas de un pintoresco pueblo típico de la sierra norte de Madrid, la que aún se conoce como sierra pobre. Su población no llega al centenar de habitantes, que en tiempos vivieron de la agricultura y la ganadería; en la actualidad ha cobrado importancia el turismo y cuenta con varias casas rurales.

—Aquí nunca pasa nada —les dice el párroco de la iglesia de San Andrés—, por eso nos acordamos de cosas que han pasado hace tantos años...

Al hablar, solo mira a Elena, como si hubiera comprendido que la jefa es ella. A Chesca y Orduño apenas los incluye en sus respuestas.

—¿Conoce usted a Miguel Vistas?

—Lo conocí de niño, cuando todo aquello pasó, pero no he vuelto a verlo. Si quieren los llevo a la casa en donde vivía su familia. Todavía está en pie, aunque no sé si le quedará mucho. Y ya saben cómo son los pueblos, hay gente que dice que algunas noches se escuchan ruidos, como si hubiera fantasmas. Bobadas.

Mientras caminan con el párroco hacia las afueras, les cuenta el famoso suceso que marcó el final de la familia Vistas en el pueblo.

—Era agosto, en esta zona muchos pueblos celebran las fiestas. El padre de Miguel Vistas era un hombre difícil, pendenciero, de mal beber... Nadie por aquí quería darle trabajo, así que él y la mujer se fueron a Francia, a hacer peonadas en el campo y a ganar algo de dinero para pasar el invierno. No quisieron llevarse al niño, así que una prima de su padre se vino a cuidarlo.

—¿Recuerda cómo se llamaba?

—No estoy muy seguro, pero yo juraría que era un nombre que empezaba por uve, Victoria, Virginia, algo así... La joven era guapa y varios mozos de la zona se enamoriscaron de ella. El que se la llevó en su moto fue Genaro, hijo de unos vecinos que vivían en Madrid y pasaban los veranos por aquí. Creo que se fueron a Sigüenza, a las fiestas de San Roque, pero de eso no estoy seguro. El caso es que la chica dejó encerrado al niño en un galpón que había enfrente de su casa. Una nave medio abandonada en la que la familia guardaba trastos viejos. Para el niño, al principio fue un juego, después se transformaría en una pesadilla. La prima de su padre pensaba que solo sería una noche, que de madrugada volvería y lo sacaría de allí.

—Y no volvió.

—Tuvieron un accidente con la moto, lejos del pueblo. El chico murió y a la chica tuvieron que ingresarla en un hospital en Guadalajara. Estaba inconsciente y no se despertó en una semana. De la muerte de Genaro nos enteramos, pero, como ella no era de aquí, nadie nos informó de su estado hasta que se despertó y nos llamaron. Yo mismo fui a la nave de enfrente de la casa de los Vistas para sacar de allí al niño, no pensé que pudiera estar vivo. Creo que ha sido lo más desagradable que he visto jamás.

—Sé que es difícil recordarlo, pero necesito que me diga qué vio. —Ya están llegando a la casa, pero la inspectora no quiere que el párroco interrumpa su relato; es la primera vez en que tiene la sensación de que podrán entender a Miguel Vistas.

—Un perro muerto lleno de gusanos, el niño tenía una herida en el pie, también infestada de gusanos, creo que perdió el dedo gordo... Algo horrible. Se había alimentado de los mismos gusanos que se lo estaban comiendo. Perdóneme lo que le voy a decir, pero, cuando lo vi, pensé que casi era mejor que se muriera. Nadie puede superar haber vivido algo así de niño. Cuando supe que le condenaban por haber matado a aquella chica, lo entendí. Ojalá hubiéramos llegado antes. O quizá no, quizá lo mejor sería que no hubiéramos llegado, que Dios me perdone, pero, si lo hubiéramos encontrado sin vida, se habría ahorrado mucho sufrimiento.

—¿Sabía usted que estaba en la cárcel?

—Claro que lo sabía. Y, cuando leí en el periódico lo de los gusanos, estuve seguro de que era culpable.

—¿Habló con usted la policía?

—Me llamó un policía mayor. No recuerdo su nombre.

—¿Salvador Santos?

—Sí, puede que se llamara así. Todavía no le habían condenado. Al policía le hablé de lo que ese crío hizo con un perro poco después de aquello. Le pedí que lo metiera en la cárcel y que se encargara de que nunca saliera.

—¿Qué fue lo del perro?

—Lo mismo que le hizo a esa chica: llenarle la cabeza de gusanos y dejar que se lo comieran. Ese hombre tiene el demonio dentro, se le metió de niño en ese sitio...

La casa que les señala el párroco está en muy mal estado y tiene algunas pintadas, se nota que lleva deshabitada muchos años. En el mismo estado, o peor, está la nave.

—Esta es la casa de los Vistas, nadie de por aquí la compraría, todos saben lo que ocurrió. Pero ahora el pueblo se está llenando de forasteros, el día menos pensado la compra uno de Madrid, la arregla, le llena las paredes de antiguos aperos y se viene a pasar los fines de semana. La nave de la que sacamos al niño es aquella de enfrente.

Antes de entrar en el galpón, la inspectora hace un gesto a Chesca para que se acerque a ella.

—Llama a Mariajo: que busque a Victoria o Virginia Vistas. A ver si hay suerte y encuentra algo. Si una prima me hubiera abandonado a mí para que me comieran los gusanos, yo tendría muy claro cuál debería ser su final, el fin de fiesta antes de que me pillen.

—¿Crees que Miguel Vistas ha ido a por ella?

—Estoy segura. ¿Por qué habría guardado la foto varios años si no fuera porque no quería olvidarla?

Todos entran en la nave. Aunque esté abandonada y en mal estado, se nota que hay gente que la visita a menudo: botellas, ropa vieja tirada, unos periódicos... Elena coge uno.

—Es de hace solo un mes. ¿Sabe si alguien viene por aquí?

El párroco es el primer sorprendido.

—Quizá algunos mozos a fumarse un porro o a emborracharse. Pero es raro, por aquí hay muchos sitios adonde ir a hacerlo y a esta casa nadie quiere acercarse mucho.

—¿Dónde da aquella puerta?

Al fondo hay una puerta sólida cerrada con un candado especial. Contrasta con el descuido de todo lo que ven.

—Aquí no han entrado los vagabundos. Y no será porque no lo hayan querido —deduce Elena cuando ve que en algunas partes hay señales de que han tratado de hacer palanca con algo para abrirlo—. Orduño, hay que reventarlo... ¿Serás capaz?

—Lo intentaré.

Esta vez él no discute sobre órdenes de registro, busca un hierro y una piedra para hacer de maza. Tiene que golpearlo varias veces hasta que, al final, revienta el candado. Dentro solo hay un armario metálico. No le hace falta que le den la orden, también lo abre.

—¿Qué es esto?

Está lleno de deuvedés, hay dos discos duros, algunos vídeos VHS antiguos... Ya es más de lo que esperaban encontrar en ese sótano.

—Nos los llevamos. Hay que analizar todo esto.

CAPÍTULO 71

—¿Son gusanos de seda?

Miguel le demostraría lo que pueden hacer sus gusanos a la señora que se le ha sentado al lado en el autobús. Pero no quiere llamar la atención, no hasta que pueda acabar lo que ha empezado.

—Sí, para mi sobrino.

—Mi hermano tenía gusanos, les daba de comer morera.

—Les gusta mucho la morera —contesta Miguel, amable—. En Madrid no es fácil conseguirla, antes sí. Ahora casi no quedan árboles.

Faltan pocos kilómetros para llegar a Aliaga, en la provincia de Teruel. Allí se bajará y se librará de esa vieja entrometida. Le gustaría ir pensando en Victoria, en lo que va a sufrir, le gustaría ir recordando cómo murió Lara Macaya, sus gestos de dolor, sus súplicas, sus gritos... Va a volver a vivirlos, esta vez con su prima Victoria. Ella nunca le visitó en la cárcel, le abandonó, igual que en la nave, hace tantos años.

—Me bajo aquí. Que tenga buen viaje.

Miguel Vistas nunca ha estado en Aliaga, el lugar adonde su prima Victoria se fue a vivir después de «aquello».

No olvidará nunca el perro, la pala, los gusanos, la herida de su pie, la sed, el hambre, el miedo, ni siquiera la lavadora abandonada. Lleva años pensando en hacerle pasar por lo mismo y ha llegado el momento. No la localizó hasta hace un par de años, ya en la prisión: tuvo que estar horas en el ordenador para conseguirlo, con lo difícil que era que le autorizaran a navegar por internet. Victoria se escondía de él y del mundo, pero no le ha servido de nada. Metiendo su nombre en buscadores no la encontraba, pero un día la suerte se alió con él: la localizó por un comentario que esta había hecho en un foro de agricultores en el que pedía consejo para librarse de una plaga. Su constancia dio fruto, como pasa siempre en la vida.

El autobús lo ha dejado junto a una gasolinera. Miguel entra en los servicios, están limpios. Se sienta, se quita un zapato, el calcetín, le falta el dedo gordo del pie, se lo comieron los gusanos, por eso cojea al andar, por eso lo pasó así de mal en el colegio, cuando era un niño, o quizá dejó de serlo cuando «aquello» ocurrió. Aún se acuerda de todo, nunca podrá olvidarlo, solo tenía siete años cuando sus padres se fueron a la vendimia en Francia y él quedó al cuidado de una prima de su padre, Victoria le abandonó en aquella nave y acabó con su vida. Se convirtió en un niño tímido, encerrado en sí mismo, sin amigos. Todos en el colegio se reían de él por su cojera, le decían que era como una trucha, que a las truchas se las pesca poniendo gusanos en el anzuelo, que él también comía gusanos...

Tenía trece cuando lo del perro. Mató al de unos vecinos y lo untó de miel. Estuvo horas observando cómo llegaban los gusanos y se lo comían. Cuando lo descubrieron, su padre le dio una paliza que tampoco olvidará. Bien muerto está, igual que su madre, aunque no duraron lo suficiente como para que él los matara.

Pronto se cambiaron de casa, se fueron a Madrid, a un piso minúsculo por Orcasitas. Miguel creció como un adolescente solitario e inadaptado, siempre encerrado en la biblioteca. Allí descubrió muchas cosas: el mitraísmo —renacer y regenerarse—, el escafismo persa. Cuando sus padres murieron —un accidente de coche, otra vez un accidente...—, heredó la casa y pudo empezar con sus experimentos: criar gusanos para que se comieran pequeños animales como hicieron con el dedo gordo de su pie. Tenía que experimentarlos con una persona. ¿Con quién?

Por entonces ya trabajaba de fotógrafo, le contrató Moisés Macaya para su empresa de eventos, sobre todo bodas. Conoció a su hija Lara, la mujer más bella que había visto nunca, se enamoró de ella y soñaba a diario con besar su boca, con hacerle el amor. Pero Lara no era buena, se reía de él, le hacía creer que se le entregaría para después alejarse... El día de las fotos de antes de su boda, con el vestido y el velo, la pudo ver desnuda por primera vez. Ella le provocaba: le mostraba sus pechos, y le preguntaba si le gustaban; su sexo, y le pedía que le contara qué haría con ella... Había pensado muchas veces en cómo mataría a alguien con sus gusanos, lo tenía todo previsto, lo único que no había decidido era a quién se lo haría, la candidata número uno era su prima Victoria. Algún día la encontraría y le devolvería el sufrimiento que le hizo pasar de niño; pero aquel día, en aquella sesión de fotos, todo cambió: cuando Lara le empezó a contar cómo sería su noche de bodas con otro hombre, se dio cuenta de que debía ser ella.

Disfrutó mucho, tanto que no tuvo que violarla, como había pensado. Lara lloraba, le pedía perdón, le juraba que sería suya, pero Miguel ya estaba harto de mentiras y de decepciones. Durante una semana la tuvo a su disposición. Los gusanos se iban comiendo su cerebro y ella iba perdiendo facultades, pero seguía viva. Al final, ni siquiera sentía dolor. Él lo limpió todo bien, estaba seguro de que no le descubrirían, pero se cruzó aquel policía, Salvador Santos, y le persiguió como un perro rabioso. De no ser por él todo habría salido bien. Por su culpa tuvo que organizar lo de Susana, para que le dejaran salir de la cárcel e ir en busca de su prima. Por fin le ha llegado el momento a ella.

La casa de Victoria está apartada del pueblo. Es de piedra, como la mayoría de las de allí. Miguel la mira, desde fuera, todo parece cuidado, recogido; piensa que Victoria tiene que haber cambiado mucho con los años. La recuerda como una joven perezosa y algo alocada. Él también ha cambiado, ya no es aquel niño indefenso. Abre la cancela de la reja, no tiene candado, no hay perros que cuiden la casa. Por fin está cerca de Victoria, lo que lleva soñando desde hace tantos años.

Camina despacio hacia la puerta de la casa. Imagina la cara de su prima —siempre la ha llamado prima, aunque en realidad sea una tía segunda—, si se encontraran de frente. ¿Gritaría? Motivos tendría para hacerlo.

Pone la mano sobre el pomo de la puerta, está abierta, es un pueblo pequeño, como el suyo cuando era un niño, las puertas se quedan abiertas sin temor a los ladrones. Entra en la casa, hay una temperatura agradable dentro. No ve a nadie. Camina sin hacer ruido, pasa al salón, el ventilador de techo gira, pero Victoria no está ahí. Tampoco hay nadie en la cocina, ni en los dormitorios. La cama está deshecha.

Miguel vuelve al salón, se sienta en una butaca cómoda. Se queda esperando. Tanto tiempo ha soñado con este instante que no tiene prisa, ha aprendido a ser paciente.

Sabe que tiene razón, que va a hacer lo que se debe hacer, lo que ha aprendido, que los pecados no se limpian ni con buenas acciones, ni alejándose del mundo, que de nada le puede servir a Victoria haberse ocultado en ese pueblo, en esa casa aislada. Para limpiar los pecados hay que renacer.

Escucha la puerta, ahí está ella, que entra en el salón con una caja llena de tomates. No le ve hasta que él le habla.

—Hola, Victoria. ¿Te acuerdas de mí?

Los tomates se le caen al suelo, como si hubiera visto a un fantasma... No se ha dado cuenta de que se trata de algo mucho peor.

CAPÍTULO 72

—No, Rentero, no quiero que comamos en ningún restaurante de lujo, solo quiero que hablemos sin perder tiempo. No estoy dispuesta a recoger a nadie más con la cabeza llena de gusanos.

Pocos se atreverían a discutir sus costumbres al comisario Rentero, quizá sea la primera vez en que Elena Blanco usa su posición social, mucho más alta que su lugar en el escalafón de la policía, para dirigirse a su superior.

—Rentero, hemos metido la pata al soltar a Miguel Vistas.

—¿Hemos? ¿Estás diciendo tú y yo?

—Está bien, «he», he metido la pata. Ya sé que la pata solo la metemos los de abajo. El asesino de Lara es Miguel Vistas, él también es el inductor del asesinato de Susana. Jáuregui solo es un pobre hombre que le hizo el trabajo para salvar a su hijo.

—¿Dónde está Vistas ahora?

—Eso me gustaría saber, necesito que me eches una mano, que hagas que hasta el último policía de tráfico lo busque —se desespera ella.

—¿Estás segura de que es el delincuente más peligroso que tenemos en España? Esta misma mañana he estado en una reunión en la que me han hablado de células yihadistas en Melilla. No le des más importancia a ese Miguel Vistas de la que tiene, Elena...

—A lo mejor no es el delincuente más peligroso, pero sí el que has presionado para liberar. Y no me voy a comer el marrón yo sola, Rentero.

A veces hay que amenazar a un delincuente para que cante, a veces tienes que hacerlo con tu propio jefe. Llegar al chantaje, si hace falta.

—Vamos a dejarnos de historias, Elena. ¿Qué quieres?

—Tengo razones para pensar que hay una mujer en peligro.

—¿Qué mujer?

—La prima del padre de Miguel Vistas.

Rentero enarca una ceja, un gesto que ella conoce bien. Ya se ha cursado una orden de busca y captura contra él, el caso está cerrado desde el punto de vista de la BAC. Ahora falta que alguien vea al prófugo, haga una llamada a una comisaría y una patrulla lo detenga. Fin de la historia. Esa es la visión de Rentero, Elena lo sabe. Pero ella quiere atraparle antes de que se cobre otra víctima.

—¿Una prima de su padre? —pregunta el comisario. El tono de escepticismo no deja lugar a la duda. Rentero no quiere seguir con el caso y ella nota un acceso de pereza a la hora de explicarle quién es Victoria Vistas. Mariajo la ha rastreado, sabe que la joven de la fotografía es ella, sabe que su última dirección conocida es anterior a los tiempos de La Serna del Monte, después nada; eso indica que la mujer quiere vivir oculta. Rentero escucha el relato de Elena sin reprimir varios gestos de impaciencia. La historia del encierro, la espantosa compañía del perro muerto y los gusanos.

—No puedo hacer nada por ti —concluye.

—Sí puedes. Sé que la policía ha ordenado un registro en casa de Salvador Santos y que se ha confiscado todo lo que había del expediente del caso Lara Macaya. Varios dosieres que él guardaba en su domicilio. Estoy segura de que hay información sobre Victoria Vistas. Salvador estaba obsesionado, seguro que llegó hasta esa mujer.

—Esos dosieres están en poder de la comisión disciplinaria, que tiene que decidir si Salvador ha cometido un delito. En ese caso, todo el expediente se remitirá al juzgado.

—Quiero un permiso para mirar el contenido de esa documentación.

—Y sabes que yo no te lo puedo dar. Tú misma te empeñaste en detener a Salvador Santos.

—Lo sé y nunca me arrepentiré lo bastante.

—Ya es tarde, Elena. Lo siento, pero no puedo ayudarte.

—No quieres ayudarme, que es distinto. Creía que éramos amigos.

—El chantaje sentimental no te pega nada. Yo soy amigo de tu madre, a ti te guardo cierto cariño. Punto. No confundas las cosas.

A Elena no le da tiempo ni a salir del despacho de Rentero cuando suena su teléfono. Es Mariajo.

—He encontrado una cosa en los deuvedés de la nave de La Serna. Ven corriendo.

—Adelántame algo —ruega Elena.

—No se puede explicar con palabras.

La inspectora apenas consigue dominar la ansiedad mientras se dirige a la brigada. Al menos, la expectativa de encontrar alguna pista en los discos le hace olvidar el enfado por la actitud de Rentero. Ese deseo de extender un velo cuanto antes sobre todo lo sucedido con las hermanas Macaya. Ese modo de desprenderse del caso cuando el asesino todavía está suelto. No es capaz de entender esa actitud.

Cuando Elena llega a la BAC, Mariajo la está esperando con el ordenador encendido.

—La humedad ha dañado la mayoría de los discos, pero he conseguido desbloquear dos de ellos. Las imágenes son espantosas.

Elena se asoma a verlas. Lo primero que ve es un niño de unos ocho años atado a una silla. Un hombre encapuchado le corta una oreja y la muestra a la cámara. El niño se retuerce de dolor, la silla cae al suelo y él patalea como puede, pues también tiene los pies sujetos.

—¿Has oído hablar de la Red Púrpura? —pregunta Mariajo.

Elena no consigue articular palabra. El corazón se le ha acelerado y se lo masajea para intentar atajar un conato de infarto.

—Es una banda que trapichea con vídeos snuff. Torturas salvajes grabadas en vídeo para moverlas en la Deep Web. Parece que Miguel Vistas estaba metido en esa red.

—¿Hay imágenes de Lara Macaya?

—De momento, no. Pero puede que estén en alguno de los discos duros. Todavía no me he puesto con ellos. No sabremos lo que hay hasta que no lo veamos todo. Hay material de muchos años, incluso vídeos en VHS. Nos queda mucho por descubrir.

—Necesito ir al baño.

Elena corre a trompicones y vomita en el retrete. Mariajo se pregunta por qué a ella no se le descompone el estómago al ver los límites a los que puede llegar la crueldad del ser humano. La vida la ha endurecido. En diversas investigaciones ha tenido que meterse en la Deep Web, o en la Internet Oculta, como se llama a veces. Ya está familiarizada con el lado oscuro de la red, con el uso pernicioso de la tecnología. Ha visto vídeos de maltrato animal, de peleas de perros, de gallos y de personas, ha visto porno infantil, ha accedido a páginas de contratación de asesinos a sueldo. Conoce bien las profundidades del océano. Sabe que el cadáver de Lara Macaya descomponiéndose en directo como pasto de los gusanos tiene su sitio en la Deep Web. Miles y miles de personas comprarían una butaca en primera fila para verlo.

Como la inspectora está tardando mucho en volver, Mariajo se acerca al cuarto de baño y golpea la puerta.

—¿Estás bien? —pregunta.

Le llega una arcada como respuesta. Mariajo sale al balcón y se fuma un cigarrillo. No quiere pensar más en su falta de humanidad al ver las imágenes. Ella también las sufre, simplemente está más acostumbrada que Elena. Cuando vuelve a la sala, la inspectora sigue sin aparecer. Mariajo va al cuarto de baño. La puerta se encuentra abierta. La inspectora no está. Y tampoco los discos con las imágenes terribles.

CAPÍTULO 73

Las primeras sombras de la noche caen sobre la Colonia de los Carteros cuando Elena Blanco aparca su Lada rojo. Llama a la puerta de Salvador Santos y aguarda. Ascensión abre y tuerce el gesto al ver a la inspectora.

—Hola, Ascensión.

Elena pone el pie en el quicio de la puerta para evitar que la mujer la cierre del todo.

—Espere un momento, se lo pido por favor. Necesito hablar con su marido. Es muy urgente, hay una vida en juego.

—La única vida en juego que a mí me interesa es la de Salvador. Y usted la ha destruido.

—Quiero disculparme, su marido tenía razón. El asesino de Lara Macaya es Miguel Vistas y Salvador lo supo desde el principio. Déjeme disculparme, es lo mínimo que puedo hacer.

—Es tarde para disculpas, inspectora. Sobre todo después de ensuciar así la hoja de servicio de mi marido.

—Déjeme hablar con él, se lo ruego. Miguel Vistas está a punto de matar a alguien y Salvador es el único que sabe dónde está.

—No queremos saber nada más de todo este asunto.

—¿No le importa que muera una mujer inocente?

—Lo único que queremos es vivir en paz.

—Ascensión, entiendo que esté enfadada conmigo. Pero tengo que hablar con Salvador, es cuestión de vida o muerte.

—Váyase de aquí.

Ahora no intenta evitar que la puerta se cierre en sus narices. Elena entiende la inquina de esa mujer contra ella, no necesita hacer el esfuerzo de ponerse en su lugar. Nunca ha sido una narcisista, no piensa que sus necesidades deban estar por encima de cualquier consideración. Sabe que se merece ese adiós. Se mete en el Lada saboreando el trato recibido, el gusto amargo de la venganza que se ha cobrado Ascensión. Pero también sabe que, en la rabia de esa mujer, la centinela del hogar y de la vida de Salvador, hay una víctima colateral que es Victoria Vistas.

Conduce hasta su casa sin dejarse abrumar por la lentitud del tráfico. Anticipa la borrachera de esa noche, las lágrimas, la obsesión. Pasa varias horas visionando los discos que se ha llevado de la BAC. Imágenes de niños secuestrados a los que someten a toda clase de torturas. En el disco más dañado se ven imágenes pixeladas y el audio se ha perdido por completo. Y en una de esas imágenes cree reconocer a su hijo. No puede estar segura, la imagen no es más que una sombra, un volumen amorfo; pero ella distingue el cuerpo pequeño de su hijo, los brazos ligeramente asimétricos, el flequillo característico moviéndose en un giro desesperado de la cabeza. ¿Era su hijo? Y si lo era, ¿cómo es posible que Miguel Vistas tuviera imágenes suyas?

Intenta mantener la calma, decirse que no es él, que las imágenes no son nítidas. Si al menos pudiera reconocer su ropa, las zapatillas New Balance que calzaba el día en que se lo llevaron... Pero no se ven. Las zapatillas son dos plataformas que sostienen dos piernas, eso es todo. La calidad de las imágenes no permite decir nada más.

Con la segunda botella de grappa comienza el bucle de la obsesión. Comprende que tiene que encontrar a Miguel Vistas como sea, le da igual la vida de Victoria, solo quiere interrogar a ese hombre sobre los discos que han descubierto en su casa de la sierra de Madrid. ¿De dónde los ha sacado? ¿Qué tiene que ver Vistas con esos vídeos? ¿Los hizo él?, ¿hay otros culpables? ¿Qué pasa con esos niños? ¿Están vivos? ¿Están muertos? En ese caso, ¿dónde puede encontrar los restos de su hijo? Ella no es una mujer religiosa, pero quiere tener un sitio que visitar para hablar con Lucas de vez en cuando, para pedirle perdón por no haber sabido cuidarlo.

Está segura de que Salvador Santos investigó el pasado de Miguel Vistas y, por lo tanto, debe saber adónde se mudó su prima Victoria. Los dosieres confiscados podrían contener esa información, pero, sin duda, también está el dato en el bosque enmarañado que es la cabeza de Salvador. De pronto se nota con energía suficiente para plantarse de nuevo en la Colonia de los Carteros y convencer a Ascensión de que la deje pasar. Coge las llaves del coche y ya está en la calle cuando se siente golpeada por la ciudad desierta y oscura. Son las cinco de la mañana. No son horas de hacer una visita a nadie. Vuelve a su casa, se sirve un vaso de grappa, intenta pensar con calma. Podría irrumpir en la Brigada de Homicidios y Desaparecidos y robar el dosier de Salvador Santos. Ella sabe muy bien en dónde se guardan. Tendría que forzar una puerta y un armario, las cámaras recogerían claramente la intrusión y sería inhabilitada. Pero antes de eso podría llegar hasta Miguel Vistas y sonsacarle toda la información sobre su hijo. ¿Es de verdad ese niño su hijo? Si no era él quien le torturaba, tal vez pueda decirle quién hace esos vídeos. Una línea roja se le dibuja delante de los ojos. La línea roja que ella no quiere traspasar. Se odia por respetar las normas. Se odia por no ser como Zárate o como Salvador Santos, por no predicar la máxima de que el fin justifica los medios.

Visiona de nuevo las imágenes de los cuatro discos que se ha llevado. Vomita varias veces. Se tumba en el sofá y reflexiona sobre los pasos que debe seguir, sobre las normas, sobre las líneas rojas. Aprieta los ojos hastiada de sí misma, el bucle la está desquiciando. Se queda dormida. Cuando abre los ojos ve que ya es de día. No se ducha, no se cambia, no se asea. Son las ocho y cuarto de la mañana. Se sube al Lada y conduce hasta la Colonia de los Carteros.

Ascensión abre la puerta y la mira con desprecio; pero algo asoma en esa mirada dura, hay un rayo de compasión. La deja pasar.

—Yo voy a estar presente en la conversación.

—Gracias —dice Elena.

Salvador Santos está sentado en un sillón orejero. Junto a él hay una mesita con una taza de café que ya está vacía y un platito con una galleta desmigajada. Acaba de desayunar.

—Cariño, está aquí la inspectora Blanco. Quiere hablar contigo. Yo voy a estar a tu lado mientras ella te hace unas preguntas. ¿De acuerdo?

Salvador no responde. Hay una lágrima a punto de caer de su ojo derecho, que tiene un brillo azulado. Ascensión se sienta junto a él y le coge de la mano. Elena se acuclilla para intentar entrar en el radio de su mirada. Pero no consigue establecer el contacto visual, pues el anciano no posa los ojos sobre ningún lugar concreto. Parece estar en su mundo.

—Salvador, quiero pedirle disculpas —empieza Elena—. Tenía usted razón. El asesino de Lara Macaya es Miguel Vistas.

No hay reacción por parte del enfermo. Elena da más datos, en busca de la luz.

—El fotógrafo. ¿Recuerda que usted sospechaba de él?

—Tenías razón, cariño —dice Ascensión—. Hiciste muy bien tu trabajo. Encontraste al culpable y conseguiste que lo encerraran. A ver qué dicen ahora Rentero y compañía.

Salvador sonríe para sí. No da la impresión de estar reaccionando a las palabras de su mujer, más bien parece que un recuerdo amable le ha venido de repente.

—Miguel tenía una prima, o una tía, no sé. El párroco me dijo que era una prima de su padre —prosigue Elena—. Se llamaba Victoria. La que le encerró en la nave. Necesito saber si le habló de ella.

La sonrisa del hombre se hace más amplia. Ascensión le da un beso en la mano.

—Salvador, está aquí la inspectora. ¿No le vas a decir nada?

Elena no puede creer hasta qué punto ha caído en picado la salud mental del anciano. Se siente culpable de todo el estrés por el que le ha hecho pasar. Pero necesita un dato y no puede marcharse sin conseguirlo.

—Un perro lleno de gusanos. ¿Se acuerda de eso?

—Inspectora, por favor —la reconviene Ascensión.

—Un niño viendo cómo los gusanos se comen un perro. ¿No se acuerda de eso?

—No le haga revivir esos momentos, no es bueno para él.

—Victoria —dice de pronto Salvador.

La palabra ha brotado de sus labios como un soplo de aire fresco.

—Victoria Vistas, la prima de Miguel —dice Elena—. La que lo dejó encerrado en la nave.

—Victoria —repite el enfermo.

—Necesito saber dónde vive. ¿Habló usted con Victoria Vistas?

—Muy guapa —dice Salvador.

—Cariño, te están preguntando si sabes dónde vive esa mujer.

—Mudanzas Alcarria.

Elena y Ascensión cruzan una mirada de desconcierto. Elena intenta tirar de ese cabo.

—¿Eso qué es, Salvador? ¿La empresa de mudanzas que contrató Victoria?

—Mudanzas Alcarria.

Lo dice y sonríe, complacido, como si obtener ese dato fuera para él una de sus proezas como investigador.

—Victoria se mudó, sí —dice Elena—. Y la empresa que contrató para llevar sus muebles era Mudanzas Alcarria. ¿Adónde llevaron los muebles? ¿Se acuerda?

—Un escondite —dice Salvador—. Un refugio.

—¿Dónde se refugió Victoria? ¿Se fue a un pueblo?

—Pobre.

—¿Dónde vive, Salvador? Haga memoria, es muy importante.

Salvador cierra los ojos y aprieta los labios. Como si estuviera haciendo un esfuerzo descomunal por recordar. Dos lagrimones ruedan por sus mejillas.

—No se acuerda —dice Ascensión—. Y eso lo angustia.

—Dígame adónde llevaron los muebles de Victoria. Usted lo descubrió, Salvador.

El hombre menea la cabeza. Está llorando.

—Déjelo descansar —dice Ascensión.

—¿Dónde vive Victoria? Miguel Vistas la quiere matar. Tengo que avisarla.

—Pobre Victoria —dice Salvador.

—Haga memoria —repite—, solo usted puede salvarla.

Salvador niega con la cabeza, cierra los ojos, está sufriendo.

—Ya está bien, inspectora —dice Ascensión—. Lo hemos intentado, pero no puede.

—Vamos, Salvador, dígame dónde vive Victoria —insiste Elena.

Resbalan más lágrimas por la mejilla.

—Ya está, mi amor, ya está. No te preocupes, ya está.

Ascensión le limpia las lágrimas, le abraza la cabeza, le da un beso en la mejilla. Salvador parece más tranquilo tras estas atenciones. Vuelve a ser un hombre dócil, inofensivo, sus ojos recuperan su movimiento errabundo, sin posarse en nada.

—La acompaño a la puerta —dice Ascensión.

Elena asiente, resignada. Lo ha intentado todo. Ahora, con la sensación de fracaso pegada al cuerpo, se siente sucia y resacosa.

—Ya ha visto lo nervioso que se pone. Por eso no me gusta que le molesten con preguntas.

—Siento haberlo hecho, no era mi intención.

—Todo lo que sea para él un ejercicio de memoria termina siendo una pesadilla. Sufre mucho al ver que no es capaz de recordar.

—Lo comprendo. Gracias por todo.

Ascensión cierra la puerta y Elena se da cuenta de que no sabe por dónde tirar. Su única opción es convencer a Rentero de que merece la pena encontrar a Miguel Vistas. Pero ya lo ha intentado y no ha podido, sería como darse de cabezazos contra un muro. Se mete en el Lada y estudia su imagen en el espejo. Está horrible. Tiene corrido el rímel del día anterior, está despeinada y pálida. No puede presentarse en la BAC con ese aspecto, lo primero es ir a casa y darse una buena ducha. Pone en marcha el motor. A través de la ventanilla ve que Ascensión corre hacia ella. Ha dejado la puerta de su casa abierta de par en par.

—Inspectora... Entre. Deprisa.

Elena baja del coche y entra en la casa. Corren las dos

hasta el salón. Allí está Salvador, moviendo los labios en una suerte de rezo inaudible.

—Creo que lo está diciendo —susurra Ascensión, como si no quisiera hablar en voz alta por temor a romper el hechizo.

Elena se acerca lentamente. Se agacha y pone la oreja a la altura de los labios de él.

—Aliaga, Aliaga, Aliaga...

—Aliaga —repite Elena.

Salvador sonríe. Dos lágrimas ruedan por sus mejillas, pero ahora son lágrimas de felicidad.

CAPÍTULO 74

No se ha duchado, no ha pasado por casa, se ha montado en el Lada y se ha puesto en camino. Presenta un aspecto horrible, pero esa no es la peor consecuencia de su noche de borrachera. La peor es que no tiene batería en el móvil. Antes de irse a la cama lo deja cargándose, lo hace siempre, es una rutina invariable. El visionado de los discos, las torturas a los niños, la sugestión de haber reconocido a su propio hijo, la obsesión, las botellas de grappa... Todo ha colaborado para que anoche se le olvidara y no lleva cargador en el coche.

Debería llamar a Mariajo para que compruebe la pista de Mudanzas Alcarria. Debería pedirles a Orduño y a Chesca que se dirijan a Aliaga de inmediato, pues una mujer puede estar en peligro; pero no quiere perder ni un minuto. No solo la mueve la urgencia de salvar una vida, también necesita información sobre la Red Púrpura. Para ella, Miguel Vistas no es un fugitivo. Tampoco es un asesino a punto de cometer otro asesinato. Se trata del único hombre en la tierra que dispone de información sobre ese niño que tal vez fuera su hijo. Lleva una pistola en la guantera y un juego de esposas. Con eso le basta para practicar una detención.

Aliaga, en la provincia de Teruel, está a unos trescientos veinte kilómetros de Madrid, saliendo por la autovía de Barcelona hasta Alcolea del Pinar, poco después de Sigüenza. Es allí donde Elena para a llenar el depósito. Se pregunta si debería comer. Tiene prisa, pero algo le dice que necesita alimento. La noche anterior no cenó nada, esa mañana no ha desayunado, se nota débil y desastrada. Pide un montadito de jamón en el bar de la gasolinera y un café muy caliente. Come deprisa, no quiere entretenerse más de lo estrictamente imprescindible. Un par de bocados para resistir el día entero si hace falta. No sabe lo que se va a encontrar en Aliaga.

Se pone en camino de nuevo, toma el desvío por la carretera que pasa por Monreal del Campo. Tarda poco más de tres horas en llegar a Aliaga. Detiene el coche en la plaza del ayuntamiento. Necesita preguntar por Victoria Vistas y que esa investigación sea rápida y eficaz. A su favor cuenta con que se trata de un pueblo pequeño, de menos de cuatrocientos habitantes, en donde todos se conocen. Localiza un bar y se dirige a una mujer entrada en años y en carnes que, detrás de la barra, lee un periódico local con aire aburrido. Se presenta como inspectora de policía, confiando en que ese dato pueda animar el deseo de echar una mano a una desconocida.

—Busco a una mujer que se llama Victoria Vistas. Tengo entendido que lleva unos años viviendo en el pueblo.

—¿La de la nave?

—¿Cómo?

—Bueno, aquí la llamamos así. La mujer que encerró a un crío en una nave. El hombre que ha estado preso injustamente siete años... Ella nunca habla de eso, pero alguien se enteró...

—Sí, esa —la interrumpe Elena—. ¿Sabe dónde vive?

—Vaya hacia el santuario. Verá una casa en medio de la nada. Esa es, vive allí sola.

Como siempre pasa, las indicaciones de los lugareños resultan insuficientes para el profano.

—¿Hacia dónde voy?

—Siga los indicadores del parque geológico. Antes de llegar verá el santuario. Y allí está la casa.

La mujer remata su información con un gesto que indica que no hay pérdida posible. Elena espera no tener que regresar a ese bar después de dos horas de extravío. Se sube al Lada, recorre la calle principal del pueblo y enseguida encuentra una señal que la conduce al parque geológico. Aliaga es un antiguo pueblo minero, y en el camino todavía se pueden ver algunas minas clausuradas hace años.

Una señal indica la proximidad del santuario de Nuestra Señora de la Zarza. Elena toma ese desvío y, a pocos metros del río Guadalope, avista una casa rural. Allí detiene el coche. Saca la pistola de la guantera y se la guarda bajo la presilla del pantalón. Coge las esposas y las mete en el bolsillo trasero. Se pregunta si será esa la casa. Tal vez debería subir un poco más por si acaso hay otra. Pero la camarera parecía muy segura de que no era posible equivocarse. ¿Por qué tendrá tanta información sobre Victoria?, se plantea la inspectora. El relato de Victoria dejando al niño en la nave para correrse una juerga con un pretendiente solo ha podido salir de sus labios. Está claro que, cuando encarcelaron a Miguel Vistas, ella misma se sintió empujada a contar su historia. A Elena no deja de admirarle hasta qué extremos puede llegar la vanidad humana. Hasta los relatos que le dejan a uno en el peor lugar se cuentan con tal de obtener un poco de notoriedad.

Un sendero de grava conduce a la puerta principal de la casa, una construcción de piedra, muy sencilla, con un tejado a dos aguas. Elena rodea la casa en busca de alguna pista. En la parte trasera hay un todoterreno aparcado, con el parachoques y los neumáticos manchados de barro. Las contraventanas están echadas e impiden espiar en el interior de la vivienda. En una pequeña explanada de tierra hay un tendedero inseguro, construido con cuatro palos clavados en el suelo y dos cuerdas; y prendas tendidas. Unos pantalones cortos, varias camisetas, ropa interior femenina, una toalla. Poco más allá del tendedero hay un cobertizo sin puertas, como una cochera. Allí hay una moto de campo y una bicicleta, además de algunos aperos. ¿Un huerto cerca? Sí, a cincuenta metros de la propiedad hay un pequeño terreno cultivado. Elena no sabe qué han plantado allí, no tiene ni la menor idea de horticultura. Podría confundir una col con una calabaza.

Al rodear la casa, descubre que hay una segunda puerta de entrada a la vivienda. Una de cristal que conduce a un porche techado, un lugar agradable para una cena de verano. Las persianas están bajadas, pero no del todo. Si tuviera que irrumpir en la casa, podría forzar esa puerta y levantar la persiana a pulso. Pero, antes de decidirse a hacer eso, se dirige a la puerta principal y llama al timbre. No abre nadie. Vuelve a llamar. Ni siquiera son las dos de la tarde, no es posible que Victoria se esté echando la siesta. Puede estar fuera, pero el todoterreno está aparcado, así como también la moto y la bicicleta. Y no es probable que una mujer que vive sola, como le dijo la camarera del bar, tenga más de un coche. No. Elena está convencida de que Victoria se encuentra en casa.

Antes de dar por buenas sus conclusiones, efectúa una inspección más detenida del lugar. Hay pisadas en el camino de grava. Hay una contraventana combada, como formando una uve, que permite ver parte del salón. Elena se asoma. Y descubre algo que la deja helada. Una mujer atada de pies y manos, con la boca tapada con un trozo de cinta americana. Ve los pies moviéndose a impulsos, los dos juntos dentro de la cuerda, como los de un tullido. Elena examina la puerta principal. Es de madera maciza, con tachuelas de metal adornando los lados. Una puerta con cerrojos de hierro. Rodea la casa, rompe el cristal con varios culatazos, se protege como puede de la lluvia de esquirlas y tira con fuerza de la persiana hacia arriba. Logra practicar una abertura suficiente para deslizarse dentro del salón. En el otro extremo está la mujer atada y amordazada. Al principio le parece que está calva. Al acercarse, se da cuenta de que le han rapado la cabeza por las bravas y tiene en el cráneo tres incisiones circulares.

—Victoria, soy inspectora de policía, estás a salvo.

Elena saca su pistola. Se dispone a liberar a la mujer y no entiende la mirada de pánico que ella le dedica. Como si creyese que es una justiciera que viene a darle el tiro de gracia. Antes de que pueda quitarle la mordaza, recibe un golpe en la sien que hace que se tambalee. Enseguida se le nubla la vista y un mareo tremendo le baja desde la cabeza a los pies. En el estupor del momento, Elena acierta a comprender que la han golpeado con una herramienta muy pesada y también que va a caer sobre el cuerpo de Victoria. Su último instante de lucidez lo dedica a evitar una caída tan penosa.

Cuando se despierta, está atada de pies y manos y tiene una mordaza en la boca. Se halla sentada en el suelo, enfrente de Victoria. Apenas las separan tres metros. Miguel Vistas está acoplando una cámara de vídeo a un trípode. Acto seguido, saca de una bolsa de deportes azul una cajita y la abre. Con mucho cuidado, introduce un dedo. Cuando lo saca, está lleno de gusanos. Miguel se acerca a su prima y pone el dedo sobre su cabeza. Los gusanos se lanzan al olor de la sangre, descienden desde el dedo hasta la cabeza y empiezan a hurgar en las heridas de Victoria. Él ayuda a un gusano que se resiste a bajar de su dedo. Después se coloca detrás de la cámara y apoya el ojo en el visor.

—Inspectora, te voy a pedir que te acerques un poco a Victoria.

Elena está tan aturdida que no consigue descifrar lo que le pide.

—Avanza un poco, con el culo, no es tan difícil. Es para que entres en escena.

Ahora sí lo comprende. En el vídeo que pretende grabar, el sufrimiento de Victoria solo es una parte del entretenimiento. La otra, el espanto de ella al observar desde cerca lo que está sucediendo. Miguel ha encontrado un giro más en su ejercicio de sadismo. Una mujer es devorada lentamente por los gusanos y otra es testigo de lo que le va a suceder a ella a continuación.

Aun así, obedece y se arrastra hacia Victoria.

—Perfecto. Ahí estás bien —dice Miguel.

Aparta el ojo del visor y levanta el pulgar en señal de aprobación.

—Es importante que seas natural, que no fuerces los gestos ni sobreactúes. Sé tú misma.

Miguel se acerca a Victoria y estudia la acción de los gusanos en las tres incisiones del cráneo y de la cicatriz circular que las une.

—Esto va bien.

Elena quiere hablar con él, quiere preguntarle por los vídeos que graba, quiere información sobre cómo se difunden en la Deep Web. Quiere saber si tiene noticias sobre su hijo. Intenta articular sonidos a través de la cinta americana, pero la mordaza está tan prieta que apenas consigue inflarla un poco, como un globito.

—Te vas a ahogar si sigues haciendo eso. Lo mejor es

que estés tranquila y observes. Te aseguro que merece la pena.

Elena se fija en que Victoria está inconsciente. Da gracias al cielo, si pudiera pedir un deseo escogería que la pobre mujer no se despertara nunca más; que no se diera cuenta de lo que le están haciendo. Tiene sangre en la cara, en los brazos, en la ropa. Las incisiones han provocado una hemorragia tremenda. Se fija también en una pala apoyada en la pared. Esa es la herramienta con la que Miguel ha debido de golpearla. En una balda de la estantería localiza su pistola. Las esposas no se las ha quitado. Lo sabe porque se le clavan en el culo y le duele.

Miguel se ha sentado en una silla de tijera y mira la escena, complacido. Elena trata de pensar en sus opciones de sobrevivir. La camarera del bar podría pasarse por la casa, movida por la curiosidad de hablar con Victoria para saber qué quería esa inspectora de Madrid. Pero no sabe si eso le podría servir de ayuda. Tal vez, si viera algo sospechoso, podría avisar a la Guardia Civil. A lo mejor a Victoria la esperan en algún sitio y, en ese caso, su ausencia podría resultar llamativa. El *modus operandi* de Miguel Vistas es espantoso, pero también lento, y eso le permite a Elena contemplar algunas posibilidades de salir airosa del trance. Seguro que en la brigada la echarán de menos, pero nadie sabe dónde ha ido, salvo Salvador Santos y su esposa. No ha dejado noticias sobre lo que se disponía a hacer. Es su estilo, en el fondo le gusta ser impulsiva y hosca, pero ahora sabe que esos rasgos de carácter actúan en su contra. Por mucho que Mariajo y Buendía se pongan a investigar, no encontrarán nada. No se les ocurrirá ir a hablar con Salvador Santos; la dueña del secreto es Ascensión, pero no van a pensar en ella ni siquiera en los momentos más angustiosos de la búsqueda. Elena tiene fama de orgullosa, nadie se va a plantear que se le haya ocurrido ir a la Colonia de los Carteros a disculparse por su metedura de pata. ¿Quién la puede socorrer? Elena concluye que nadie. Está sola. Tiene unas esposas en el bolsillo trasero del pantalón. Tal vez pueda alcanzarlas con un dedo y usarlas para cortar las cuerdas de las manos. No conoce precedentes de una maniobra semejante, pero sabe que, si no logra desatarse y alcanzar su pistola, está muerta.

Miguel se levanta, sale de la habitación. Ha llegado el momento de empezar a hurgar en el bolsillo de atrás. Para lograr meter un dedo, Elena necesita inclinarse hacia delante y separar el culo del suelo. El dedo índice ya está en contacto con las esposas. Tiene que conseguir sacarlas y usar uno de los dientes metálicos como cuchillo. No es tan cortante como para segar una cuerda, pero tal vez avanzando un poco cada hora... Se afana en encontrar el punto exacto de la cuerda en el que va a tener que incidir en cada intento, para no abrir una vía nueva en cada ocasión.

No advierte el regreso de Miguel a la habitación. Se acerca a ella, la mira con cara de loco, la tumba de un bofetón y saca las esposas del bolsillo trasero. Las contempla con una sonrisa y las deja junto a la pistola.

CAPÍTULO 75

La vida en la comisaría de Carabanchel se le está haciendo dura a Zárate. Se acercan las vacaciones de verano y hay que firmar autorizaciones para que los hijos de padres separados puedan viajar al extranjero. De todos los trabajos policiales, seguramente este es el más tedioso.

—¿Adónde viaja usted? —le pregunta Zárate a una mujer acompañada de dos hijas adolescentes.

—A Estoril —dice ella.

—A Estoril, qué te parece.

La mujer le mira sin entender. Las hijas adolescentes se ríen.

—Portugal está en la Unión Europea, los niños no necesitan autorización para viajar.

—La compañía aérea nos pide una autorización del padre, firmada en una comisaría.

—Vale, vale, yo se la firmo —dice Zárate resoplando—. Ya sé que no es culpa suya, pero le aseguro que yo no me he hecho policía para esto.

Costa, su compañero, irrumpe en la sala.

—Te llaman de la BAC. Les he dicho que estás ocupado, pero han llamado tres veces. Ponte, anda, que ya termino yo.

Zárate sale y coge el teléfono de la sala común. Es Mariajo.

—¿Sabes algo de Elena?

—Lo último que supe de ella es que me despedía. Desde entonces, nada.

—No da señales de vida, estamos muy preocupados.

—Estará en su casa bebiendo grappa.

—Zárate, no te llamaría si no fuera muy urgente —le reconviene Mariajo—. Está pasando algo raro.

—¿Y por qué crees que yo puedo saber algo de ella?

—No lo sé, teníais alguna clase de relación, ¿no?

Zárate piensa en la fórmula elegida por Mariajo: alguna clase de relación.

—Sí, supongo que alguna clase de relación sí teníamos.

—¿No me puedes ayudar a encontrarla?

—Lo siento, pero tengo mucho trabajo. Temporada alta en las comisarías de barrio.

Cuelga. Al instante se arrepiente de haber sido tan borde con Mariajo. Esa mujer no le caía mal. Coge su móvil y llama a Elena. No hay respuesta. Consulta la última conexión a WhatsApp. Nada en treinta horas. Es extraño, incluso para alguien tan esquivo como ella. Entra en la sala de las autorizaciones, le dice a Costa que se toma la tarde libre, que, si pregunta alguien, le diga que tiene paperas.

Se dirige al bar en donde ella siempre desayuna y le pregunta a Juanito, el camarero rumano, si sabe algo de la inspectora.

—Hace tiempo que no viene por aquí. Ya sé que se ha acabado la liga de fútbol, pero, si la ves por ahí, dile que se pase para hacer la pretemporada.

—Se lo digo de tu parte —promete Zárate mientras sale por la puerta.

Va también al karaoke. Lo encuentra desierto, con las sillas colocadas sobre las mesas, el suelo fregado y un olor a amoniaco en el aire. Hay algo triste en los lugares festivos cuando están clausurados, esperando su momento de fervor. Una chica está limpiando los baños.

—¿Conoces a Elena Blanco? Una inspectora de policía, clienta habitual.

—Ni idea.

—Viene casi todas las noches, canta canciones de Mina.

—¿De Mina? ¿A quién se le ocurre?

—¿La conoces o no?

—Lo siento, no sé quién es.

Zárate se dirige a la calle Barquillo, saluda al portero y sube a las dependencias de la BAC. Habla con Mariajo.

—Se llevó unos discos que encontramos en un registro, estaba muy impresionada. Con decirte que se metió en el baño a vomitar...

—Para, para. Cuéntamelo despacio, que no me entero.

Mariajo le pone al día. Le cuenta las novedades del caso, la liberación de Miguel Vistas, que Zárate conoce, el hallazgo de la casa en La Serna del Monte, el registro, los vídeos snuff que se difunden en la Deep Web.

—¿Tenéis un informe detallado de todo lo que habéis descubierto desde que yo estoy fuera?

—Claro, esos informes los redacto yo misma.

—Dámelos, quiero estudiarlos con detenimiento. Conociendo a Elena, cualquier detalle nimio le puede haber parecido esencial. Es una mujer de impulsos.

A Mariajo le sorprende la información que Zárate tiene de la inspectora, a pesar de haberla tratado tan poco tiempo. Pero no hace preguntas. Está preocupada, quiere saber dónde está Elena y ella ya no sabe dónde buscar.

—¿Quién es la última persona que la ha visto? —pregunta Zárate.

—Yo soy de las últimas, eso es seguro. Antes de venir a la BAC había comido con Rentero.

Entra Chesca en la brigada y se acerca a Zárate con chulería.

—¿Tú qué haces aquí?

—Te echaba de menos y he venido a verte.

—Fuera.

—Le he llamado yo —explica Mariajo—. Le he pedido ayuda para encontrar a Elena.

—Este hombre está despedido, no puede entrar aquí —dice Chesca.

—Escucha —dice Zárate—, no vengo por gusto, vengo para echar una mano. ¿Algún problema con eso?

Chesca lo mira con desprecio y pone los brazos en jarras.

—¿Me vas a hacer llamar a seguridad?

Zárate sonríe.

—No hace falta. Aquí no se me ha perdido nada.

Zárate se va. Está tan enfadado que se plantea volver a la comisaría de Carabanchel a firmar autorizaciones de viaje a niños de padres separados. Pero se dirige de nuevo a la plaza Mayor. Quiere entrar en el piso de Elena. La casa es vieja, las puertas, vulnerables, y Elena nunca cierra con llave. Le choca esa negligencia en una inspectora de policía, pero le encanta que ella sea así, tan liviana y tan irresponsable. Saca una tarjeta de crédito, la introduce entre la jamba y el resbalón y, al segundo intento, la puerta cede. En el desorden del piso no tarda en encontrar los discos confiscados en la casa de La Serna. Cuando lleva diez minutos viéndolos, llama a la hacker de la brigada.

—¿Qué es esto, Mariajo?

—Comercian con esas imágenes —explica ella—. Se llama la Red Púrpura. ¿Has oído hablar de la Deep Web?

—Claro, pero ¿qué tiene todo esto que ver con Miguel Vistas?

—Él era el propietario de esos vídeos, probablemente traficaba con ellos. A Elena le causaron una gran impresión. Son niños. Tú sabes que secuestraron a su hijo hace unos años, ¿no?

Zárate reproduce los cuatro discos. Ve las botellas de grappa en el suelo. Imagina a Elena bebiendo toda la noche, poniendo las imágenes una y otra vez. Se la figura llegando a alguna conclusión en un momento de lucidez. Pero ¿cuál?

Vuelve a llamar a Mariajo. Ella no sabe qué puede ser; pero ese día comió con Rentero y volvió muy cabreada, le dice. Rentero. El hombre que se ensañó con Salvador Santos. El comisario que quiere medrar en política a costa de la imagen de su mentor. ¿Existe alguna posibilidad de que ese hombre le cuente algo? Ninguna.

Aun así, se dirige a la Brigada de Homicidios y Desaparecidos y le dice a un funcionario que quiere hablar con Rentero.

—Está reunido.

—No tengo prisa, espero.

Se sienta en un banco corrido. Saca su móvil. Consulta el WhatsApp de Elena. Inactivo. Pasan dos horas. Rentero le recibe con sequedad.

—No te esperaba, Zárate, normalmente la gente pide cita para verme.

—Estoy buscando a la inspectora Blanco. ¿Sabe algo de ella?

—Sé que puede estar en cualquier parte. No te preocupes, aparecerá mañana con una resaca monumental.

—Creo que ayer comió usted con ella. ¿Hablaron de algo especial?

—Para mí no hay conversaciones especiales, eso es cosa de adolescentes.

—Lo comprendo, pero ¿estaba preocupada por algo?

—Estaba preocupada por encontrar a Miguel Vistas. Y yo le dije que nosotros también, pero que ya no era de su competencia.

—Pues yo creo que Elena ha seguido buscándole, aunque usted se lo haya prohibido.

—No me extrañaría, pero no tengo ni la más remota idea de dónde puede estar.

—Yo creo que sí que lo sabe.

—¿Perdón?

—No me lo tome a mal, solo quiero encontrarla. Creo que hay algo en su conversación con ella que puede ser importante. Y necesito que me lo cuente.

Rentero lo mira fijamente durante unos segundos. Después se recuesta en su silla y se regodea en su indolencia.

—Me pidió el expediente de Salvador Santos, el del caso Lara Macaya. Quería saber si había alguna pista sobre el paradero de una prima de Miguel Vistas o algo así. Y yo se lo denegué, porque ese expediente está bajo investigación.

—¿Una prima de Miguel Vistas?

Rentero hace un aspaviento en señal de hastío.

—O de su padre, no estoy muy seguro. Ella pensaba que la prima sería la siguiente víctima.

—¿Dónde está ese expediente?

—Está aquí, ya lo ha devuelto la comisión disciplinaria, pero no te lo voy a dar.

—Le ruego que me permita examinarlo, si quiere lo puedo hacer en su presencia. Creo que en ese expediente puede estar la clave de todo este asunto.

—Si no le he dado acceso a la inspectora Blanco, con menos razón se lo voy a dar a un oficial imberbe de una comisaría de barrio.

—Ya, pero puede que la inspectora Blanco esté en peligro.

—Puede, pero, si lo está, la manera de rescatarla no está en el expediente de Salvador Santos. Tengo entendido que fue tu mentor, ¿no es así?

—Así es.

—Pues esperemos que sepas distanciarte de su ejemplo.

Zárate comprende que no hay nada que hacer. Lo suponía. Rentero le tiene demasiada inquina a Salvador Santos como para tenderle la mano a uno de sus pupilos.

Se va a casa, se quita la ropa, se queda en calzoncillos y enciende el ventilador. Piensa. No da con el modo de resolver aquello. Llama a Mariajo, pero no hay novedades. La única posibilidad que se le ocurre es entrar por la noche en la Brigada de Homicidios y Desaparecidos y robar el expediente. Traérselo a su casa y estudiarlo, con la esperanza de encontrar alguna prueba. El domicilio de la prima de Miguel Vistas, tal vez. Pero eso sería traspasar una línea roja y las consecuencias serían muy graves.

Se consuela pensando en las palabras de Rentero. Elena aparecerá mañana con una resaca tremenda. La puede imaginar esquivando las preguntas incómodas, dando a entender que ha pasado un día entero de farra y a la vez manteniendo el recato, haciéndose la misteriosa. Con estos pensamientos se queda dormido.

CAPÍTULO 76

—

Elena se despierta porque una mosca le está haciendo cosquillas en la nariz. Tarda solo unos segundos en recordar en dónde está: en el salón en penumbra de una casa aislada en el campo. Atada de pies y manos. Frente a ella, un enjambre de moscas revolotea sobre el cuerpo de Victoria. Miguel Vistas está untando miel en las piernas de la mujer. Ha debido de hacer lo mismo con la cabeza. Embebido en su tarea, no se da cuenta de que Elena se ha despertado. Pero se gira de golpe y la sorprende observando la escena con horror.

—Buenos días, dormilona.

Ella mueve la cabeza para espantar a una mosca que se quiere posar en su rostro. Miguel se ríe.

—Si te molesta una, imagínate lo que te pasará cuando te ponga la miel.

Elena aparta la mirada. Tiene ganas de llorar, pero no quiere hacerlo. Le parece que hay algo de derrota en el acto de llorar delante de su asesino. Se concentra en aguantarse el llanto.

—Mira, vamos a hacer una prueba, solo para que veas.

Se acerca a Elena, le sube la pernera izquierda del pantalón y empieza a untar miel en la pantorrilla. Miguel Vistas parece hipnotizado por el brillo áureo de la miel, extiende la capa pringosa con mimo, como queriendo formar un manto homogéneo. Este es el momento, piensa la inspectora. Ahora podría descargar un cabezazo en el rostro de Miguel. Hay un punto exacto, encima de la frente, que puede provocar el desmayo del agredido. Si se concentra en ese punto y golpea con todas sus fuerzas, podría conseguirlo. Él sigue extendiendo la miel en su pierna y sonríe con arrobo, como si estuviera barnizando un mueble muy hermoso. Hay que esperar a que levante un poco la mirada, justo en ese segundo le va a ofrecer el ángulo perfecto para el ataque. Varias moscas se posan en la pierna de Elena y empiezan a comer miel. No debe distraerse con eso, tiene que mantener la tensión y aguardar su momento. Ahora. Miguel alza la vista para mirarla, pero Elena no se decide. Está lenta de reflejos, agarrotada y muerta de miedo. No se ha atrevido a lanzar el ataque.

Miguel saca una cajita de su bolsa de deportes azul. La abre. Salen varias moscas. Se reparten entre los dos manjares que tienen a su disposición.

—Ahora vamos a poner la cosa más emocionante.

Saca de la bolsa un cuchillo. Mira a Elena con una sonrisa. Ella sabe que no la va a matar todavía, sería demasiado pronto. Tal vez se conforme con un corte en la cara o en el brazo, para atraer a más moscas. Pero Miguel se acerca a Victoria y le clava el cuchillo en el dedo gordo de un pie. Un aullido sobresalta a Elena. Habría jurado que su compañera de infortunio estaba muerta, pero ahora comprueba que no es así. Victoria está viva y se retuerce de dolor ante la satisfacción de Miguel.

—Ese es el dedo que me comieron los gusanos en la nave —dice—. Ahora te toca vivirlo a ti. Es lo justo.

La inspectora Blanco evita mirar su pierna. Sabe que la tiene cubierta de moscas, pero están chupando la miel; de momento no corre ningún peligro. Y la escena que acaba de presenciar le hace creer que Miguel actúa por venganza, ella solo es una visitante inoportuna en su centro de operaciones. Eso le da una mínima esperanza de sobrevivir. Observa los movimientos del asesino. Está buscando algo en su bolsa de deporte. Saca una máquina de afeitar. Comprueba que tiene pilas. Mira a Elena y sonríe.

—Hora de afeitarse.

Elena, ahora sí, se resiste. Mueve la cabeza a un lado y otro, trata de protegerse de las manos de Miguel y ve una nube de moscas revoloteando delante de sus ojos. Él la tumba en el suelo y la inmoviliza con una rodilla. El ruido de la máquina es un murmullo relajante mientras los mechones de pelo van cayendo en el suelo. Después vendrán las incisiones en el cráneo para que ese psicópata pueda introducir las larvas en su cerebro. La cuenta atrás ha comenzado. Ya no lucha. Cierra los ojos y se abandona a lo que tenga que pasar. Oye a Miguel trasteando de nuevo en su bolsa de deporte y, al cabo de unos segundos, siente el efluvio del éter.

—Duérmete, es mejor para ti.

Elena tiene una gasa impregnada de éter aprisionando su nariz. El olor es tan penetrante que sufre una arcada. Poco a poco le va ganando una somnolencia dulce. Se queda dormida.

Un latigazo de dolor despierta a Elena. Miguel está trazando un círculo en el cuero cabelludo de esta. Lo hace con el cuchillo, tratando de formar la serpiente que se muerde la cola. Al principio es un arañazo que raspa la superficie, pero al cabo de unos segundos la punta del cuchillo penetra en la piel en busca del cerebro. Elena se debate con todas sus fuerzas, mueve el cuerpo a base de espasmos violentos, como un salmón en el canasto de un pescador. El cuchillo cae al suelo y Miguel la agarra del cuello y descarga varios puñetazos en su rostro. Si el éter no ha conseguido dormirla, una tunda de golpes hará el trabajo. Necesita precisión en esa parte de la tarea, es esencial que la inspectora no se mueva. El olor de la sangre se mezcla con los restos del cloroformo y el resultado es nauseabundo. Los oídos de Elena lanzan pitidos en todas direcciones. Le va a estallar la cabeza. Intenta abrir los ojos y se da cuenta de que solo puede hacerlo con uno de ellos, el otro está pegado a la carne con una costra de sangre. En el pánico del momento advierte que está sorda. Ya no hay pitidos, ni gritos de advertencia del asesino. Todos sus sentidos parecen bloqueados, el último mecanismo de defensa de su organismo para ahorrarle el sufrimiento final.

Han cesado los golpes, su cuerpo ya no recibe nuevos impactos y ella sabe que en cualquier instante notará el filo del cuchillo dentro de su cabeza horadando el tejido para llegar al cerebro. No siente el dolor. De pronto está sumergida en el agua y le llegan atenuadas las voces de la superficie. Se ha levantado la persiana del salón con estrépito, pero ella no lo ha oído, ha entrado Zárate con la pistola amartillada gritando a Miguel que se aleje del cuerpo y ponga las manos detrás de la cabeza. Tampoco eso lo ha oído.

—¡Suelta el cuchillo o disparo!

Los sentidos de Elena salen de su letargo, vuelven los pitidos en los oídos, la visión parcial en un ojo que le permite ver a su compañero con el gesto grave y la frente brillando por el sudor. Entonces comprende. Zárate la ha encontrado. Zárate ha seguido investigando por su cuenta o bien se ha preocupado por su desaparición y ha llegado hasta Aliaga. Miguel ha levantado las manos y parece dispuesto a rendirse, pero lo que hace es acercarse al trípode y lanzarlo con fuerza contra Zárate. Aprovecha el desconcierto del otro para salir del salón.

Zárate se apresura a socorrer a Elena, le quita la mordaza, le libera las manos.

—Ve a por él —lo apremia ella—. Corre.

—¿Estás bien?

—¡Corre! —Y, cuando Zárate sale del salón, añade—: Lo quiero vivo.

No tiene tiempo de explicar por qué. Ese hombre puede tener información sobre su hijo. Necesita interrogarle, puede que Miguel Vistas tenga las respuestas que ella lleva buscando tantos años.

Zárate sale al exterior, mira a un lado y al otro. Del pequeño cobertizo que hace las veces de cochera surge una lengua de humo. Es el tubo de escape de la moto de campo. Zárate corre hacia allí, no está dispuesto a permitir que Miguel Vistas se fugue. Cuando llega al cobertizo, ve que la moto tiene la llave puesta y el motor está en marcha; pero no hay nadie. Antes de comprender que ha caído en una trampa, nota el filo de un cuchillo en el cuello.

—La pistola —escucha.

Con movimientos muy lentos, Zárate le alarga la pistola. Miguel la coge y empuja a Zárate hacia el cobertizo. Le mira jadeando de rabia. Dirige su mirada también en dirección a la casa, esperando la aparición de Elena.

La inspectora termina de desatar la cuerda de los pies y se acerca a Victoria. No sabe si está inconsciente o muerta. Su cuerpo se encuentra lleno de moscas y la cabeza, cubierta de gusanos; pero ahora no puede ocuparse de ella. Coge la pistola y las esposas y sale al exterior. Se siente deslumbrada por el sol del mediodía y tarda en ver, junto al cobertizo, a Zárate desarmado y con los brazos en alto y a Miguel apuntándole con su pistola. Elena amartilla el arma en un segundo y encañona a Vistas con firmeza.

—Suelta el arma —le dice.

Su voz sale con una extraña ronquera después de varias horas amordazada.

—Suéltala tú, ¿o quieres que lo mate?

Miguel habla con extraña chulería, como si tuviera la situación bajo control.

—Se acabó, Miguel. Te juro que voy a disparar.

—¿Estás segura? ¿Me vas a matar? ¿Vas a matar a la única persona que sabe algo de tu hijo?

—¿Qué sabes de mi hijo? —Elena siente todavía más terror. ¿Ha sabido Vistas siempre, desde la primera vez en que se vieron en la cárcel de Estremera, quién es ella y quién es su hijo?

—Yo te lo cuento —sonríe Miguel, consciente de que ha removido la conciencia de la policía—, pero primero vamos a presenciar los dos un renacimiento.

—¿Qué?

—Es muy fácil, te estoy ofreciendo un trato. Yo te cuento lo que sé de tu hijo y tú me dejas escapar. Pero no queremos testigos de este pacto. No nos interesa ni a ti, ni a mí.

—¿Qué sabes de mi hijo? —repite.

—Dios de la luz, ayuda a este hombre a renacer de sus pecados —dice Miguel.

Se oye un disparo. Pero no es Zárate el que cae, es Miguel. Elena le ha disparado en el pecho. Se acerca a él corriendo.

—Está vivo, trae toallas, vamos a taponar la hemorragia. ¡No! Pide una ambulancia. Voy yo a por las toallas.

Elena sale corriendo de nuevo en dirección a la casa. Zárate saca su móvil, pide refuerzos sin perder de vista a Miguel, que se retuerce en el suelo y tiene el rostro manchado de arena. Parece que intenta levantarse, pero no lo consigue. Se queda boca abajo. Elena llega con dos trapos gruesos. Y, de pronto, no entiende lo que pasa y se detiene a mitad de camino. Algo ha hecho Miguel. Ha levantado el culo, como si fuera una oruga desplazándose a su manera ondulante y penosa. Y se ha tumbado sobre un objeto que le mantiene levantado unos centímetros del suelo. Zárate le da la vuelta y ambos ven que Miguel Vistas se ha clavado el cuchillo en el abdomen.

Elena, desolada, se queda mirando el cadáver. No necesita hacer la menor comprobación, sabe que está muerto. También Zárate lo confirma cuando se acerca a ella y le pasa un brazo sobre los hombros.

CAPÍTULO 77

Sentada en la terraza del bar en el que desayuna a diario, Elena Blanco mira a los paseantes ociosos y se pregunta por qué la vida es tan extraña. Hay momentos de quietud y de belleza que parecen insinuar algo, que la felicidad está al alcance de la mano y que solo hay que abrir el corazón y vaciar la mente para recibirla sin reservas. Ella sabe que no es así. Ahora se siente bien, corre un poco de aire y la mañana es preciosa, pero su cabeza apenas descansa. Dentro de ella hay un carrusel casi incesante de imágenes siniestras: los cadáveres de las hermanas Macaya, el suicidio de Moisés, la desesperación de Jáuregui por proteger a su hijo, la pobre Victoria llena de gusanos, la sonrisa de Miguel Vistas mientras le untaba el cuerpo de miel, Zárate encañonado y a punto de morir para renacer según los dictados de una religión extinta hace más de quince siglos... Imágenes, imágenes en su cabeza de niños siendo torturados por hombres con capucha. La imagen de su hijo encarnando a uno de esos niños en una nube borrosa.

—Vaya pinta de pirata tiene, jefa.

Juanito sale a la terraza llevando el café con leche que Elena ha pedido. Se queda mirando el pañuelo que cubre la cabeza de ella y sonríe como si a la inspectora le hubiera dado por enseñar al mundo su lado lúdico. Como si se hubiera disfrazado. Ella sonríe con dulzura, la inocencia de Juanito le gusta, le consuela de la crueldad que hay en el mundo. Se trata del único que al ver el pañuelo no extrae la conclusión de que Elena tiene cáncer. Eso es lo que piensan todos; lo que han pensado en el grupo de duelo las dos tardes en que ha pasado por allí. Ella no se ha molestado en desmentir esa impresión. Mejor que piensen que está recibiendo quimioterapia y que se ha quedado calva a conocer la verdad: que un loco la ha rapado y le ha dibujado un uróboros en el cráneo con un cuchillo. En eso Rentero se ha portado y ha impedido que el nombre de Elena salga en los periódicos y las teles.

La herida ha cicatrizado bien, le ha dicho el médico. Ella se ha cortado la melena que le quedaba y con la que parecía un payaso y se ha puesto un pañuelo por coquetería. Tardará unos meses en tener el pelo como a ella le gusta.

En el grupo de duelo se ha encontrado con Sonia Macaya y la ha visto bien, el apoyo de Capi y el del clan gitano la han ayudado a salir a flote. Ahora mismo, esa mujer es un ejemplo para Elena. Tras haber atisbado a su hijo en los vídeos snuff ha revivido el secuestro como si hubiera sucedido el día anterior. Tiene la sensación de que ha retrocedido a la casilla de salida, jamás superará el duelo por su desaparición. Pero la desgracia que ha vivido Sonia, se mire por donde se mire, es muchísimo peor. A ella ya no le cabe ninguna esperanza de volver a ver con vida a sus hijas y aun así parece haber recuperado la ilusión por el futuro. Elena sabe que tiene que aprender de los demás, ser fuerte, como su exmarido, seguir caminando.

Empujada por esas reflexiones, decide ir esa noche al karaoke. Quiere salir al escenario con el pañuelo en la cabeza y cantar una canción de Mina. Para ella, conseguir hacer eso sería una gesta; pero no se decide. Se queda tomando copas de grappa y mirando cantar a los otros.

Tampoco está mal ese plan. No ha descartado lanzarse al escenario a última hora, puede que con un par de copas más reúna el coraje necesario. Se acerca a la barra para pedir otra y ve a Zárate entrando por la puerta. No sabe si esta aparición por sorpresa le gusta o no.

—¿Estás sola? —pregunta él.

—Yo siempre estoy sola.

—Traigo malas noticias. He llamado al hospital. Victoria Vistas ha muerto.

Elena se toma unos segundos para digerir la información. El hecho de haber compartido con esa mujer unas horas de terror había creado un misterioso nexo entre ellas. La primera vez en que fue a verla a la clínica, Victoria acababa de sufrir una hemorragia cerebral y la estaban operando con urgencia. Elena se quedó esperando hasta que la sacaron del quirófano y la llevaron a la UCI. La dejaron pasar a verla y ella se limitó a cogerla de la mano y a observarla durante unos minutos, como para insuflarle parte de su fuerza. La visitó varias veces más, pero nunca consiguió hablar con ella, pues la enferma había perdido las facultades cognitivas.

—Otra hemorragia cerebral —explica Zárate—. Esta vez no ha podido superarla.

—Viendo lo que yo vi, es un milagro que haya resistido tanto tiempo.

—Ella sabía que tenía que esconderse. Se lo dijo a Salvador Santos.

—Eso nunca me lo has contado. ¿Él llegó a hablar con ella?

—Claro que sí. La encontró en Aliaga y ella le explicó todo lo que había pasado en aquella nave. Pero dijo que jamás testificaría en un juicio contra su primo, que ya le había hecho suficiente daño y no quería ahondar en la herida.

—¿Y tú cómo sabes todo eso? ¿Te lo ha contado Salvador?

—Salvador no está en condiciones de contar nada. Aunque al menos creo que no le van a llevar a juicio. La comisión disciplinaria ha tenido en cuenta su estado de salud.

—Me alegro por él y por Ascensión, pero no me has contestado.

—¿Qué quieres saber?

—Quiero saber si robaste el expediente de Salvador para averiguar dónde estaba yo y salvarme la vida. No me creo que te hayan suspendido por haber hecho mal tu trabajo en la comisaría de Carabanchel.

—Yo prefiero que no sepas la verdad.

—¿Por qué?

—Porque entonces no vas a querer repescarme para la BAC y esa es ahora mismo mi única salida profesional.

—A lo mejor te sorprendes. Prueba. Cuéntamelo todo.

Zárate pide un whisky al camarero. Si va a hacer una confesión ante una mujer tan estricta con el reglamento como Elena, más vale tener algo para mojar el gaznate.

—Que conste que primero intenté hacer las cosas bien. Quise buscar información en la BAC, pero Chesca me expulsó de allí. Quise hablar con Rentero, pero se cerró en banda y, además, me insultó por haber defendido a Salvador.

—Rentero no es la mejor opción para buscar ayuda. Solo piensa en su carrera y en salvar el culo.

—No le va nada mal con esa actitud. Le han dado una medalla por el caso de las novias gitanas.

—Que le aproveche. Dime qué hiciste para encontrarme.

—Entré por la noche en la Brigada de Homicidios y Desaparecidos, saludé a un funcionario, le dije que tenía que trasladar el expediente de Salvador al juzgado y, para mi asombro, me lo dieron.

—No me lo puedo creer.

—No tuve ni que forzar el armario. Así que me lo llevé a mi casa y busqué como loco hasta encontrar una transcripción de la entrevista que Salvador mantuvo con Victoria. Allí salía el nombre de Aliaga.

—¿Y qué hiciste?

—La segunda irregularidad: cogí prestado un coche patrulla y me presenté en el pueblo. Y lo demás ya lo sabes.

—Así que pretendes entrar en mi Brigada de Análisis de Casos y tu currículum es que robas expedientes oficiales y utilizas los vehículos de la policía para tus caprichos...

—Tú lo has dicho. Y eso que estoy empezando.

Elena lo mira con seriedad.

—Pero no era un capricho, era para salvarte la vida.

—Y, de paso, para arruinar tu carrera.

—No hay una situación perfecta.

Elena asiente, está de acuerdo con eso. Coge su vaso de grappa y lo levanta.

—Vamos a brindar.

Zárate alza su vaso.

—¿Por qué brindamos?

—Por tu incorporación a la BAC. ¿Te parece un buen motivo?

—No sé si a Chesca y a Buendía les va a hacer mucha gracia —sonríe Zárate.

Brindan y vacían sus respectivas copas de un trago. Él la coge de la mano y le da un beso en el cuello.

—¿Y si rematamos la celebración en tu casa? —le susurra.

—No me apetece, lo siento.

Zárate la mira, pretende insistir de un modo divertido, ponerse suplicante para halagar su vanidad. Pero, al verla tan seria y tan triste, se da cuenta de que no hay ninguna posibilidad de convencerla. Decide cambiar de tema.

—¿Estáis investigando la Red Púrpura?

—Mariajo está desencriptando contenidos y rastreando direcciones, pero no es fácil.

—Y... —Zárate duda—. ¿Sabes algo de tu hijo?

Elena esboza una sonrisa de fatiga.

—Me voy a ir a casa. ¿Te importa? Me apetece estar sola.

—Claro. ¿Quieres que te acompañe?

—No, tómate una copa a mi salud. Quiero caminar. Mañana te espero a las diez en la brigada.

Zárate levanta el pulgar.

CAPÍTULO 78

Elena Blanco se aleja del bar, caminando deprisa, no quiere dar a Zárate la oportunidad de insistir, de seguirla, de evitar que esté sola. Va hacia su casa de la plaza Mayor, la vida sigue, los turistas visitan Madrid, los buscavidas revolotean por el barrio en busca de las monedas que ellos les den o de las carteras repletas de billetes que puedan robar. Prefiere atravesar la plaza deprisa, como siempre hace, para no sufrir la eterna pesadez de los camareros invitándola a tomar algo en las terrazas. Lleva ya las llaves en la mano y entra en su oscuro portal. Pero no alcanza a subir el primer tramo de escaleras, sabe que tiene algo pendiente y que, ignora la razón, tiene que afrontarlo hoy.

Vuelve a salir, camina por la calle Mayor, llega a la Puerta del Sol y le sorprende la cantidad de gente con la que se cruza —tiene la sensación, quizá equivocada, de que en Madrid se vive cada vez más en la calle, como si se estuviese convirtiendo en una ciudad del tercer mundo: comen en la calle, se divierten en la calle, se aman en la calle—, sigue por Alcalá hasta Barquillo. Le extraña no encontrar a Ramiro en el portal del edificio que alberga la brigada y mira la hora, ya es tarde, más de lo que pensaba. En su lugar hay otro hombre de unos cincuenta años, quizá otro antiguo policía, como Ramiro.

—Voy a la cuarta planta.

—Claro, inspectora. Pase.

Las oficinas están vacías. Si por algún motivo se hubiera encontrado a Buendía, a Mariajo, a Orduño, a Chesca, a deshoras, quizá habría desistido de lo que va a hacer. Pero no hay nadie que se lo impida, que le haga ver que no merece la pena, que la vida sigue.

Coge las cintas de la Red Púrpura y se mete en una sala de visionado. La violencia de las imágenes es insoportable. Los niños gritan, piden ayuda desesperadamente. Se fija en el niño pixelado que no es su hijo. Lo mira cada día durante horas. Sabe que, si sigue por ese camino, se va a volver loca.

Su marido piensa que a su hijo lo mataron y que no encontrarán nunca el cadáver, eso le permite dormir tranquilo. Pero a ella no le basta, quizá si hubiera podido enterrarlo... Lo buscará hasta dar con él, tiene la sensación de que aparecerá en el momento menos pensado, que ella solo tiene que mantener los ojos bien abiertos.

En la pantalla, un hombre enmascarado viola a una niña. Pasa deprisa, aunque sea una salvajada es algo que en esas grabaciones hay a patadas. Muchas veces son padres que violan a sus propias hijas o niñas y niños cuyas madres los han ofrecido para grabar esos vídeos asquerosos a cambio de unos euros... Niños que quizá se levantan al terminar el vídeo y se van a la cama llorando, que acaso no se dan cuenta de la barbaridad que han hecho con ellos. Niños que puede que piensen que la vida es así, que lo que les pasa no es anormal. Y, lo que es peor, que tal vez lo repetirán cuando crezcan con otros que sean como ellos ahora.

Un pitido en el móvil la sobresalta. Supone que es un mensaje de Zárate agradeciendo el encuentro que ha tenido con ella; pero no es así. Es un mail con un link. Lo abre y el link resulta ser un vídeo. Elena se queda sin aliento.

Lo perdió hace ocho años, ya casi nueve, cuando tenía cinco, pero no cabe duda de que el chico que aparece en un primer plano es su hijo Lucas: sus ojos, su barbilla, el remolino en el pelo rubio...

—Hola, mamá.

Es él quien aparece en primer plano y se dirige a ella.

—Deja de buscarme, mamá. ¿Vale? Déjalo ya. No te imaginas en qué persona me he convertido.

El plano se abre y muestra una habitación espartana, transformada en un espacio de tortura. Hay una adolescente atada a una silla. Y hay otro hombre que tiene la cara picada de viruela, el hombre que pasaba por el arco de la plaza Mayor. La cara que lleva tantos años buscando en las fotografías de su balcón.

—Te voy a hacer una pequeña demostración, porque si no sé que no vas a parar.

El hijo de Elena es ya un chaval de trece años. Es alto y fuerte, su voz suena como a medio hacer, oscilando entre el registro grave y el agudo. Su mirada podría ser desafiante, pero es una mirada muerta.

—Dime que me quieres cuando termines de ver esto.

Coge un cuchillo y hace un corte limpio en la frente de la chica, que grita y patalea. El hombre con la cara picada de viruela la sujeta. El hijo de Elena mira a la cámara.

—Esto es solo el aperitivo. Yo de ti no seguiría viendo el vídeo, mamá.

Elena no le da al stop, se queda mirando las torturas hasta el final. Tiene que encontrar a su hijo, tiene que parar esto.